KB253007

sex appeal

섹어필

색기

초판 1쇄 찍은 날 § 2005년 11월 20일
초판 1쇄 펴낸 날 § 2005년 11월 30일

지은이 § 해인
펴낸이 § 서경석

편집장 § 문혜영
편집책임 § 이종민
편집 § 한지윤

펴낸곳 § 도서출판 청어람
등록번호 § 제1081-1-89호
등록일자 § 1999. 5. 31
어람번호 § 제5-0069호

주소 § 경기도 부천시 원미구 심곡1동 350-1 남성B/D 3F (우) 420-011
전화 § 032-656-4452 팩스 § 032-656-4453
http://www.chungeoram.com
E-mail § eoram99@chollian.net

ⓒ 해인, 2005

ISBN 89-5831-837-6 03810

섹끼

sex appeal

해인 지음

도서출판
청어람

색기

「내가 어릴 때 자주 물었던 것이 아빠와 엄마는 어떻게 만났냐는 것이었다. 그때마다 아빠는 이상한 표정을 지으셨다. 그리곤 항상 같은 말만 하셨다. ‘아주 운명적으로 만났지.’ 어떻게 만나야 운명적으로 만나는 걸까? ‘그건…… 그러니까, 어떻게 만나든 그 만남에서 한쪽이라도 운명을 감지하면 그건 운명적인 만남이 되는 거야. 그리고 아빠는 워낙 대담해서 엄마를 보자마자 내 짝이라는 것을 알아봤지.’ 그러곤 의기양양하게 웃으셨다. 그렇게 말하는 아빠는 굉장히 밉살스러웠다. 우리 아빠는 가끔씩 이상하다.」

제1장

만남

자정은 넘긴 도로는 한산했다.

부웅.

꽤 비싸 보이는 붉은색의 외제차가 그 위를 지나갔다. 속력을 내는 건지 마는 건지 기듯이 움직이는 차를 운전하고 있는 이는 꿈에서나 볼 수 있을 듯한 미남자였다.

이마 위를 넘실거리는 머리카락은 까마귀의 날개를 연상시키는 흑빛이었고, 그와 같은 색의 눈동자는 흑요석을 박아 넣은 듯 빛을 뿜어내고 있었다. 콧날은 갖다 대면 베일 듯 날이 서 있었고, 깎아지른 듯한 턱 선과 그린 듯한 입술선이 예술품을 연상케 했다. 남녀노소 할 것 없이 보는 족족 시선을 빼앗길 만큼 빼어난 외모를 가진 남자. 그는 다름 아닌 한성그룹의 홍보실장으로, 현재 부산으로 출장 와 있는 한강이었다.

내일 있을 회의 준비로 늦은 시각까지 자료를 정리한 터라 매우 피곤하다 느낀 한강은 뒷목을 주무르며 흐려지는 눈에 힘을 주었다. 빨리 돌아가 씻고 자고 싶다, 지금은 오로지 그 생각뿐이었다.

깜빡.

순간 눈이 감기자 얼른 떴다. 그리곤 몇 번 머리를 흔들었다. 이거 잘못하면 사고 나겠는걸? 졸음 운전이 얼마나 위험한데. 도로에 다른 차가 없다는 게 다행이라면 다행이었다.

뚜르르. 뚜르르.

그때 휴대폰 벨소리가 울렸다. 그런데 휴대폰을 어디에 뒀는지 모르겠다. 그는 대충 주위를 훑어보았다. 조수석에도 없고 뒷좌석에도 없다. 뒤적뒤적 주머니를 뒤졌다. 바지 뒷주머니가 볼록했다. 거기 넣어둔 모양이다. 상체를 앞으로 숙이며 휴대폰을 빼 들었다.

막 폴더를 열 때였다. 오른쪽에서 뭔가 희끗한 것이 보였다.

헉! 뭐지? 귀신인가? 순간 가슴이 서늘해졌다. 한적한 도로는 인적이라곤 없었다. 잠에 취해 헛것을 봤나? 그래. 그런 건가 보다. 가슴을 쓸며 중얼거렸다. 그리고 그때였다.

끼익—!!

급히 브레이크를 밟았다. 갑자기 옆에서 누군가가 튀어나올 거라고는 상상도 못했다. 잠이 확 깼다.

후다닥 차에서 내렸다. 헤드라이터가 켜진 곳에 사람 한 명이 주저앉아 있었다. 치인 건가?

한강이 가까이 다가가며 소리쳐 물었다.

"이봐요! 괜찮아요?"

"오, 오지 마!"

묻기 무섭게 터져 나온 음성은 고음이었다.

여자군. 목소리로 보아하니 나이도 많지 않는 것 같다. 아니, 많지 않은 게 아니라 어린 것 같다. 그런데 이 늦은 시간에 인적도 드문 곳에서 뭘 하고 있었던 거지?

의문이 일었다. 반쯤 어둠에 묻혀 잘 보이지는 않았지만 그녀는 부들부들 떨고 있었다. 왜?

한강은 그녀의 말을 무시하고 계속해서 다가가며 물었다.

"이봐, 괜찮아? 친 것 같지는 않은데 왜……."

여자가 그의 말을 잘랐다.

"오지 마!!"

앙칼지게 소리치고 몸을 웅크리는 게 보였다. 경계심이 가득한 몸짓에 한강은 당황했다.

나 그렇게 나쁜 사람 아닌데.

"아니, 나는 그냥 어디 다치지 않았느냐고 물었을 뿐인데……."

"오지 말라고 했어! 가까이 오지 마! 가라고…… 헉!"

말을 하다 말고 급히 숨을 들이켰다. 뭔가 심상치 않다.

어디 아프기라도 한 걸까? 분명 친 기억은 없는데. 고개를 갸웃하는데 여자가 답답한 듯 가슴을 누르는 게 보였다. 한강은 눈살을 찌푸렸다.

"어디 아픈 거야?"

"……."

"뭐라고 말 좀……."

"가라고 하잖아! 가!"

여자는 신경질적으로 소리치다 팔을 교차시켜 가슴에 대고 눌렀다. 아까부터 저 모습이 유독 신경 쓰였다. 정말 아픈가 보다. 한강은 그렇게 생각하고 여자에게 다가갔다.

"아픈 것 같은데 우선 병원으로 가자. 가서……."

그는 말을 잇지 못했다.

손을 뻗어 여자의 손목을 잡기 무섭게 여자가 흠칫했다. 그에 한강도 움찔했다. 이상했다. 피부가 자체적으로 튀어 오르는 듯한 느낌이었다. 뭐지? 고개를 갸웃했다. 그때 고개가 숙여진 여자에게서 신음 소리 비슷한 것이 튀어나왔다.

"아아……!"

"음?"

단순히 어디가 아파서 내는 소리 같지가 않았다. 그보다는 오히려 사랑을 나눌 때 듣는 신음성과 더 비슷했다.

한강은 재빨리 머리를 흔들었다. 설마. 아픈 사람을 두고 무슨 생각을 하는 거야? 황당하다고 생각하며 다시 여자의 손목을 잡았다. 여자는 피하려는 듯 주춤 뒤로 물러났다.

한강이 달래듯 말했다.

"병원으로 데려다 준다고 한 내 말 못 들었어? 도와주겠다고. 그러니까……."

"도와달라고 한 적 없어! 아무에게도 도와달라고 한 적 없어! 그렇게 소리쳤을 때는 안 도와줬잖아! 지금에 와서 뭘, 뭘 도와 주겠다는 거야! 가! 저리 가! 가버려! 내게 다가오지 마!!"

여자는 머리까지 흔들며 악을 썼다.

순수한 호의다. 그런데 이런 식으로 나오자 안 그래도 피곤해 쉬고 싶던 한강은 짜증이 일었다. 그냥 가버릴까 싶었다. 하지 만 길게 흘러내린 머리 사이로 언뜻언뜻 보이는 하얀 얼굴이 그 의 발길을 잡고 놓아주지 않았다.

그는 무작정 허리를 숙여 여자를 안아 들었다. 여자가 심하게 저항했다.

"놔! 싫다고……."

"계속 반항하면 이대로 던져 버릴 테니까 가만히 있어!"

짜증스레 소리친 한강은 그대로 조수석 문을 열고 여자를 던 지듯 밀어 넣었다. 여자가 나오려고 하자 쾅, 세차게 문을 닫고 운전석으로 가 앉았다. 그대로 차가 출발했다.

뚜르르. 뚜르르.

무슨 급한 일이 있는 건지 휴대폰은 여전히 울리고 있었다. 조금 전 전화가 왔을 때부터 지금까지 흐른 시간을 생각해 보면 누군지 참 끈질기게도 전화를 해대고 있었다.

왼손으로 핸들을 잡고 폴더를 열었다.

"네."

[잤냐? 왜 이렇게 전화를 안 받아?]

전화를 건 이는 다름 아닌 강유였다. 한강의 십년지기이자 악우. 한강은 피식 웃었다.

"지금 시간이 몇 신데 벌써 자? 아직 호텔에 도착도 안 했다."

거기까지 말하고 조수석에 앉은 여자를 힐끗 보았다.

여자는 무릎을 세우고 얼굴을 묻고 있었다. 움직이지 않아 순간 잠이 들었나 싶었지만 가끔씩 떨리는 어깨가 잠이 든 것은 아니라고 말해 주고 있었다.

한강은 한 템포 쉬고 말을 이었다.

"그리고 병원에도 잠깐 들러야 할 것 같고."

[병원? 병원은 왜? 어디 아프냐?]

"내가 아픈 게 아니라…… 그럴 일이 있어. 근데 왜?"

[아, 자료 정리 다 끝나면 메일로 보내달라면서? 그래서 지금 보냈다고.]

"그래?"

한강은 고개를 돌려 시계를 봤다. 한 시 삼십 분이 막 지나고 있었다. 그는 휘파람을 불었다.

"휘유~ 의외로 빠르네."

강유가 발끈했다.

[뭐? 의외로? 그게 무슨 말이야? 그럼 언제는 내가 느렸다는
거야, 뭐야? 네 녀석은 어쩌면 말을 해도 꼭……]

"알았다, 알았어. 그만 해라. 시끄럽잖아."

[야! 한강!]

한강은 웃음을 터뜨렸다.

"하하하. 알았어. 빠르다고, 고맙다고. 됐냐? 하여튼……"

말을 하다 말고 멈칫했다. 스윽. 허벅지 위로 뭔가가 스치고
지나가는 듯한 느낌이 들었다.

"헉!"

끼이익—!!

차가 급정거했다. 툭, 휴대폰이 바닥으로 떨어졌다. 배터리가
튕겨 나가고 차체가 심하게 흔들렸다. 하지만 한강은 그것을 살
필 겨를이 없었다. 그는 허벅지 위로 올라온 여자의 손목을 잡
아챘다.

"뭐 하는 짓…… 아!"

어둠 속에서도 빛나는 하얀 얼굴을 보며, 달빛을 받아 매혹적
으로 빛나는 붉은 입술을 보며 한강은 말문을 잃었다.

잡은 손목이 뜨거웠다. 열이 있는 건가 했지만 여자의 눈을
보고는 그게 아니라는 것을 알았다. 단순한 열이 아니다. 여자
의 눈동자에 어린 것은 욕망이었다.

"왜……."

한강은 이번에도 말을 잇지 못했다.

어둠에 잘 보이진 않았지만 작은 몸은 많이 잡아도 고등학생 쯤으로 보였다. 하지만 그를 보는 눈은 어린아이들은 가질 수 없는 깊이를 가지고 있었다. 눈을 가늘게 떠 한강을 보던 여자가 혀를 내밀어 입술을 훑었다. 그 모습이 마치 그를 유혹하는 것 같았다. 그 단순한 동작에 흥분을 느꼈다.

'미쳤군.'

한강은 그 생각을 밀어내려는 듯 절레절레 고개를 저었다.

아무리 자신이 바람둥이에 카사노바, 심하게는 망나니 소리까지 듣는다지만 겨우 몇 분 전에 처음 본 여자와 그것도 많이 봐줘도 고등학생, 그냥 보면 중학생쯤으로 보이는 여자와 사랑을 나눌 만큼 생각없이 살지는 않았다고 자부한다. 그 정도도 참지 못할 만큼 자제심이 없다고 믿지도 않았고.

그는 여자의 손목을 놓아주었다.

"조금만 가면 병원이 나올 거야. 그러니 아프더라도 좀 참아 봐."

여자는 아픈 게 아니었다. 분명 여자의 눈동자에 어린 것은 욕망이었다. 하지만 그럼에도 그렇게 말했다, 스스로에게 딴마음은 품지 말라는 듯이.

여자가 질끈 입술을 깨물었다. 눈을 꼭 감았다. 몸이 부들부들 떨렸다. 안 돼. 못 참겠어. 여자가 다시 손을 뻗었다. 막 차를 출발시키려던 한강은 여자의 손이 또다시 허벅지 위로 올라오자 화들짝 놀랐다. 여자의 손목을 잡아채 신경질적으로 떨쳤다.

"왜 이러는 거야!"

"아……."

여자의 눈이 순간 커다랗게 떠졌다. 어째서인지 여자는 충격을 받은 것 같았다. 그녀는 세차게 고개를 흔들더니 손잡이를 잡았다.

"나가야 해! 여기서 나가야 해!"

그녀는 뭐에 홀린 듯 같은 말만 반복했다.

뭐 하는 거야? 병원에 데려다 준다는데. 한강은 얼른 문을 잠그고 그녀의 손목을 잡았다.

"이봐! 병원으로 데려다 준다고 하잖아! 도대체 뭐가 문제야? 이 캄캄한 밤에 나가서 어쩌려고?"

"놔!"

여자가 주먹을 꽉 쥐며 손목을 비틀었다.

한강을 노려보는 눈은 조금 전과 달랐다. 욕망에 들뜬 듯 흐릿해 보이던 눈동자가 지금은 또렷했다. 뭐지? 여자의 이해할 수 없는 행동에 의아하면서도 왠지 모를 아쉬움을 느꼈다.

그런 스스로의 감정에 황당한 생각이 들어 피식 웃어버렸다.

그는 반항하는 여자의 손길을 뿌리치고 안전벨트를 매주었다. 그리고 차를 출발시켰다. 하지만 얼마 못 가 다시 섰다.

끼이익—!!

"아, 정말 도대체 왜!"

"안 돼. 더 이상은…… 안 되겠어."

"뭐?"

앙칼지게 소리치던 때와는 달리 지금은 낮고 허스키한 목소리였다. 그래서인지 제대로 알아들을 수가 없었다.

알아듣지 못한 한강이 다시 물었다. 하지만 여자는 대답해 줄 생각이 없는 듯했다. 그녀는 가만히 한강을 바라보다 운전석으로 넘어왔다. 뱀처럼 유연한 움직임에는 불필요한 동작이 하나도 없었다. 안전벨트는 언제 풀었는지 이미 풀려 있었다.

"자, 잠깐! 이 무슨……."

여자가 자신의 얼굴에 볼을 비비자 한강은 말을 삼켰다. 여자는 어쩔 줄을 모르고 무작정 그에게로 몸을 밀착시켰다. 그제야 한강은 그녀가 왜 이러는지 이해할 수 있었다. 이상하다 했더니…….

그는 여자의 어깨를 잡아 뒤로 물리며 눈살을 찌푸렸다.

"너…… 호스티스 바나 단란주점, 뭐 그런 곳에 들어갔다가 몰래 빠져나온 거였어?"

"……."

"알만 하군."

어떻게 된 건지 대충 짐작이 갔다. 돈 좀 벌어볼 생각에 호기롭게 들어갔다가 일이 착착 진행되자 겁이 나서 도망친 것일 거다. 아무리 많이 놀아본 여자라도 그런 곳은 무서운 법이니까. 게다가 이 정도로 어리다면? 도망칠 만도 했다.

그는 쯧쯧, 혀를 찼다.

'최음제를 먹었군.'

이건 해독약도 없다. 그건 누구나 아는 사실이었다. 아무리 자제력이 강한 사람이라도 길 가는 사람 아무나 붙들고 늘어질 정도로 무서운 게 최음제였다. 병원으로 데려간다고 될 일이 아니었다.

"운 좋은 줄 알아."

중얼거리듯 말하고 좌석을 뒤로 물렸다.

괜히 바람둥이라 불리는 게 아니듯 이럴 때 어떻게 대처해야 하는지 그는 알고 있었다. 굳이 사랑을 나눌 필요는 없다. 한강 정도 되면 능숙한 애무만으로도 달랠 수 있었다. 물론 한강은 그렇게 할 생각이었다. 그런데 그때 여자가 몸을 한강에게로 밀어붙였다.

"헉!"

갑자기 여자가 바짝 몸을 기대자 한강은 놀란 표정을 감추지 못했다. 그러다 고개를 끄덕였다.

'하긴 저 약이 다 그렇지 뭐.'

한강은 짧게 한숨을 내쉬고 여자의 등을 쓸어주었다. 이제 보니 옷 여기저기가 찢겨 있었다. 찢겨진 옷 사이로 드러난 맨살에 손이 닿자 여자가 몸을 비틀었다.

"아아……."

여자가 신음성을 뱉으며 상체를 뒤로 젖혔다. 그 모습이 굉장히 에로틱해 순식간에 한강의 시선을 빼앗았다. 옷을 벗은 것도 아닌 단지 몸을 가볍게 트는 것만으로도 이렇게 에로틱하게 보일 수 있다는 것은 처음 알았다. 한강은 쩝, 입맛을 다셨다.

아깝다. 미성년자만 아니었어도…….

한강은 얼른 고개를 저었다. 이 무슨 말도 안 되는 생각이란 말인가. 어린아이를 상대로.

자신에게 이런 변태적인 성향이 있었나 싶었다. 하지만 여자가 고개를 젖히자 드러난 목에 더 이상 생각은 이어지지 않았다. 그는 자신도 모르게 목에 입술을 갖다 댔다. 백지처럼 하얀 피부에 입술을 대고 비볐다. 그러자 향긋한 향기가 코끝으로 스며들었다. 여자에게서는 여인의 향기가 났다. 그리고 한강은 그 향기에 취했다.

그는 입술을 움직여 목을 훑고 치아로 물어뜯듯 자극했다. 여자가 신음하며 더욱 몸을 밀착해 왔다. 갈증이 일었다. 한강은 여자의 고개를 내려 입술에 키스했다. 여자의 입술은 믿을 수 없을 정도로 부드러웠다. 하지만 갈증은 가시지 않았다. 한강은 여자의 아랫입술을 깨물었다.

"아!"

여자가 짧게 통증을 호소하듯 입을 벌렸다. 그것을 기회로 한강은 혀를 미끄러지듯 그녀의 입속으로 밀어 넣었다.

그렇게 시작된 딥 키스.

한강의 혀가 치열을 훑고 입 안을 휘저었다. 그리고 뒤로 피하려는 여자의 혀를 잡아끌었다. 처음에는 거부하듯 뻣뻣하게 굳어 있던 혀가 한강을 만나 부드럽게 풀어졌다.

멈칫하던 것도 잠시, 여자는 적극적으로 한강의 키스에 호응했다. 그 달콤한 입맞춤에 절로 욕망이 일었다.

'이 여자 선수 아냐?'

문뜩 그런 생각까지 들었다. 그 정도로 그녀의 키스는 선수 중의 선수인 한강에게도 신선한 충격을 주었다.

한강은 키스를 하는 중에도 멈추지 않고 등을 쓰다듬던 손을 거두어 상의 속으로 집어넣었다. 브래지어 밑으로 미끄러지듯 들어가 봉긋하게 솟아오른 맨가슴을 움켜쥐었다. 이미 민감할 대로 민감해진 유두가 딱딱하게 굳어 우뚝 선 게 느껴졌다.

한강은 미소를 지었다.

보기와는 달리 손에 가득 찰 만큼 풍만한 가슴이 마음에 들었다. 요즘 애들은 발육도 좋군. 감질나게 감겨오는 가슴을 부드럽게 쓰다듬고 손가락 끝에 걸리는 딱딱하게 굳은 유두를 자극하며 살짝 비틀었다.

"흐윽……."

여자의 신음이 점점 흐느낌으로 변해갔다. 그 순간에도 여자는 계속해서 한강에게로 몸을 밀착하고 있었다. 약의 기운에 취해, 한강의 애무에 취해 여자는 이미 이성을 잃은 상태였다.

“이런······.”

한강은 뜻하지 않은 곤혹스러움을 느꼈다.

처음부터 사랑을 나눌 생각은 전혀 없었다. 그저 간단한 애무로 여자의 성적 욕구를 어느 정도 채워주고 끝낼 생각이었다. 이런 방면으로는 선수라고 할 수 있으니 자신의 욕구 정도는 충분히 자제할 자신이 있었다. 하지만 여자가 자꾸만 달라붙어 그를 자극했다. 무엇보다 황당한 것은 한강의 몸이 그 자극에 동참하고 싶어한다는 것이었다.

'안 돼. 안 돼!'

여자는 학생이다. 많아야 고등학생. 아이를 상대로 그럴 수는 없다.

한강은 길게 한숨을 내쉬며 조금 더 애무의 강도를 높였다. 그렇게 하면 쾌락에 취해 그에게 달라붙지 못할 것이라 판단했다. 얼마 지나지 않아 그것이 잘못된 판단이었음을 알게 되었지만.

반쯤 드러난 허벅지를 쓸고 치마 속으로 손을 넣었다. 팬티 끝을 잡아당겨 안으로 진입했다. 여성은 이미 촉촉하게 젖어 있었다.

“으음.”

여자가 움찔했다.

고통스러워 그러나 싶어 상의를 젖히고 브래지어를 내려 유두를 물었다. 사탕 같은 그것을 입 안에서 굴리며 여성을 조심스레 애무했다. 잔뜩 달아올라 민감한 몸만큼이나 그곳 역시 민감하게 반응했다.

부드러운 속살이 젤리처럼 한강의 손에 달라붙었다. 그 느낌이 못 견디게 좋았다. 그가 손가락을 움직여 애무하자 여자는 새된 비명을 내지르며 엉덩이를 들어 올렸다.

"하아."

입술이 벌어지고 눈동자가 커다랗게 떠졌다.

그때 혀로 유두를 감아 세차게 빤 한강이 고개를 들다 쾌락으로 열에 들뜬 여자의 눈과 마주치자 신음했다. 어떠한 자극을 주지도 않았는데 눈이 마주치는 순간 순식간에 그의 남성이 부풀어 올랐다.

"헉!"

그것은 욕망이었다.

여자가 몸을 밀착시켰을 때 이미 섰다는 것을 알았지만 지금은 거의 고통이었다. 욱신거리며 자꾸만 아린다. 그 대단하다던 자제력을 제대로 챙길 수 없을 정도였다.

사실 한강은 여성편력만큼이나 성욕도 대단했다. 게다가 출장 와 있는 동안 욕구를 한 번도 충족시키지 않았으니 더 말해 무엇 하리. 하지만 이건 아니다. 아무리 가리지 않고 여자를 만난다 해도 이런 어린아이와 사랑을 나눌 수는 없다. 어떻게 이런 아이를 상대로 달아오를 수가 있는지 이해할 수가 없었다. 물론 몸은 그가 이해를 하고 못하고를 떠나 이미 참을 수 없을 정도로 흥분을 한 상태였지만.

'안 돼. 이런 어린아이는 안 돼!'

'아, 몰라. 모르겠어. 그런 것을 하나하나 따지기에는 너무 힘들어.'

머리 속에서 천사와 악마가 싸움을 하고 있었다. 그 싸움으로 인해 잠시 애무가 멈추었다. 그러자 여자가 옷자락을 잡아당기며 무언의 재촉을 했다. 한강은 신음했다. 혹시라도 학생이 아닌 건 아닐까?

그 순간 황당하게도 그런 기대를 품었다. 그는 정장 바지가 좁다고 투정을 부리는 남성을 달래며 여자를 향해 물었다.

"너, 몇 살이야?"

여자는 와이셔츠를 잡아당기며 고통스런 욕구에 허덕이다 한강의 질문에 고개를 내렸다. 그녀의 눈동자에는 불만이 가득했다. 그리고 다음 순간 수치스러움과 부끄러움, 자책, 상대에 대한 책망, 상황에 대한 비난 등이 그 욕망으로 번들거리는 눈동자를 스치고 지나갔다.

잠시 숨을 고른 여자는 세차게 입술을 깨물었다.

"난 괜찮아요."

어느새 여자의 음성은 차분하게 가라앉아 있었다.

처음으로 듣는 경어였다. 지금까지 아무렇게나 평어를 쓰던 것을 생각해 보면 정말 괜찮아진 듯했다.

하지만 한강은 그게 아니라는 것을 알고 있었다. 보통 최음제는 달아오르게 하고 식혔다 다시 달아오르게 하는 형식의 규칙적인 흐름이 있었다. 딱 보기에도 지금은 식히는 흐름이었다.

"뭐가 괜찮다는 거지?"

어느새 한강의 음성은 풀리지 않은 욕구로 날카롭게 변해 있었다.

여자는 뚫어질 듯 쳐다보는 한강의 시선을 피하며 대수롭지 않다는 어조로 말했다.

"난 아무렇지도 않아요. 이제 괜찮아졌어요. 그러니…… 이제 그런 수고를 해주지 않아도 돼요."

"너……!"

한강은 갑자기 터져 나오는 화를 참기 위해 이를 악물었다.

불만스러웠다. 이 여자는 뭘 몰라. 소량의 최음제라 하더라도 얼마나 독한지, 얼마나 약효가 가는지 아무것도 몰라. 지금까지 사랑을 나누더라도 최음제를 먹고 해본 적은 없는 모양이지? 바보 같은 여자. 한때의 편안함으로 모든 것이 끝났다고 생각하다니.

그는 애써 평정을 유지하고 말했다.

"어리석군. 설마 이게 끝이라고 생각하는 건 아니겠지?"

"……."

대답이 없었다. 정말 그렇게 생각하고 있었던 모양이다.

"미안하지만 금방 다시 시작될 거야. 아무리 소량이라 하더라도 이 정도로 끝나지는 않아. 그래, 얼마나 먹었지? 얼마나 먹었기에 그렇게 다 끝났다고 단정을 짓는 거야?"

"뒤, 뒤는 내가 알아서 할 거야! 상관하지 마!"

여자는 악을 쓰듯 소리치고 머리를 흔들었다. 부정은 하지만 한강의 말이 사실이라는 것을 그녀는 알고 있는 듯했다. 차에서 내리려 하지 않는 게, 그리고 조수석으로 자리를 옮기지 않는 게 그 증거였다.

한강은 가만히 여자가 입술을 잘근잘근 씹어대는 것을 보기만 했다. 아래에서는 잔뜩 흥분을 한 남성이 욱신거렸지만 그는 태연한 표정을 가장했다. 그리고는 자신이 묻고 싶은 것을 물었다.

"몇 살이야?"

여자의 시선이 한강에게로 향했다.

한강은 터져 나오는 감탄을 삼켰다. 몰랐는데 이 여자, 눈동자 하나만큼은 정말 아름답군. 푸른빛이 도는 하얀 바탕에 악마의 깃털을 뽑아 넣은 듯한 새까만 눈동자. 거기다 기이할 정도로 맑은 동공이라니.

이런 눈은 지금까지 본 적도 없었다. 한강이 감탄하며 눈동자를 뚫어져라 쳐다보는데 여자가 입술을 씹더니 말했다.

"내 나이가 몇인지…… 당신이 알 필요 없어!"

차가운 목소리다. 하지만 한강은 아랑곳하지 않았다. 그는 오히려 쿡 하고 웃었다.

"몰라야 한다는 거야?"

"그야 당연……."

"그럼 되묻지. 네가 몇 살인지 왜 내가 몰라야 하는데?"

말을 끊으며 장난치듯 하는 말에 여자의 얼굴이 일그러졌다. 그녀는 발끈해서 소리쳤다.

"왜 몰라야 하냐고? 당연한 것 아냐? 당신과 나는 원래 아는 사이가 아니야! 서로에 대해 뭔가를 알아야 할 권리는 우리 둘 중 누구에게도 없어. 난 당신에게 아무것도 묻지 않았어. 그러니 당신도……."

한강이 손을 들어 그 말을 막았다.

"그만. 무슨 말인지 알아들었어. 쉽게 말해 내 소개를 하라는 말이지? 좋아. 내 이름은 한강. 나이는 스물여섯. 집은 서울에 있고 여기는 출장차 왔어. 자, 이 정도면 이제 너에 대해서 알아도 되겠지? 몇 살이야?"

그녀는 얼굴을 찡그리고 소리쳤다.

"이름 같은 거 물은 적 없어!"

"어쨌거나 들었잖아? 기브 앤 테이크. 가는 게 있으면 오는 것도 있어야지. 말해."

"……."

어처구니없는 논리에 넘어갈 만큼 여자는 순진하지 않았다. 그녀는 한강의 말을 무시하고 입을 닫아버렸다. 하지만 한강은 포기하지 않고 다시 대화를 시도했다.

"좋아. 그렇게 싫다면 다른 건 묻지 않겠어. 이름도 지금은 묻지 않을게. 내가 궁금한 건 하나야. 몇 살인지만 말해."

"정말 끈질기네. 내 나이가 몇이든 당신이 무슨 상관이야!"

여자는 짜증스레 소리치다 눈살을 찌푸렸다. 그리고는 얼마 안 가 얼굴 전체가 찌푸려졌다. 여자가 허리를 뒤로 빼며 이를 악물었다. 하지만 소용이 없었다. 잦아들었던 고통이 다시 시작되고 있었다.

"싫어! 아, 안 돼! 안 돼!"

여자는 도리질을 하며 무릎에 힘을 줘 일어나려 했다.

이 남자는 위험하다는 생각이 들었다. 고통이 시작되면 제어가 안 되니 그전에 도망이라도 가야겠다, 그렇게 생각했다. 그런데 그조차도 마음대로 되지 않았다. 왜인지 무릎에 힘이 들어가지 않았다.

"으……."

이를 꽉 깨물며 힘을 주는데 한강이 그녀의 허리를 감아 잡아당겼다. 여자가 한강의 어깨를 밀며 고개를 흔들었다.

"싫어! 놔!"

하지만 한강은 놓지 않았다.

"몇 살이야?"

"놓으라고! 이…… 이……."

"몇 살이야?"

"으……."

"몇 살이야? 말해!"

한강이 여자의 얼굴을 자신에게로 고정시키고 다그쳤다. 욕구불만은 그에게서 부드러움을 앗아갔다. 여자는 어쩔 줄을 몰라 했다. 그러다 속삭이듯 중얼거렸다.

"스물하나……."

한강은 놀란 표정을 지었다.

말도 안 돼! 많이 쳐줘야 고등학생이다, 많이 쳐줘야. 그냥은 중학생쯤 될 거라 생각했다. 물론 발육은 지나치게 좋지만. 그런데 스물하나? 믿기지 않아 다시 확인했다.

"확실해?"

"뭐, 뭐가?"

"스물하나인 것이 확실하냐고. 거짓말을 하는 것은 아니겠지?"

여자의 얼굴이 일그러졌다.

"내가 당신을 속여서 뭘 하려고?"

그래, 처음 보는 사이에 일부러 속일 필요는 없겠지. 그렇다는 것은 믿을 수는 없지만 여자가 스물한 살이 맞다는 거다.

한강은 매력적인 미소를 지었다.

"좋아."

그거면 됐다.

한강은 여자의 고통이 다시 시작되었을 때부터 기대감으로 잔뜩 흥분해 있던 남성을 피해 허리띠를 풀며 그렇게 중얼거렸다. 여자가 성인인 것을 안 이상 망설임은 없었다.

가볍게 키스를 하며 애무하자 여자는 쾌감에 젖어 신음하다 한숨을 내쉬었다. 한강이 주는 자극은 조금 전까지 끊임없이 괴롭히던 고통을 사하여주는 대신 더 큰 충격을 주고 있었다. 그것은 쾌감. 하지만 수치스러운 쾌감이었다.

할 수만 있다면 벗어나고 싶었다. 하지만 몸은 자꾸만 한강에게로 달라붙고 있었다. 그리고 그것이 한강의 욕구를 더욱 부추겼다. 이미 촉촉하게 젖은 여성은 준비가 되었다고 했지만 그래도 한강은 좀 더 기다리려 했다. 하지만 유혹하듯 한숨을 내쉬는 그녀의 날숨이 귀를 스치자 더 이상은 참을 수가 없었다. 그는 여자의 엉덩이를 두 손으로 꽉 잡고 자세를 잡았다.

쾌감이 들떠 있던 여자가 뭔가 이상함을 느끼고 고개를 내렸다. 그녀의 눈에 치마에 가려 잘 보이진 않으나 자신의 여성으로 바짝 다가오고 있는 한강의 대담한 남성이 들어왔다. 잔뜩 발기되어 흥분해 있는 그것을 보는 순간 눈이 커다랗게 떠졌다.

"아, 안…… 악!!"

여자가 무슨 말인가를 하려고 한다는 것을 알았지만 한강은 들어줄 수가 없었다.

그는 풀리지 않은 욕구를 풀기 위해 대번에 여자의 안으로 깊숙이 들어갔다. 좁은 입구가 진입을 방해했지만 성난 남성은 방해를 간단히 뚫고 헤쳐 나갔다. 믿을 수 없을 정도로 황홀한 기분에 몸을 떨었다. 하지만 곧 여자의 억눌린 비명 소리에 그대로 경직되었다.

"설마……."

말은 설마라고 하지만 본능적으로 알았다.

처녀야, 처녀였어! 그런 느낌은 조금도 주지 않았으면서 처녀였어. 최음제를 먹고 그렇게 키스를 잘했으면서도, 처녀였다고!

한강은 충격을 받았다.

무의식적으로 많은 경험을 가지고 있을 것이라 생각했다. 그런데 그게 아니었다. 착각이었다. 이 여자, 사실은 나이도 속인 것 아닐까? 혹시 정말은 스물한 살이 아니라 중학생이나 고등학생이 아닐까?

한강은 자책감에 휩싸였다.

어린아이를 건드렸을지도 모른다. 여자관계에 대해 많은 비난을 들었지만 스스로는 아무런 거리낌도 없었는데, 이제는 그 거리낌이 생길지도 모르겠다. 젠장. 난봉꾼 난봉꾼 하더니 정말 난봉꾼이 되어버렸어. 아이든 어른이든 가리지 않고 여자라면 무조건 안고 보는 인간. 그런 인간이 되어버렸어!

한강은 스스로에게 욕설을 퍼부었다. 그리고 이 상황에도 욕설을 퍼부었다.

정신이 나갔었어. 제정신이 아니었던 거야!

한강은 끔찍하게만 느껴지는 이런 상황에서도 여전히 가라앉지 않는 욕구에 짜증을 내며 여자의 엉덩이를 들어 올려 안에서 빠져나오려고 했다. 하지만 여자는 그렇게 하도록 두지 않았다.

조금 전 처녀막 파열에 비명을 지르던 것도 잠시, 여자는 한강이 빠져나오려 움직이자 그 쾌감에 젖어 자극적으로 그를 조였다.

한강은 입술을 깨물었다.

"빌…… 어먹을……."

좀 전으로 되돌아갈 수는 없지만 지금이라도 그만두는 것이 낫다고 생각하면서도 한강은 그렇게 하지 못했다.

여자의 안은 뜨거웠고 부드러웠으며 굉장히 촉촉해 묘한 쾌감을 안겨주었다. 하지만 처녀야. 함부로 다루어서는 안 돼. 그는 성급하게 움직이지 못하고 그녀가 엉덩이를 밀어붙이며 움직이도록 그냥 두었다.

여자는 그의 목에 두 팔을 두르고 스스로도 자신의 행동을 인식하지 못한 채 본능에 따라 엉덩이를 흔들었다.

점점 타오르는 불꽃의 움직임.

그 격렬함!

여자의 움직임은 그것을 연상시켰다. 그리고 그녀는 곧 절정에 도달했다. 한강은 늦었지만 지금이라도 배려해 줘야 한다는 생각에 일부러 어떤 자극도 주지 않으려 했지만 절정에 이르러 아름다운 눈동자에 깃든 쾌락 열에 그만 전율하며 무너져 내리고 말았다.

누가 먼저랄 것도 없이 서로가 주는 짜릿한 쾌감에 그들은 생애 최고의 절정을 맞이했다.

혀로 유두를 자극하자 여자가 잠결에 몸을 비틀었다. 한강은 허리를 꼭 끌어안고 유두를 잘근잘근 씹다 세게 빨았다.

"으음……"

신음성에 유두를 문 채로 눈만 들었다. 영롱하게까지 느껴지는 눈동자가 보였다. 잠이 덜 깬 여자의 눈에는 물기가 어려 있었다.

그 하나만으로도 한강은 남성이 꼿꼿이 서는 것을 느꼈다.

스탠드 불빛에 비치는 여자의 아름다운 얼굴은 어떻게 봐도 중학생이나 고등학생으로는 보이지 않았다. 어둠에 작은 몸과 조금씩 드러난 부분만 생각하고 스물한 살이라고 한 그녀의 말을 믿지 않았던 게 우스웠다.

처녀지만 학생을 건드린 건 아니라는 생각에 어느 정도 죄책감을 털어버린 그는 조금 전까지만 해도 황홀했던 순간을 떠올렸다.

호텔로 돌아와서도 약기운이 가라앉지 않아 침대 위에서 몇 번이나 사랑을 나누었다. 처음 했던 저항은 모두 잊어버렸는지 여자는 적극적으로 그에게 매달렸고 상을 주듯 한강도 정신없이 그녀에게 빠져들어 안고 또 안았다. 그런데도 그는 충족되지 않는 욕구를 느꼈다.

지금까지 이런 적은 없었는데.

당황스러웠지만 한편으로는 즐거웠다. 여자의 절정에 올라

지르는 신음성과 눈동자에 어리는 열기가 다시 보고 싶어졌다.

그는 미소를 짓고 손을 내려 시트 아래 가려진 엉덩이를 쓰다듬다 손을 앞으로 돌렸다. 허벅지로 손을 밀어 넣자 기다렸다는 듯이 여자가 다리를 벌렸다. 그 익숙한 반응에 한강은 기분 좋게 웃었다. 처음에는 대뜸 다리를 오므리더니.

그는 피식 웃고 좀 더 깊이 움직여 커다란 손으로 여성을 감쌌다. 손가락에 감겨드는 숲을 쓰다듬고 그 안에 가려진 것을 매만졌다. 꽃떨기처럼 파르르 떨리는 여성은 그의 손이 닿은 것만으로도 물이 들었다. 손가락으로 위에서 아래로 훑다 중지를 안으로 밀어 넣었다.

"아!"

여자의 입이 벌어졌다.

한강은 벌어진 그녀의 입술에 입을 맞추고 치아로 아랫입술을 깨물었다. 여자가 혀를 내밀었다. 쪽 혀를 빨고 입술을 내려 다시 가슴에 얼굴을 묻었다.

"음."

이미 약기운이 다 가셨음에도 여자는 신음하며 가슴을 앞으로 내밀었다.

장밋빛의 유두는 몇 번이나 빨았지만 질리지가 않았다. 한강은 뽀얀 가슴에 울긋불긋한 자국을 만들고 밑으로 내려갔다. 벨벳 같은 살결을 훑고 배꼽에 혀를 넣어 자극했다. 그리고는 더 밑으로 내려갔다.

 약기

드디어 목적한 곳에 도달했다. 여성의 향기가 물씬 풍겼다. 그는 숲을 헤치고 들어가 혀로 속살을 애무했다.

"아아……."

여자가 다리를 벌리고 무릎으로 한강의 머리를 눌렀다. 그리고는 허리를 비틀며 등을 활처럼 휘었다.

그 모습이 만족스러웠다. 지금 행동이 약기운 때문이 아니라는 것도 만족을 주는 이유 중에 하나였다. 한강은 여성의 향기를 한껏 들이키고 핵을 자극했다. 그녀는 어느새 흐느끼고 있었다. 하지만 한강은 그에 만족하지 않고 혀를 세워 그 안으로 밀어 넣었다.

"헉!"

여자가 급히 숨을 들이켰다. 그녀의 손이 아래로 내려와 그의 머리를 헤집는 게 느껴졌다.

"빨리…… 빨리……."

그녀가 머리카락을 잡으며 웅얼거렸다. 한강은 여성에 쪽 소리 나게 키스를 하고 고개를 들었다.

"빨리 뭐?"

짓궂게 묻자 흐릿하게 물든 여자의 눈동자가 매서워졌다.

"알았어. 명령대로 따를 테니 그런 눈으로 보지 마."

"내가 어떤 눈으로 보았다고……."

여자의 말은 이어지지 않았다.

한강이 씩, 웃고 위로 올라와 키스를 했던 것이다. 그는 그녀의 턱을 잡아 자신에게로 눈을 고정시켰다.

"눈 떠. 나를 봐."

눈꺼풀에 키스를 퍼부으며 말하자 여자가 키스에 취해 감고 있던 눈을 떴다. 한강은 그 눈에 시선을 맞추고 천천히 안으로 들어갔다.

"아!"

여자의 눈동자가 커다랗게 떠졌다.

그게 좋았다, 쾌락 열로 가득한 눈동자가. 그 하나로 여성 안에 반쯤 잠긴 남성이 터질 듯 부풀어 올랐다. 여자가 더욱 눈을 크게 떴다.

한강은 기분 좋게 웃음을 터뜨리며 가슴으로 여자의 가슴을 비볐다. 그러면서 분출하려는 남성의 성난 외침을 무시하고 감질나도록 천천히 움직였다. 여자가 채우지 못한 욕구에 허덕이며 재촉하는 게 보고 싶었다. 하지만 그녀가 다리를 허리에 감고 엉덩이를 흔들자 참지 못하고 뿌리까지 단번에 깊숙이 들어갔다.

"헉."

"아아……."

가쁜 숨소리와 함께 그들은 누가 먼저랄 것도 없이 서로를 탐했다.

리듬은 점점 빨라져 갔고 호흡 역시 그에 따라 가파르게 상승했다. 어느 순간 한강이 세게 전진하자 그때를 기점으로 여성은 급격히 젖어들었고 둘은 동시에 절정을 맛보았다.

　그렇게 서로에게 열중해 있는 사이, 어느새 동이 터오고 있었
다.

『유치원에 들어가자마자 첫사랑을 했다. 어떻게 하면 나를 봐줄까? 그 생각에 공부를 열심히 해 1등도 해보고 땋은 머리를 잡아당겨 올려도 봤지만 여자애는 내게 전혀 관심이 없어 보였다. 풀이 죽어 아빠에게 물었다. 그러자 아빠는 웃으며 말하셨다. '우리 민이가 벌써 사랑을 할 나이가 되었구나. 음, 뭘 잘해야 그 여자애가 널 봐주는가 하면…… 그래, 무엇보다 협상을 잘해야 해. 알겠니? 민아, 꼭 기억해둬라. 남자는 누가 뭐라 해도 협상이다!' 전혀 이해할 수 없는 말이었다. 사랑이랑 협상이랑 무슨 관계인데?』

협상

철썩!

아버지가 휘민의 뺨을 갈기고 옷을 잡아뜯었다.

찌익, 옷이 찢어지는 소리가 방 안을 울렸다. 맨살이 드러난 어깨에 손톱자국이 새겨졌다.

"아악! 이, 이······!"

휘민이 깜짝 놀라 뒤로 물러났다.

맞는 데는 익숙하지만 옷이 찢어진 것은 처음이었다. 어깨를 가리며 고개를 드니 광기 어린 눈동자가 보였다. 순간 휘민은 겁을 먹었다.

"아, 아버지, 죄송해요. 다음부터는······ 다음부터는······."

뒷말을 이으려고 했으나 말이 나오지 않았다.

목이 메었다. 울컥하고 속에서부터 뭔가가 치밀어 올랐다.

어머니가 살아 계실 때만 해도 이렇지 않았잖아! 아니, 어머니가 죽은 후로도 얼마간은 멀쩡했었잖아! 그런데 왜 이렇게 되어버린 거지? 왜! 단지 어머니가 떠난 것에 대한 슬픔이라고 하기에는 심해도 너무 심해! 독하게 마음먹은 후로 한 번도 울어본 적이 없는데 지금은 눈물이 나올 것 같았다. 누군가를 원망하고 싶어졌다. 갑작스레 떠난 어머니를, 어느 순간부터 변해버린 아버지를.

"죄송한 걸 알아? 뭘 잘못했는지 알아? 알면 고분고분 시키는 대로 해야지. 지금까지 키워준 게 어딘데. 응?"

그래, 지금까지 키워준 게 어딘데. 제 자식도 아닌 놈을 건사해 준 게 어딘데. 호적에 올려준 게 어딘데!

그는 미칠 것만 같았다.

자신을 속여 결혼하고, 끝내 진실은 숨긴 채 가버린 여자를 생각하니 술을 마시지 않고서는 견딜 수가 없었다. 애써 생각을 떨치려 하면 할수록 누구 핏줄인지도 모를 딸은 제 어미를 닮아 갔다. 그리고 그럴수록 그는 점점 미쳐 갔다. 목숨처럼 사랑하던 여자의 배신을, 그 배신의 증거를 눈앞에 두고 제정신일 수가 없었다. 그렇게 미쳐 갔다. 이미 그는 제정신이 아니었다.

비틀비틀 부엌으로 가 뭔가를 들고 왔다. 그것은 제사 때 술을 넣어두는 작은 주전자였다.

“아, 아버지?”

집안 살림은 휘민의 몫이다. 그런데 그녀가 모르는 것이었다. 뭐가 담겼는지도 모르는 주전자. 휘민은 불안해지는 마음을 다잡으며 아버지를 불렀다. 그때 아버지가 잽싸게 다가와 그녀의 머리채를 잡아챘다.

“아악!”

“큭큭…… 큭큭큭.”

고통에 몸을 떠는 휘민을 보며 아버지는 실성한 사람처럼 웃어댔다. 그리고는 목이 뒤로 젖혀지며 벌어진 휘민의 입으로 들고 있던 주전자를 기울이며 혼잣말을 하듯 중얼거렸다.

“말을 들어야지. 응? 잘못했다면서? 죄송하다면서? 그럼 돈을 벌어와야지. 그래도 전국 1등이라고 대학교라도 가면 돈 좀 벌어올까 싶어 왕 마담의 제안도 거절해 가며 두었더니 감히 이따위 것을 점수라고 받아와? 필요없다, 다 필요없어! 그러니 그럭저럭 봐줄 만한 몸뚱어리로 돈을 벌어와! 너라면 지금이라도 왕 마담은 거절하지 않을 거야. 큭큭.”

“아, 아버…….”

쿨럭, 목이 따갑다. 식도를 타고 들어오는 물에 휘민은 기침을 하며 고통스레 목을 틀었다. 하지만 얼마나 꽉 쥐고 있는지 아무리 버둥거려도 벗어날 수 없었다. 순식간에 주전자를 채우고 있던 물의 대부분이 휘민의 뱃속으로 들어갔다.

꽈당!

빈 주전자가 벽에 부딪혀 떨어졌다. 아버지는 그제야 잡고 있던 머리채를 놓았다. 휘민은 반쯤 기절 직전인 상태로 미친 듯이 기침을 했다.

"쿨럭쿨럭!"

정신없이 기침하는 그녀를 보며 아버지는 비릿한 웃음을 지었다.

"지금 먹은 게 뭔지 알아? 춘약이라고, 최음제라고도 하는데 똑똑한 네가 모를 리는 없겠지? 그러니 당장 나가서 손님을 받아! 이 못된 것! 죄를 안다니 이번에는 이 정도에서 봐주는 거다. 알겠어?"

"무, 무슨…… 무슨……."

휘민은 말을 잇지 못했다.

뭐라고? 뭘 먹었다고? 저 주전자에 있던 게 뭐였다고? 도저히 믿을 수 없었다. 그녀는 제대로 말도 하지 못하고 입만 뻐끔댔다. 그 모습조차도 아버지는 보기 싫은 듯했다. 그는 왕 마담의 술집과 연결된 뒤쪽 문으로 휘민을 밀며 소리쳤다.

"가! 안 가? 내가 가게 해줘? 당장 가!"

아버지는 버럭 소리치기 무섭게 달려들어 휘민의 옷을 잡아 찢었다.

"아악! 아버……."

"가!"

쫘악!

옷이 찢어지는 소리가 처절하게도 들린다. 뒤로 물러서며 저항을 했지만 허사였다. 어른 남자의 힘에 대항할 수 있을 만큼 그녀는 힘이 세지 않았다.

"아악!!"

휘민은 비명을 질렀다. 도와달라고, 한 번만이라도 좋으니 제발 도와달라고. 어떤 도움도 주지 않을 거면 차라리 죽여달라고. 그렇게 기도하고 또 기도했다. 하지만 그것은 말 그대로 기도에 지나지 않았다. 아무리 소리쳐도 누구도 나타나지 않았다.

찢겨져 나가는 옷자락과 함께 정처없이 흔들리는 눈에 탁상시계가 보였다. 휘민은 망설이지 않고 그것을 집어 던졌다.

퍼억!

"컥!"

아버지가 머리를 쥐며 주춤했다. 휘민은 그 틈을 놓치지 않고 앞문을 향해 뛰었다.

"으윽! 이것이…… 거기 서! 당장 못 서? 이…….."

그 뒤로도 뭐라뭐라 더 소리치는 게 들렸지만 휘민은 무작정 달리고 또 달렸다. 어려서부터 뒷골목에서 살아왔다. 최음제가 뭔지 모르지 않았다. 누구도 날 함부로 할 수 없어! 휘민은 사람이 없는 곳으로 가서 약효가 다할 때까지 숨어 있어야겠다고 생각하고 정신없이 뛰었다.

아프다. 너무 아프다.

찌릿찌릿한 통증에 정신을 차릴 수가 없었다. 이상하게 힘이 하나도 없다. 무릎이 시큰거리고 온몸이 나른하게 퍼지는 느낌이었다. 부는 바람에도 피부가 떨렸다. 그리고 무엇보다 사타구니가…… 뭔가 느낌이 굉장히 이상했다. 욱신거림이 심해지자 아픔까지 느껴졌다.

휘민은 당황했다.

최음제라는 것을 먹으면 이렇게 되는 거였어?

처음으로 먹어보는 것이니 어떤 반응이 오는지 알지 못했다. 그리고 그래서 두려웠다. 몰라서 두려웠다.

듣기로는 몇 십 명의 남자들에게 안기고 또 안겨야 괜찮아진다고 들었다. 나중에는 수치도 모르고 매달린다고 들었다. 몇 십 명이나 되는 남자들의 진을 빼놓고 난 후에야 진정이 된다고 들었다.

나도 그럴까? 그렇게 매달리게 될까? 미친 듯이 성적 욕구를 채우기 위해 안달하며 괴로워할까?

무섭다. 생각만 해도 끔찍하다. 무조건 피하고 보겠다는 생각에 인적이 드문 곳까지 오긴 했는데 어째선지 더욱 견디기 힘들었다. 점점 아픔, 아니, 어떤 욕구가 그 강도를 더해가고 있었다. 그리고 그것이 휘민의 정신을 갉아먹고 있었다.

휘민은 참으려 애를 쓰다 결국 견디지 못하고 자리에서 일어났다. 정신없이 뛰어가는데 옆에서 화악, 불빛이 비쳤다.

끼익—!!

요란한 소리가 귓속을 파고들었다.

둥둥, 떠다니는 느낌이었다.

휘민은 미소를 지었다. 몰아치듯 다가온 격정 뒤에 찾아든 나른함이 기분 좋았다. 생소한 감각에 마음이 들떴다. 황홀함에 몸을 내맡겼다. 이제는 현실인지 꿈인지도 구분이 가지 않았다.

'아니, 꿈이야.'

휘민은 확신했다.

그렇지 않다면 이렇게 기분이 좋을 리가 없다. 휘민은 그렇게 생각했다. 뜨거운 입김이 귓가를 간질였다. 눈을 뜨고 보자 흐릿한 망막 속으로 '그'가 미소를 짓는 게 보였다. 그런데 신기하게도 얼굴이 보이지 않았다. 휘민은 고개를 갸웃했다. 왜 얼굴을 보여주지 않지? 왜?

휘민은 그의 얼굴이 보고 싶었다.

"한 번만……."

입술을 달싹여 말하는데 갑자기 '그'의 뒤로 빛 무리가 들었다. 그 갑작스런 눈부심에 휘민은 질끈 눈을 감았다. 그의 얼굴을 보고 싶었지만 눈을 뜰 수가 없었다.

'너무 눈이 부셔.'

그녀는 불만스레 코를 찡그렸다.

그때 코끝으로 뭔가 향긋한 향이 풍겨왔다. 그것은 아마도…… 커피 향? 코끝을 간질이는 향을 맡으며 아직까지 사라지지 않은 빛 무리에 몇 번 눈꺼풀을 깜빡이고 서서히 눈을 떴다. 그러자 빛을 등지고 있는 한 남자의 모습이 눈에 들어왔다.

창을 통해 방 안 가득 들어찬 햇살.

그 환하고 찬란한 빛 속에서도 확실히 검은 빛이라는 것을 알게 해주는 칠흑같이 검은 머리카락을 눈가까지 길게 늘어뜨린 남자는 마치 방금 햇빛 속에서 만들어진 듯했다. 하지만 현실이라는 것을 각인시키듯 그는 한 손에 조금 전부터 후각을 자극하던 커피 잔을 들고 있었다.

다른 손으로 쳐진 커튼 사이로 창을 열다 기척을 느낀 듯 휘민에게로 고개를 돌렸다.

"아, 내가 그만 깨우고 말았군. 잘 잤어?"

마치 꿈에서의 '그' 처럼 미소를 지으며 묻는 남자.

그인가? 하지만 그것은 꿈이었잖아? 끔찍한 현실에서 도피하기 위해 만들어낸 꿈.

"……꿈?"

아직까지 적응이 되지 않는 빛에 눈을 가리며 중얼거리자 그가 웃음을 터뜨렸다.

감미롭고 매력적인 웃음소리.

휘민은 정신을 차릴 수가 없었다. 저 사람은 꿈인가? 현실인가? 멍한 상태에서 두통이 이는 머리를 부여잡는데 탁자 위에 커피 잔을 올려놓은 남자가 다가와 휘민의 머리카락을 가지런히 모아주었다. 그리고는 휘민이 누워 있는 침대 옆에 앉았다.

"좋은 꿈을 꾸었나 보군."

환하게 웃자 하얀 치아가 두드러져 보였다.

짙은 눈썹과 크지도 작지도 않은 눈, 곧고 날카로운 콧날이 이지적인 느낌을 강하게 풍기는 남자.

겉모습만 보자면 마치 악마를 연상하듯 검은 빛이 가득했지만 반대로 남자는 천사를 연상하듯 맑고 환한 빛을 가지고 있었다. 한마디로 객관적으로도 주관적으로도 무척이나 잘생긴 남자였다. 그리고 그 잘생긴 남자의 얼굴이 언젠가 보았던 이의 모습과 흡사하다는 것을 깨닫는 순간 휘민은 그제야 어제의 일이 조금씩 떠오르기 시작했다.

그래, 이성을 잃은 아버지로 인해 최음제를 먹었고, 술집으로 끌려가기 싫어 뛰쳐나왔다. 약의 효력이 다할 때까지 피해 있어야겠다는 생각에 인적이 드문 곳을 찾아 숨었다. 하지만 참지 못해 뛰쳐나갔고 차에 치일 뻔했다. 그리고 그때 차 주인이 나타나서…….

'그럼 그게 다 사실이었단 말이야? 설마 그것까지…….'

이 침대에서 사랑을 나누었던 일을 떠올린 휘민은 질끈 눈을 감았다.

"악몽이야."

벗어나고 싶었다. 언제부턴가 변해 버린 아버지로부터, 끔찍하기만 한 생활로부터, 그리고 '악몽?' 하며 머리를 갸웃거리는 이 남자로부터.

어쩌면 이 남자는 이렇게 느긋할 수가 있을까? 좀 전의 일을 생각하면 저럴 수는 없는 거잖아! 이 남자를 탓할 생각은 없다. 이자가 최음제를 먹인 것도 아니고, 원하지는 않았지만 결과적으로는 이 남자 덕에 괜찮아진 것이니. 하지만 차 안에서, 그리고 지금 누워 있는 이 침대에서 일어났던 일을 생각하면 이렇게 멀쩡한 얼굴로 있을 수는 없는 거잖아?

할 수만 있다면 이 모든 일이 일어나기 전으로 돌아가고 싶었다. 하지만 아무리 외면해도 상황은 변하지 않으리라는 것을 휘민은 잘 알고 있었다. 그녀는 꾹, 눈두덩이를 누르고 입을 열었다. 목소리가 잔뜩 잠겨서 튀어나왔지만 신경 쓰지 않았다.

"잠시…… 생각할 시간 좀 주겠어요?"

부탁이었지만 사실 부탁이 아니었다. 그것은 요구였다. 휘민은 저 남자가 방에서 나가주기를 바랐다.

몸에 닿는 부드러운 실크의 감촉.

그것은 지금 그녀가 아무것도 입고 있지 않다는 것을 말해 주고 있었다. 아무리 이 남자와 밤새 사랑을 나누었다지만 절대 그에게 알몸을 보여주고 싶은 생각이 없었다. 하지만 남자는 그녀와는 생각이 다른 모양이었다, 자리에서 일어나는 기척이 없는 것을 보면.

휘민은 눈두덩이를 누르던 손을 뗐다.

"이봐요, 내가……."

"우선, 우리는 대화를 좀 해야 할 것 같은데?"

기다렸다는 듯이 말을 꺼내기 무섭게 그 말을 자르고는 빙긋, 웃으며 하는 말에 그녀는 화가 났다. 이 남자는 어쩜 이렇게 뻔뻔할 수가 있지? 휘민은 한쪽 팔로 이불을 감싸며 상체를 일으켰다. 그리고 남자를 노려보며 소리쳤다.

"난 할 이야기 없어요. 좀…… 좀 나가달라잖아요! 난 생각할 시간이 필요하단 말이에요! 나가요! 지금 당장!"

휘민의 언성이 높이는데도 남자, 그러니까 한강은 태연했다. 그는 휘민이 문 쪽을 가리킨 손을 잡아 내리며 말했다.

"생각은 나중에 혼자서 하는 것도 나쁘지 않아. 원래 생각이란 것은 언제든 하고 싶을 때 할 수 있지. 하지만 대화는 그렇지 않아. 그리고 지금은 대화가 필요해."

"난 하고 싶지 않아요!"

"하지만 넌 해야만 해."

"하지 않아도 돼!"

한강은 자신도 모르게 자꾸만 지어지는 미소를 감추지 못했다.

그녀 자신은 모르겠지만 화가 나 창백하기만 하던 뺨이 붉게 달아오른 모습이 너무도 아름다웠다. 빛나는 눈동자가 쾌락에 들떴을 때와 비슷해 보였다. 그래서 가만히 있을 수가 없었다.

한강은 짐짓 의심스럽다는 표정으로 눈을 가늘게 뜨고 말했다.

"도망치는 거야?"

"뭐, 뭐라고?"

"지금 현실에서 도피하려는 거냐고 물었어."

"난 내 상황을 피하지 않아!"

휘민이 소리를 질렀다. 그리고 그것이 한강이 바란 것이었다. 그녀의 태도에서 자존심이 무척 강한 여자라는 것은 이미 눈치 채고 있었다.

그는 머리를 흔들고 말했다.

"하지만 이건 엄연히 회피하는 거야. 피하려고 하는 거잖아? 어떻게 해야 할지 모르겠으니 무작정 피하고 보려는 거잖아? 안 그래?"

"아냐!"

고집스럽게 소리치자 한강의 미소가 더욱 짙어졌다.

"그럼 이야기를 해! 도망가지 말고."

"난!!"

소리치려다 입을 다물었다. 갑자기 목이 막혔다. 그녀는 한강에게 잡힌 손을 빼 목을 감싸고 그를 노려보았다.

"그럼, 대화할 준비가 된 것 같은데 이야기 좀 할까?"

가만히 노려보고만 있자 하는 말이다.

휘민은 깊이 심호흡을 했다.

왜 이러지? 지금까지 한 번도 화를 내본 적이 없었다. 스스로 도 무척 이성적이라고 생각했다. 그러나 지금은 어째서인지 무 작정 화만 내고 있었다.

그녀는 몇 번이나 심호흡해 마음을 가라앉혔다.

"대화는 나중에요. 우선 난 좀 씻어야겠어요. 그리고 옷을 입어야겠어요. 옷은……."

"당장 나가서 사 올 수는 없으니 남자 옷이라도 괜찮다면 내 옷을 빌려주지. 조금, 아니, 많이 크겠지만."

씻고 싶다는 것까지 말릴 수는 없어 한발 물러났다. 그런데도 휘민은 여전히 얼굴을 찌푸리고 있었다.

"그러면 옷은 고맙게 빌리겠어요. 이야기는 씻은 후에 하기로 하죠. 욕실은 어디 있는지 알고 있으니 굳이 가르쳐 주지 않아도 돼요. 옷은 욕실 앞에 두시면 되고요. 그럼 이제 좀 나가주시겠어요?"

휘민이 다시 문을 가리키며 말하자 한강은 어깨를 으쓱이고 옷장을 가리켰다.

"저기서 아무 옷이나 꺼내 입어. 굳이 내가 꺼내서 욕실 앞에 둘 필요는 없는 것 아니겠어? 그럼 난 숙녀 분의 명령대로 나가 있지."

'명령대로'라는 말에 오늘 아침 일을 떠올린 휘민은 얼굴이 달아오르자 얼른 고개를 내렸다. 시트에 가려진 가슴께에 울긋불긋한 자국이 보였다. 이건…….

눈살을 찌푸리는데 한강이 자리에서 일어났다. 그는 아직까지도 모락모락 김이 올라오는 커피 잔을 들고 밖으로 나갔다. 고개도 들지 않고 그가 나가길 기다리던 휘민은 바로 욕실을 향해 뛰었다. 한강이 다시 문을 열고 얼굴을 들이밀었다가 그 모습을 보고 씩, 웃는 것은 조금도 눈치채지 못했다.

씻고 나오자 한강이 창 쪽을 보며 통화를 하고 있는 게 보였다.

"그래, 미안하다고 했잖아. 그러니까 그걸 좀 미뤄. 음, 그 정도도 못하고 어떻게 내 비서라고 할 수 있겠어? 그래, 나중에. 음."

그는 문소리가 나자 휴대폰을 끊고 몸을 돌렸다.

휘민을 보더니 대뜸 얼굴을 찌푸렸다. 휘민은 자신도 모르게 인상을 썼다. 옷이 많이 크다는 것은 인정한다. 소매도 몇 번이나 접어야 했고 바지는 접다가 귀찮아서 그냥 뒀다. 하지만 그렇다고 노골적으로 얼굴을 찌푸리는 건 너무하잖아?

휘민은 입술을 깨물고는 퉁명스럽게 한마디 했다.

"속옷은 입을 수 없겠더군요."

"그야 당연히……."

한강은 더 이상 말을 잇지 못하고 고개를 숙였다.

사실 휘민의 생각과는 달리 한강은 그녀의 모습이 이상해서 얼굴을 찌푸린 게 아니었다.

180㎝가 넘는 한강과 달리 휘민은 160㎝을 겨우 넘길 만큼 작았다. 그렇다 보니 한강의 옷을 입은 휘민은 마치 옷에 파묻힌 것 같았다. 그것이 화를 내거나 사랑을 나눌 때가 아니면 시

종 차가운 느낌을 주던 휘민을 귀엽게 보이게 만들었다. 달려가 꼭 안고 키스하고 싶을 만큼.

한강은 휘민을 안는 대신 커피포트 쪽으로 발걸음을 옮겼다.

"음. 커피부터 한 잔 하면서 대화를 하는 게 괜찮을 것 같은데. 2:2:2?"

"블랙."

휘민이 자리에 앉자 얼마 지나지 않아 한강이 커피 잔을 가져왔다.

그곳에 잠시간 침묵이 찾아들었다. 한강도, 휘민도 잔을 기울이기만 할 뿐 입을 열지 않았다. 먼저 입을 연 것은 휘민이었다.

"어제 일은……."

"잠깐. 내가 먼저 말하겠어."

한강이 손을 들어 말을 막았다. 지금까지 가만히 있더니 왜 갑자기 끼어든담? 휘민은 미간을 찌푸리며 고개를 끄덕였다.

"하고 싶다면."

"흠."

한강은 헛기침을 하고 주변을 둘러보았다. 휘민은 황당한 표정으로 그를 봤다. 먼저 말하겠다더니 웬 딴청?

"안 할 거예요?"

"뭐?"

한강이 되물었다. 휘민은 한숨과 함께 설명했다.

"먼저 말하겠다면서요."

"아아……."

그제야 알았다는 듯이 고개를 끄덕였다. 그러더니 천천히 얼굴을 쓸었다. 말을 하겠다는 거야, 말겠다는 거야?

"이봐요, 말 안 할 거예요?"

한강이 가볍게 얼굴을 찌푸리고 말했다.

"지금 하려고 했어. 왜 그렇게 성격이 급해?"

"뭐라구요?"

발끈하다 꾹 참고 심호흡을 했다. 그녀는 빠득, 이를 갈았다.

"그러니까 얼른 하란 말이에요, 급한 성격 나오기 전에."

휘민의 살벌한 미소에 한강은 오히려 마음이 편안해졌다.

그녀의 처녀성을 이런 식으로 가지게 되어 미안했지만 뜻하지 않은 일이었기에 사실 그에 대한 미안함은 별로 없었다.

문제는 한강은 이대로 그녀와 끝내고 싶지 않다는 거였다. 그녀와 사랑을 나누는 것은 만족감을 넘어선 어떤 것이 있었다. 지금까지 한 번도 그런 느낌을 받아보지 못했다. 단순히 약효 때문인가 했지만 오늘 아침 일로 그런 생각은 싹 물러갔다. 그녀는 약효가 다 하고 난 후에도 같은 느낌을 주었다. 그는 자신이 원할 때마다 휘민과 사랑을 나누고 싶었다. 그래서 우선은 그녀의 마음을 풀어주어야 했다.

그는 가볍게 미소를 짓고 말했다.

"흠, 그러니까 우선 사과하겠어. 어제의 일은…… 내가 자제를 하지 못해서 일어난 일이야. 미안해. 내가 네게 최음제를 먹인 것도 아니고 따지고 보면 네가 먼저 유혹을 하긴 했지만, 어쨌거나 순결한 여자의 처녀성을 뺏었으니 그것에 대해서는 할 말이 없어."

거기까지 말하고 나니 저절로 고개가 끄덕여졌다. 그는 처음 목적이 무엇이었는지도 잊고 말하기 시작했다.

"사실 요즘 세상에 순결이 중요한 것은 아니니 그다지 문제 될 것은 없잖아? 아니, 오히려 그것에 대해서는 내게 고마워해야 하는 거 아닌가? 요즘은 순결하다고 더 알아주지 않잖아. 순결한 여자들은 촌스럽다는 소리나 듣지. 뭐, 어쨌거나 그 부분에 대해서는 내가 잘못한 것도 있는 것 같으니 필요한 게 있으면 말해. 보상해 줄 테니. 그리고……."

"……."

그 후로도 무슨 말인가를 했지만 그것은 들리지도 않았다.

휘민은 눈을 감았다.

처음부터 책임 추궁을 할 생각은 없었다. 그의 말대로 그가 최음제를 먹인 것도 아니고, 유혹한 것도 자신이니까. 그저 오늘 일은 다 잊고 다음에 혹시라도 우연히 만난다면 모른 척하자는 말을 하려고 했을 뿐이다. 그런데 이건 뭐지? 요즘 세상에 순결이 중요한 것은 아니니 큰 문제는 아니다? 오히려 그것에 대해서는 고마워해야 한다? 순결한 여자들은 촌스럽다?

그가 한 마디씩 할 때마다 휘민은 숨이 넘어갈 것 같았다. 나중에는 기가 막혀 말도 나오지 않았고. 더 황당한 건 필요한 게 있으면 말하라는 부분이다. 보상을 해주겠다는 말은 아주 압권이었다!

휘민은 세차게 입술을 깨물었다.

빰을 세게 때리고 나가 버릴까? 아니면 이 뜨끈뜨끈한 커피를 얼굴에 부어버려? 그것도 아니면 그냥 속이 풀릴 때까지 때려? 어떻게 하지?

휘민은 뻔뻔스런 한강의 말에 치를 떨었다. 절대 한강의 말을 그냥 넘길 수 없었다. 이제 겨우 스물한 살이다. 게다가 아직 그녀는 고3이었다. 그런데 고3을…… 아!

휘민은 갑자기 머리 속을 스치고 지나가는 생각에 눈을 감았다. 그리고 천천히 계획을 세웠다.

'이건…… 너무 치사해.'

구역질이 날 것만 같았다.

치사하다. 비열하다. 이따위 생각이나 하다니! 고고한 자존심만은 버리지 않으리라 다짐했건만 내 몸을 걸고 이따위 짓을 해야 한다니! 스스로가 끔찍하다는 생각이 들었지만 곧 그런 생각을 밀어냈다. 지금이 이것저것 가릴 때인가? 이건 기회야! 절대 놓칠 수 없는 기회!

휘민은 그 기회를 놓칠 수 없었다.

화를 내기보다는 영리하게 이것을 빌미로 그 끔찍한 곳에서 벗어나는 게 옳을 것이다. 그곳에 더 있다가는 어떤 일이 발생할지 모른다. 다시 그곳으로 돌아갈 수는 없다.

할 거야! 그 끔찍한 곳에서 벗어나기 위해 그동안 얼마나 노력했는데! 이 일로 인해 나중에 어떠한 벌을 받게 된다 해도, 지금 저기서 혼자서 실컷 말하고는 만족스런 미소를 짓는 남자에게서 경멸과 혐오 어린 시선을 받게 된다 해도, 할 거야!

속으로 그렇게 다짐하고 천천히 눈을 떴다.

왜인지 한강은 대답을 기다리고 있었다. 휘민은 갑자기 웃고 싶어졌다. 물론 그 웃음은 유쾌한 웃음이 아니었다.

그녀는 자조적인 미소를 띠고 말했다.

"내가 원하는 보상은 하나예요."

"그래, 그것이 뭔지 말해."

한강이 기대감 어린 표정으로 재촉했다. 도대체 이 남자는 뭘 기대하는 거야? 황당하다고 생각하면서도 휘민은 한차례 주먹을 쥐었다 놓으며 단호한 표정을 지었다.

"책임지세요!"

"뭐?"

한강의 입이 벌어졌다. 지금 무슨 말을 들었지? 이건…… 환청인가? 잠시 동안 말을 잇지 못하고 있다 귀를 후비고 말했다.

"잘…… 듣지 못했는데, 다시 말해 주겠어?"

"당신은 제대로 들었어요."

휘민이 가볍게 말하자 한강은 고개를 갸웃했다.

"내가 제대로 들었다고?"

"네."

“난 네가 내게, 널…… 책임지라고 한 걸로 들었는데?”

휘민이 미소를 지었다.

“그러니 제대로 들은 거지요.”

한강은 머리를 부여잡고 싶은 걸 애써 참았다. 그는 아직까지 추슬러지지 않는 정신을 제대로 챙길 겨를도 없이 물었다.

“그럼 내가 말뜻을 제대로 이해 못한 모양인데 혹시 그 책임이라는 것이…….”

“당연히 결혼이죠.”

한강은 자리에서 벌떡 일어났다.

“결혼? 지금 나와 결혼을 하자고 했어? 나와 네가 결혼을 한다는 뜻? 지금 그 말을 한 거야?”

“네.”

한강이 버럭 소리를 질렀다.

“너! 지금 자신이 무슨 소리를 하고 있는지 알고는 있는 거야?”

“당연히 알고 있죠.”

“아냐! 넌 몰라!”

“아니, 난 알고 있어요.”

“넌!”

“잠깐.”

한강이 소리를 지르려 하자 휘민이 재빨리 그 말을 막았다.

“내가 먼저 말하겠어요.”

휘민은 의자 뒤로 몸을 기대며 살짝 미소를 지었다. 그리고는 커피 잔을 들어 한 모금 마시고 말했다.

"예로부터 처녀의 순결을 가졌으면 책임을 지는 게 당연한 건데 어째서 그리도 놀라는지 모르겠군요. 받고 싶지 않았다고는 하지 마세요. 처음부터 순결을 주겠다고 한 적도 없었으니. 원인이야 어땠든 결과가 이렇게 되었어요. 그러니 나는 그에 상응하는 대가를 받아야겠어요. 난 말 그대로 순결한 처녀였어요. 그런 처녀의 몸을 더럽혔으면 책임을 져야 하죠. 안 그런가요?"

"난 처녀인 줄 몰랐어!"

"그래서 책임을 회피하겠다는 건가요?"

"그렇게 말한 적은 없어. 보상을 하겠다고 했잖아!"

"그 보상으로 난 결혼을 요구하는 거예요."

"그건 안 돼!"

"어째서요?"

한강은 자리에서 일어나 주위를 서성였다. 머리카락이 앞으로 흘러내려 왔지만 그는 그것조차 느끼지 못했다.

"어째서라니? 요즘 세상에 순결 좀 가졌다고 책임을 지는 게 어디 있어? 그랬다면 미혼인 여자는 모두 순결한 여자이게? 그게 아니잖아? 요즘은 즐기는 시대야! 인생은 즐기는 거고, 순결 같은 건 별로 중요하게 생각하지 않는다고. 그런데 그런…… 그런 어처구니없는 요구를……."

"내게는 당연한 요구예요."

"당연하지 않아!"

휘민의 눈동자가 차갑게 변했다.

그녀는 자리에서 일어나 한강에게로 걸어갔다. 한강이 방 안을 서성이다 그녀가 다가오자 멈추어 섰다. 그의 앞에 선 휘민은 손을 들어 가슴을 쿡 찔렀다. 그리고 비웃듯이 말했다.

"학생을 건드렸으면 책임을 져야죠."

당연히 한강은 그 말을 알아듣지 못했다.

"학생?"

"난 고등학생이거든요."

한강은 멈칫했다.

"말도 안 돼. 스물한 살이라고 했잖아? 아니었어?"

"맞아요."

휘민이 쉽게 고개를 끄덕이자 한강은 황당해했다.

"그런데 무슨 학생이야?"

"그런데도 학생이더라구요. 고3."

"그, 그런! 어쨌거나 넌 성인이야!"

"하지만 학생이죠."

"너!"

한강은 버럭버럭 소리를 지르다 입을 다물어 버렸다. 휘민은 뒤로 물러나 다시 의자에 앉았다.

"무작정 책임을 지라는 말은 아니에요. 그건 내가 생각해도 심하다는 생각이 드니까. 난 반년 동안만 당신의 호적으로 옮겨

달라는 말을 하는 거예요. 진짜 결혼식을 올릴 생각도 없어요. 그냥, 호적상으로만 결혼을 하면 되는 거죠."

"그게…… 무슨 뜻이지?"

"못 알아들었나요? 말 그대로 계약 결혼이라는 거죠, 서로에 대한 의무나 권리 같은 게 없는."

"그건 침실에서의 의무나 권리도 포함되는 건가?"

빈정대듯 꺼낸 말에 휘민이 안면을 굳혔다.

"당연히! 아무런 의무도, 권리도 없어요. 그건 반대로 당신이 누구를 만나 무슨 짓을 하든 상관없다는 뜻이에요. 물론 그건 나도 마찬가지죠. 그리고 반년이 흐르면 그 호적상의 결혼도 무효가 되는 거예요. 이 정도 대가라면 나쁘지 않지 않나요?"

"어째서 내가 반년 동안 너와 호적상으로나마 결혼한 상태여야 하지? 아니, 왜 그 기간이 반년인 거야?"

"그건…….."

휘민은 처음으로 미소를 지었다.

"내가 반년 후에 고등학교를 졸업하기 때문이죠."

"……."

한강은 멍해졌다.

고등학교를 졸업하기 전까지만 계약 결혼을 하자니 이런 황당할 때가 어디 있겠는가? 이건 그냥 책임을 지라고 하는 것보다 더 황당했다. 책임지라고 하는 건 미칠 정도로 보수적인 여자라면 가능할 테니까. 그는 이유를 묻지 않을 수가 없었다.

"왜? 왜 고등학교를 졸업할 때까지만 호적을 옮기려고 하는 건데?"

휘민은 한숨을 내쉬었다.

"그건 내 개인적인 문제예요. 물론 집안 사정과 관련이 되어 있죠. 그래서 미안하지만 말할 수가 없네요. 정히 알기를 원한다면 탐정을 고용할 권리를 주겠어요."

"필요없어."

한강은 딱딱한 어조로 말했다.

이거야 원, 졸지에 유부남 되게 생겼다. 좋은 마음으로 병원에 데려다 주려다가 이게 뭔가? 물론 반년이라는 기한이 있다고는 하지만. 잠깐, 그럼 반년 후에는?

"그럼 나중에는 내가 강제 이혼을 당하게 되는 건가?"

"부자 이혼남은 그래도 인기있잖아요? 난 가난한 이혼녀가 되니 경우를 따져 보았을 때 그다지 나쁜 조건은 아닌 것 같은데요? 내가 오죽하면 이런 조건을 내걸겠어요? 당신이 내 자세한 사정은 모르겠지만 그래도 이해해 줬으면 좋겠어요."

"만약 이해를 못한다고 한다면?"

휘민은 음, 하며 생각하는 표정이 되더니 말했다.

"그럼 당신네 부모님을 찾아가죠. 아니면 신문사로 찾아가도 괜찮을 거 같고. 이 정도 수준의 호텔 룸에서 있을 정도면 사회적으로 성공한 것 같은데, 그것에 대해 어떤 불이익이 올지 생각해 보셨어요? 고3 학생을 건드린 성공한 실업가? 참 재미있는 헤드라인이네요. 자, 또 다른 가정도 말해 줘요?"

한강은 정신을 차릴 수가 없었다.

휘민의 황당한 말들이 제대로 들리지도 않았고, 듣고 싶지도 않았다. 차라리 현실을 부정하는 게 더 쉬우리라. 뭔가가 단단히 그의 목을 움켜쥔 느낌이었다.

책임을 지라고? 그게 곧 결혼을 뜻하는 건데, 그 결혼은 또 진짜 결혼이 아니라 계약 결혼? 반년 후에는 이혼을 하는 그런 황당한 결혼? 순결 좀 가진 것 가지고 나중에는 이혼남이 되어야 한단 말인가?

한강은 머리를 부여잡았다. 도저히 이 사태가 어떻게 돌아가는지 정확한 판단이 서질 않았다.

"난 이 사태에 대해서 더 정확한 설명을 요구해야겠어. 너무 머리가 복잡해서 도대체…… 지금 상황이 어떻게 되어가고 있는 거지? 그러니까 내가……."

"이해를 못하겠어요?"

"아니, 그게 아니라 난 도저히……."

"정확히는 당신이 내게 코 뀄 거예요."

한강의 말을 끊으며 휘민은 나름대로 결론을 내려주었다.

한강은 그제야 알아들을 수 있었다. 그렇군. 발목을 잡힌 거였군. 스물한 살에 고3이라는 것도 황당하지만 그 고3을 건드린 한성그룹 홍보실장? 기가 막힌다. 이 일을 부모님이 아시는 날에는 분명 호적에서 파내 버리려 할 거다. 한강은 부모님이 그럴 것임을 확신할 수 있었다.

그는 잠시간 아무 말도 못하고 멍하니 있었다. 그러자 휘민이 걸어와 탁자에 손을 올려놓고 말했다.

"알아들었어요?"

"······정확히."

한강이 숨이 막힌다는 표정으로 말하자 휘민은 미소를 지었다.

"그럴 줄 알았어요."

그러더니 조금 전보다 더 진한 미소를 짓는 휘민.

그것은 한강이 지금껏 살아오는 동안 본 것 중 최고로 아름다운 미소였다. 그가 그렇게 마음에 들어하는 눈동자가 빛났다. 하지만 한강은 그것을 아름답게 느끼지 못했다. 그저 한참 동안 멍하니 휘민의 얼굴을 볼 뿐이었다. 그러다가 갑자기 입을 열었다.

"그런데 이름이 뭐야?"

그렇다. 지금까지 이 황당한 여자의 이름이 뭔지도 몰랐던 것이다. 휘민은 쿡 하고 웃더니 말했다.

"한번 맞혀보시죠?"

"마녀. 아니면 악마?"

"유감이군요, 평범한 이름을 가지고 있어서. 성휘민입니다."

"그렇군."

"당신은 한강이고 말이죠."

"기억력이 좋군."

"별말씀을."

한강은 고개를 돌려 버렸다. 말싸움이라면 절대 지지 않는데 지금은 도저히 못 이기겠다. 강적이야.

그는 절레절레 고개를 몇 번이나 흔들었다.

휘민은 멈칫했다.

"미쳤어요?"

"내가 미친 걸로 보여?"

"네."

조금도 망설임없이 고개를 끄덕이자 한강은 웃음을 터뜨렸다.

"하하하. 그렇게 생각한다면 미안하지만 난 지극히 정상이야."

휘민은 미간을 찌푸리고 한강을 봤다. 방금 전까지만 해도 펄쩍 뛰며 흥분하더니 그 모습은 어디로 갔는지 묘하게 여유로워 보였다. 그리고 그게 휘민을 답답하게 했다.

"분명히 말하지만 우리 결혼은 계약 결혼이에요."

"그래서?"

"그래서라뇨?"

"내가 언제 계약 결혼이 아니라고 했나?"

휘민은 눈살을 찌푸렸다.

"그런데 왜 결혼식을 하자고 그래요? 반년 동안만 호적에 좀 넣어달라는 건데 굳이 결혼식을 할 필요는 없잖아요?"

그렇다. 갑자기 상황이 엉뚱하게 돌아가기 시작했다.

조금 전까지만 해도 결혼에 대해 펄쩍 뛰던 한강이 지금은 결혼식을 요구하고 있었다. 휘민은 도통 그를 이해할 수 없었다. 미친 듯이 흥분하여 소리친 지 십 분도 채 지나지 않았다. 그런데 어쩌면 이렇게 태평하게 결혼식을 언급할 수 있을까?

휘민이 당황하는 모습에 한강은 입술을 문지르며 웃었다.

"그럼 넌 내가 내 부모님이나 친척들에게 우리 결혼이 계약 결혼이라고 말해야 한다고 생각하는 거야?"

한강이 짐짓 심각한 표정으로 말하자 휘민은 찔끔하여 우물 댔다.

"그건 아니지만……."

"분명히 말해 두는데, 반년 동안이나 이어질 결혼을 숨긴다는 것은 한마디로 불가능해. 천만다행으로 모른다 쳐도 우리가 이혼을 한 후 나중에 내가 한 번 결혼했었다는 것을 가족들이나 친척들이 알게 되면 어떻게 되겠어?"

"……."

"난 내 가족 누구에게도 배신감을 주고 싶지 않아. 그러니 아무리 계약 결혼이라도 정식 절차를 밟아 아주 성대하게 치를 생각이야. 그것도 계약 결혼이라는 것을 완벽하게 숨기면서. 물론 그것이 싫으면 계약을 무효로 돌리는 방법도 있지. 자, 선택은 자유야. 어떻게 할 거지?”

휘민에게는 한강과의 결혼이 유일한 동아줄이었다. 그런데 그걸 가지고 선택을 하라고 하다니. 화가 치밀었다.

휘민은 이를 갈며 고개를 끄덕였다.

“좋아요. 그 결혼식 하겠어요. 언제 할까요? 지금 바로 교회로 갈까요?”

“그 꼴로?”

한강이 아래위로 훑어보자 휘민은 화끈 볼이 달아올랐지만 아무렇지도 않은 척하며 말했다.

“이 꼴이 어때서요? 이런 결혼식에는 무척 잘 어울리는 것 같은데.”

비꼬아진 말에도 한강은 화를 내지 않았다. 오히려 미소를 지었다. 그는 어느새 식어버린 커피를 마시며 말했다.

“내 이름은 기억하면서 다른 건 기억이 나지 않는 건가? 다시 말하지만 난 여기에 출장차 온 것뿐이야. 당연히 결혼식을 하려면 서울로 올라가야 해. 아마 우리는 친척들과 부모님의 축복을 받으며 서울에서 결혼식을 하게 될 거야. 넌 당연히 전학 갈 준비를 해야 해. 난 결혼하자마자 별거에 들어갔다는 소리는 듣고 싶지도 않을뿐더러 그런 광경을 부모님께 보여 드릴 생각이 추호도 없어.”

“끄응.”

휘민은 신음했다.

산 너머 산이라더니, 딱 그 꼴이다. 겨우 그 끔찍한 집에서 벗어나 했더니 익숙한 모든 상황에서 벗어나 낯선 곳으로 가야 한다니 생각만으로도 끔찍했다. 하지만……

'어쩌면 그게 더 나을지도 몰라.'

집에서 나올 생각이면서 아버지도 아는 학교에 계속 다니는 것은 너무 위험한 일이다. 휘민이 한강과 결혼을 하려는 이유가 아버지의 마수를 피해 법적으로라도 대응을 하기 위해서였지만 좋은 게 좋다고 그런 상황까지 가지 않기를 바랐다. 그녀는 한강을 쏘아보고 말했다.

"좋아요. 어차피 방학이니 시기도 적절하군요. 언제 서울로 올라갈 거죠?"

"되도록 빠른 시일 안에. 최소한 일주일 안에는 가게 될 거야."

한강은 거기까지 말하고 시계를 보더니 자리에서 일어났다.

"이런, 이야기를 하느라 회의 시간을 놓쳤군. 난 잠깐 나갔다 올 테니까 볼일있으면 로비에 열쇠 맡겨놓고 나가."

그렇게 말하고 탁자 위에 열쇠를 올려놓았다. 휘민이 대답을 않자 그가 눈을 들어 그녀를 봤다.

"알겠어?"

"알아들었어요."

휘민이 마지못해 대답하자 그제야 한강은 씨익 미소를 지었다.

휘민이 전학을 가겠다고 하자 학교가 발칵 뒤집어졌다.

담임은 물론이고 방학 동안 자택에 가 있던 교장까지 와 말렸다. 전국 1등의 수재를 쉽게 빼앗길 수 없다는 게 그들의 입장이었다. 하지만 휘민이 단호하게 나오자 더는 말릴 수 없었다.

휘민은 섭섭하다며 따라 나오려는 담임을 말리고 교무실을 나섰다.

따로 챙길 것은 아무것도 없었다. 서류는 며칠 후에야 준비된다고 하니 그때 한 번 더 나오면 끝일 듯했다.

'생각보다 간단하군.'

이 학교에 들어오기 위해 얼마나 노력했는데. 씁쓸한 미소가 어렸다. 따가운 햇살을 피해 교문 근처에 다다랐을 때였다.

교문 앞에 웬 사람이 서 있는 게 보였다. 바삐 걸음을 옮기는 이들 사이에서 가만히 서서 주위를 둘러보는 이. 누구 기다리나? 중얼거리며 다가가다 뒤늦게 그를 알아본 휘민의 눈동자가 커다랗게 떠졌다.

'아버지!'

순간 몸이 굳었다. 휘민의 안색이 창백하게 질리기 시작했다. 아직 결혼을 하지 않았다. 이대로 그에게 걸리면 어떻게 될지 몰라!

두려웠다. 그럼에도 휘민은 숨을 생각도 하지 못했다. 그저 떨리는 입술만 세차게 깨물 뿐이었다. 주위를 두리번거리던 아버지의 고개가 돌아가는 게 보였다. 교문을 보고 휘민 쪽으로 고개를 돌린다.

'이제 끝이야!'

그 생각에 눈을 질끈 감았다. 그때였다. 갑자기 누군가가 그녀의 팔을 잡아당겼다.

"앗!"

휘민은 외마디 비명을 내질렀다. 누군가가 그녀를 꽉 끌어안은 것이다. 남자의 향기가 물씬 풍겼다. 얼떨떨했다. 그때 머리 위에서 감미로운 저음이 들려왔다.

"여기서 뭐 하는 거야? 한참 찾았잖아."

반가운 듯 하는 말에 휘민은 아무 말도 하지 못했다. 그녀는 주춤 고개를 들었다.

"어떻게……."

막 입을 여는데 갑자기 한강이 키스를 해왔다.

그녀의 입술 위로 사뿐히 내려앉은 입술이 부드럽다. 혀로 입술 주위를 훑더니 살짝 벌어진 휘민의 입술 사이를 비집고 안으로 들어갔다. 얼어붙은 휘민의 혀를 잡아 빨아올리며 깊이, 깊이 키스를 했다. 속에서 불길이 확 일었다. 두려움으로 굳어 있던 마음이 서서히 풀렸다. 그러다 아랫배 즈음에서 열기가 치밀어 오르자 흠칫했다.

뭐 하는 짓이야? 놀라서 한강의 가슴을 밀려고 손을 대는데 멀찍이에서 중저음의 무거운 음성이 들렸다.

"훤한 대낮에 길바닥에서 뭐 하는 짓거리들이야? 아무튼 젊은 것들이란. 에잇, 쯧쯧!"

혀를 차는 이는 다름 아닌 아버지였다. 한강의 가슴에 손을 얹은 채로 휘민은 굳었다. 한강이 왜 갑자기 키스를 했는지 그제야 알 수 있었다. 아버지는 바로 옆에까지 와 있었다. 휘민은 한강의 가슴에 푹 파묻힌 것에 감사하며 눈을 감았다. 그때 한강이 입술을 뗐다.

"으음."

아쉬움에 저도 모르게 신음이 터져 나왔다. 한강이 매력적인 미소를 지었다.

"다음은 집에 가서…… 허니, 가지."

그렇게 말하면서도 한강은 휘민을 놓아주지 않았다. 오히려 그녀를 꽉 끌어안더니 그대로 안아 들었다.

'헉!'

놀라 숨을 들이켰다.

한강은 숙여진 휘민의 목덜미에 가볍게 키스하고 그녀를 안은 채 차로 향했다.

"도대체 이년은 어디로 내뺀 거야? 잡히기만 해봐라!"

아버지의 중얼거리는 소리를 들으며 옆을 스쳐 지나갔지만 아버지는 그녀를 알아보지 못했다.

차에 타자마자 한강은 조수석을 뒤로 젖혔다.

"악!"

휘민은 갑자기 자신의 몸이 뒤로 넘어가자 놀라 소리쳤지만 한강은 껄껄 웃고 차를 출발시켰다. 그 뒤로 그들은 한참 동안 아무 말도 없었다.

얼마나 갔을까. 갑자기 한강이 도로변에 차를 세웠다.

"그래서였군."

휘민은 아무 말도 하지 않았다. 한강은 잠시 침묵하다 다시 시동을 걸었다.

"어디 가는 거예요?"

호텔로 가는 것 같지가 않아 묻자 한강이 시선을 앞에 고정시키고 말했다.

"서울."

휘민이 눈을 크게 떴다.

"뭐라구요?"

"난 일 다 끝났어. 최대한 빨리 간다고 했잖아? 지금 가려고."

"하지만 난 아직 준비가 덜 끝났어요. 전학 서류도……."

한강이 그녀의 말을 잘랐다.

"서류는 내가 사람을 보내서 가져오도록 할 테니 걱정 마. 그럼 더 불만없지?"

"난……."

말을 하다 입을 닫아버렸다. 정말 처음부터 서울로 갈 생각이었던가 싶었지만 곧 한강이 전화를 해서 비서에게 호텔 체크아웃을 부탁하는 걸 보고 아니라는 것을 알았다. 설마 나 때문에?

그럴 리 없다고 생각하면서도 휘민은 새삼 한강을 보았다.

'젠장.'

한강은 속으로 욕설을 퍼부었다. 휘민의 몸에 연하게 남아 있던 멍 자국이 어디 부딪쳐서 생긴 걸 거라고만 생각했는데 그게 아니었다니. 중년의 남자를 보자마자 공포에 질려 얼어붙어 있던 휘민의 얼굴이 뇌리에서 지워지지가 않았다. 휘민의 말 때문이 아니라도 정말 탐정을 고용해서 사실을 알아내야겠다는 생각이 들었다.

「나는 집이 두 곳이다. 우리 집과 본가. 우리 집에는 아빠랑 엄마랑 내가 산다. 그리고 본가에는 세 명의 할아버지와 세 명의 할머니, 수를 헤아릴 수 없을 만큼 많은 삼촌들이 산다. 모두들 나를 귀여워한다. 그래서 본가에 가는 게 좋다. 그런데 아빠는 그렇지 않은가 보다. 명절 때나 일이 있어 본가에 갈 때면 아빠는 매우 기분이 안 좋은 듯 보였다. 아빠는 본가에 도착할 때까지 끊임없이 투덜대셨다. 난 궁금해서 이유를 물었다. 그러자 아빠가 이렇게 말하셨다. '그럼 이 좋은 날 오붓하게 있지도 못하는데 좋을 리가 있겠어? 하여튼 원수가 따로 없다니까. 민이도 우리끼리 있는 게 더 좋지? 그치?' 아빠는 투덜대더니 오히려 되물어왔다. 나는 마지못해 고개를 끄덕였다.」

제3장

본가

한성. 이것은 세계적으로도 유명한 그룹의 이름이다.

네크워크, 텔레콤 등 전자에 있어서 인지도 세계 1위. 유통과 건설에 있어서 인지도 세계 4위. 캐피탈, 생명, 화재, 카드 등 금융에 있어서는 인지도 세계 7위라는 막강한 파워를 앞세워 브랜드 순위 세계 2위. 그룹 종합 순위 세계 3위의 엄청난 명성과 힘을 가진 기업.

한성은 투자 비용을 아끼지 않는 기술 개발과 정부의 전폭적인 지원, 사원 한명한명의 노력으로 빠른 성장을 이룩하여 그 이름이 알려지기 시작한 지 삼십 년도 채 되지 않아 엄청난 위업을 달성한, 지금에 이르러서는 세계적으로도 명성이 자자한

그룹의 이름을 뜻하고 있었다. 흔히 HS그룹이라고 하는 이 그룹의 이름은 초대 회장인 한성 회장의 이름을 따서 지어졌다고 한다.

지금으로부터 오십여 년 전 아버지로부터 작은 사업체를 물려받아 한중건설의 사장이 된 한성 회장은 전쟁 후의 힘든 상황 속에서도 먼 미래를 내다보고 기술 개발에 투자 비용을 아끼지 않았으며 전후(戰後) 복구 작업에 적극적으로 참여하는 등 잠시도 쉬지 않고 노력을 한 결과 십 년도 지나지 않아 한중건설을 한국 최고의 건설회사로 이름을 알리기에 이르렀다. 그 뒤로도 한성 회장은 거기에서 만족하지 않고 전자와 전기, 화재, 생명, 카드, 증권, 중공업, 화학, 언론재단, 백화점, 호텔, 의료원, 연구소, 기술원, 유통 등등 조금의 가능성이라도 있으면 과감하게 사업을 진행시켰고 그에 따라 거의 모든 방면으로 사업을 확장시킬 수 있었다.

노력도 노력이지만 실력과 운이 따라주었던지 한성 회장은 오늘날에 이르러 엄청난 규모의 사업체를 이루기에 이르렀다. 그것에는 한성 회장의 피땀 어린 노력도 있었지만 회장의 아내인 정수영 여사의 내조도 한몫을 했다고 할 수 있겠다. 한마디로 한성그룹은 한성 회장 부부가 한평생을 바쳐 이룩해 낸 결과물과 같은 것이었다. 그리고 그 한성그룹의 한성 회장과 정수영 여사의 다섯 명의 자식들 중 차남인 한윤후 화백의 외동아들이 바로 현재 한성그룹의 홍보실장인 한강이었다.

한강이 휘민을 대동하고 나타나자 본가는 발칵 뒤집어졌다.

부산으로 출장을 갔을 때가 언젠데 불쑥 나타나 결혼 상대자라며 웬 여자를 소개시키니 어찌 놀라지 않을 수 있겠는가! 한강의 나이가 결혼을 하기에는 아직 이른 스물여섯임에야 더 말할 필요도 없으리라.

그들은 모두 놀라워했다. 한씨 집안 최고의 바람둥이가 한강이다. 모두들 열한 명의 아이들 중 한강이 가장 늦게 결혼을 할 것이라 예상했다. 아니면 독신으로 살거나.

그런데 그런 한강이 결혼을 하겠단다.

도대체 얼마나 대단한 여자이기에 다른 사람도 아니고 한강을 사로잡은 것일까? 궁금했다. 그리고 휘민을 보고는 모두들 은연중에 고개를 끄덕였다. 골칫덩어리인 한강을 잡아 결혼으로 이끈 것만으로도 인정해 줘야겠다고 생각했지만 그들이 본 휘민은 진짜였다. 아름다운 외모만이 아닌 정말 탐이 나도록 곧은 정신을 가진 여자. 평소 한강이 선호하던 취향과는 달랐지만 그의 상대로 조금의 부족함도 없어 보였다. 그들은 흔쾌히 휘민을 가족으로 받아들였다.

그때부터 휘민의 수난이 시작되었다.

이건 동물원의 원숭이가 따로 없었다. 첫날 서울로 올라왔을 때 미처 만나지 못했던 이들이 휘민을 보기 위해 하나둘 나타났던 것이다.

처음으로 나타난 이는 백수 사촌 한세현이었다.

그는 염색한 것이 분명하지만 어색하지 않은 금빛 머리에 개구리만큼 큰 눈동자, 하얀 피부, 붉은 입술을 가진 귀공자 스타일의 남자였다. 빨간 색의 튀는 옷을 입고 가는 나뭇가지 뒤에 숨어 휘민을 관찰하는 모습이 눈에 띨 수밖에 없는데 당연히 모를 것이라 생각하는 통에 모른 척하느라 여간 신경이 쓰이는 게 아니었다.

다음으로 나타난 이는 세현의 친형이라는 사람이었다.

한세진이라던가? 그는 훤칠한 키에 눈이 휘둥그레질 만큼 잘생긴 남자였다. 갈색의 머리카락과 같은 색의 눈동자가 부드럽게 보이지만 날카로운 눈매와 얼굴선이 자못 차가운 인상을 주는 그는 은테 안경을 끼고 있어 더욱 가까이 할 수 없는 분위기를 자아냈다. 하지만 그것도 완벽한 외모를 가리지는 못했다.

지적인 분위기와 붉은 입술의 섹시함을 동시에 지닌 남자. 그는 때때로 시선을 빼앗길 만큼 빼어난 외모의 한강보다도 더한 외모를 가지고 있었다. 그는 나타나기 무섭게,

"강이 녀석이 데려왔다던 신부는 어디에 있습니까?"

하고 이층에 있는 휘민에게까지 다 들리도록 소리쳤으면서 정작 휘민을 보고는 시큰둥한 태도를 보여 그녀를 당혹스럽게 했다.

세 번째로 나타난 이는 한이수라는 또 다른 사촌이었다.

한세진만으로도 놀랍건만 그는 그에 버금갈 만큼 잘생긴 남

자였다. 이지적이고 샤프한 이미지의 한강과는 달리 완벽하게 악마적인 매력만을 갖춰 위험해 보이는 그는 강력계 검사 삼 년 차로 일주일째 계속되는 공판 준비로 바쁨에도 불구하고 휘민을 보기 위해 일부러 시간을 내 왔다. 그리고는 휘민을 보자 대뜸 다가와 뚫어져라 쳐다봤다. 그러더니 한강에게 전화를 해 잘 건져 왔다느니 두루두루 여자들을 섭렵하더니 그래도 보는 눈은 있다느니 같은 소리를 바로 옆에서 해대 휘민을 더욱 당혹스럽게 했다.

네 번째로 나타난 이는 세이 한이라는 특이한 이름의 사촌이었다.

이름이 뒤에 가 있는 것에서 알 수 있듯 미국에서 날아온 그는 의외로 평범한 외모의 남자였다. 그는 오자마자,

"Excuse me."

라고 한마디 하기 무섭게 쫓겨났다.

들리는 말에 의하면 그는 이 집에서는 결코 환영받지 못하는 손님이란다. 단지 하얀색 가운이 입고 싶다는 이유로 그 대단하다는 하버드대 의과에 합격해 삼 년간 잘 다니다 갑자기 자퇴서를 내고 백수로 지내고 있어 부모와도 인연이 끊겼다는 소리까지 들렸다.

어쨌거나 네 번째로 본 사촌은 그런 사람이었다.

다들 바쁘다 보니 다행히도 열 명의 사촌들을 모두 보지 않을 수 있었다. 하지만 수난은 여기에서 끝나지 않았다. 바로 그 다

음날부터 어떻게 소식이 퍼졌는지 사돈에 육촌, 팔촌까지 본가로 들이닥쳤던 것이다. 그런 데다 한강의 백모라는 김은우 여사와 숙모라는 하연주 여사, 그리고 한강의 어머니 되는 진하린 여사는 휘민이 잠시도 그냥 있도록 두지 않았다. 그녀들은 정신없이 떠들어대며 휘민을 끌고 서울 시내 전체를 돌아다니며 결혼 예물을 골랐다.

휘민은 속으로 비명을 지르면서도 차마 거절을 하지 못하고 그녀들을 따라다녔다. 왜 거절할 수 없는지는 그녀도 알 수 없었다.

한 가지 위안이 되는 것은 그래도 스트레스 해소거리가 있다는 거였다. 스스로 샌드백이 되기로 결정을 한 건지 꼭 휘민의 기분이 안 좋을 때마다 나타나 그녀에게 무참히 당하고 쓰러지는 이, 바로 한강이었다.

그는 휘민이 결혼식을 올리기 전 며칠간 본가에 있음으로 해서 어떤 고통을 당하게 될지 알고 있는 듯 매일같이 퇴근을 하면 본가에 꼬박꼬박 들렀다. 무슨 식탐이 대단한 여자를 결혼 상대자로 둔 마냥 먹을 것을 가득 사들고서.

덕분에 휘민은 한강이 사 오는 먹을 것으로 트집을 잡아 스트레스를 풀어댔다.

한강은 휘민이 일부러 빈정대는 것을 알면서도 화 한 번 내지 않고 빙글빙글 웃기만 했다. 그러다 보니 그에 물들었는지 휘민도 뒤에는 겉으로는 화를 내지만 사실은 그다지 화가 나지 않는 이상한 상황이 벌어졌다. 휘민은 그것을 드러내지 않기 위해 더욱 크게 화를 냈고, 한강은 여전히 웃기만 했다.

"재미있어?"

말과 함께 위쪽에서부터 그늘이 지며 검은색의 머리카락이 이마 쪽으로 넘어와 간질였다. 모처럼 쉬게 되었는데 뭐야? 세 명의 수다쟁이 아줌마들을 상대하고 났더니 이제는 웬 젊은 아저씨?

휘민은 살짝 이마를 찌푸렸다.

"못난이."

"뭐라구요?"

군더더기 하나 없는 깔끔한 손이 휘민의 찌푸려진 이마를 눌렀다.

"예쁘지도 않은데 얼굴까지 구기고 있으니 못난이일 수밖에."

말속에 웃음이 묻어난다. 휘민은 그의 손을 툭 쳐내며 흔들의자를 바로 하곤 들고 있던 책을 내리며 한강을 쏘아보았다.

"그 못난이를 아내로 맞이하게 된 걸 축하해요."

"하하, 뭘 그 정도 가지고. 그럼 나도 한 가지 축하를 해야겠군."

"뭘요?"

휘민이 고개를 갸웃하며 묻자 한강은 빙그레 웃으며 말했다.

“그 못난이 주제에 이렇게 미남인 남편을 맞이하게 된 것 말이야. 축하해.”

“……”

휘민은 할 말을 잃었다. 자화자찬도 정도가 있지. 휘민은 짐짓 시원찮다는 표정을 지으며 말했다.

“미남치고는 좀 미지근~하네요.”

“미지근해? 내가 어때서?”

“스스로를 너무 모른다고 생각하지 않아요?”

한강이 고개를 갸웃했다.

“나 정도면 최고 아냐?”

휘민은 코웃음 쳤다.

“지금 장난해요? 어떻게 주위에 그 많은 미남들을 두고도 자신이 제일 잘난 줄 아는지 모르겠네. 거울 없어요? 눈 없어요? 가까이에도 있잖아요, 잘생긴 사람들. 심지어 세현 씨도 댁보다는 훨씬 낫던데요?”

“그 천방지축 백수 빈대 철부지가 나보다 낫다고?”

“천방지축 백수 빈대 철부지가 아니라 세상의 때가 묻지 않아 순수하고 맑은 거예요. 자세히 좀 보라구요. 얼마나 귀여워요?”

“귀여운 남자가 좋아?”

휘민이 어깨를 으쓱했다.

“나쁘진 않죠.”

“호오, 그래?”

피식 웃으며 고개를 갸웃갸웃한다. 휘민은 입술을 살짝 내밀고 삐쭉대더니 고개를 돌려 버렸다.

한강이 팔걸이에 팔을 두르고 말했다.

"세현이 며칠간 방문이 닳도록 드나든다 싶었더니 어느새 그 녀석과 많이 친해진 모양이군. 그래, 그 녀석은 친분이 있어서 그런 소리를 했다고 치고, 또 있어?"

"친분이 있어서 그런 소리를 했다니요? 세현 씨는 정말 귀여워요."

"알아, 알아. 그건 아니까…… 다른 사람이나 대봐. 또 있어?"

'다른 사람들과는 친분을 쌓을 시간이 없었을 텐데?' 라는 말이 생략되었다는 것을 모를 휘민이 아니었다. 자존심이 상할까 봐 그만 하려고 했는데, 이렇게 나온단 말이지? 그럼 사양하지 않고 공격을 해주지.

휘민은 턱을 내밀며 말했다.

"또 있냐구요? 당연하죠. 분명히 많다고 했잖아요?"

"그래? 그럼 대봐. 누가 있는데?"

"음. 세현 씨의 형은 어떻던가요? 세진 씨였나요? 댁과는 비교도 안 되던데요?"

한강이 픽 웃어버렸다.

"세진 형은 귀엽지 않은데?"

"잘생겼으면 다 용서가 돼요."

"그런 거야?"

“그런 거죠. 음, 이수 씨라고 했나요? 검사라던. 그분도 엄청 나던데요? 눈이 부실 정도였어요. 검사라는 직업도 괜찮고, 최고의 신랑감은 그런 사람을 두고 하는 말이구나 싶던데요?”

한강의 얼굴에서 웃음이 가시자 휘민은 승리감에 살짝 웃으며 말했다.

“왜 그런 사람이 눈에 안 띄었나 몰라?”

“띄었으면? 이수 형과 결혼이라도 하려고?”

“내가 하고 싶다고 하나 뭐.”

“이수 형이 좋다고 하면 할 생각은 있고?”

“글쎄요.”

애매모호하게 말하자 실눈을 뜨고 휘민을 보던 한강이 결국은 씨익 웃어버렸다.

“ ‘글쎄요’ 라는 것은 하지 않겠다는 뜻이야, 이 아가씨야. 뭐, 세현이 나보다 더 잘생겼다는 말은 믿기 힘들지만 세진 형이나 이수 형은 확실히 잘생겼지. 하지만 그 사람들보다 내가 더 매력적이잖아?”

“심각한 나르시즘이군요. 어디를 봐서 더 매력적이라는 거죠?”

“모든 점이.”

휘민은 눈살을 찌푸렸다.

“아주 자신만만이군요.”

“그럴 만하니까.”

"아이구, 대단하시네요. 아주 잘나셨어요."

휘민은 고개를 돌려 버렸다. 난공불락의 요새가 있다면 아마 이 남자의 뻔뻔한 나르시즘이 아닐까? 그런 생각에 흥이 깨졌다는 표정을 짓자 한강이 진한 미소를 지으며 그녀의 손에 들린 책을 뺏어 들었다.

"뭐야, 이건?"

"줘요!"

휘민이 당황해 자리에서 일어나자 한강은 표지를 힐끗 보고 돌려주었다. 그리고는 책을 받아 드는 그녀의 손목을 잡았다.

"뭐예요?"

한강이 그녀를 아래위로 훑어보더니 말했다. 산뜻한 푸른색 여름 원피스를 입은 휘민은 깜짝 놀랄 정도로 청순한 느낌이었다.

"이대로 나가도 나쁘지는 않겠군. 나가자."

"어디를요?"

당황해 묻자 한강은 씨익 웃으며 그녀를 끌어당겨 방을 나가기 시작했다. 휘민은 따라가지 않으려 발에 힘을 주며 다시 물었다.

"어디를 가는 거예요!"

그제야 계단을 내려가다 말고 휘민을 보는 한강.

"책 사러."

"책?"

"안 들고 왔잖아? 전학을 가면 교과서야 학교에서 준다지만 참고서나 그 외의 책들도 필요할 텐데 없잖아. 그러니까 시끄러운 아줌마들이 없어 모처럼 시간이 나는 김에 사러 가자는 거지."

자신의 어머니를 포함하여 백모와 숙모를 '시끄러운 아줌마'로 표현하는 게 재미있어 휘민은 풋 하고 웃어버렸다. 한강은 휘민이 웃자 대뜸 그녀를 안더니 계단을 내려가기 시작했다.

"앗! 뭐 하는 거예요!!"

"끄응. 자신이 가벼운 줄 아는 모양인데 미안하지만 엄청 무겁거든? 그러니 바둥거리지 좀 마."

"그, 그러니까 그냥 내려달라구요!"

휘민이 얼굴을 빨갛게 하고 항의했지만 한강은 들은 척도 하지 않았다. 결국 그날 휘민은 하루 종일 한강과 함께 책을 사러 다녀야 했다. 하지만 '시끄러운 아줌마' 들과 있을 때와는 달리 스트레스가 쌓이거나 피곤하지는 않았다. 왜인지는 휘민도 그 이유를 알 수 없었다.

세상 법칙이 그렇듯 큰 행사의 전야란 더욱 요란한 법이다.

한강과 휘민의 결혼식이 당장 내일로 다가오자 한성그룹의 본가는 수를 헤아릴 수 없을 만큼 많은 손님들의 방문으로 인산인해를 이루었다.

독립해 서울 곳곳에 퍼져 있던 사촌들이 낮부터 시작해서 하나둘씩 몰려들기 시작했고 그들의 부모 역시 그날을 기점으로 모두 도착했다. 워낙 한성그룹의 명성이 있는 터라 그 외에도 이름조차 모르는 많은 친척들이 몰려들었다.

김은우 여사는 그들을 위해 파티를 열었고 늦은 밤까지 시끌시끌했다.

그 시끌벅적한 파티의 가장자리.

족히 오십 년은 됨직한 나무에 등을 기댄 채 시끄럽게 떠들어 대는 사람들을 보며 홀로 술을 마시고 있는 한 남자가 있었다.

어두워진 하늘과 구분이 가지 않을 정도로 새까만 머리에 깊이를 알 수 없을 정도로 검은 눈동자를 가진, 하얀색의 셔츠를 입지 않았다면 완벽하게 어둠에 묻혀 버렸을 듯한 남자는 여유롭기만 하던 평소의 모습은 어디로 갔는지 잔뜩 미간을 찌푸리고 있었다.

손에 들린 잔은 이미 비어버린 지 오래였다. 하지만 그는 그것조차 깨닫지 못하고 자신만의 생각에 잠겨 있기에 바빠 보였다. 그런 그에게 한 사람이 다가왔다. 은테 안경을 한 전체적으로 차갑고 싸늘한 기운을 풍기는 남자가.

"뭐 해?"

음성은 의외로 부드러웠다.

한강은 자신의 곁으로 와서 앉는 남자를 한 번 보고 다시 시선을 돌렸다. 그리고는 중얼거리듯 대답했다.

"사람 구경."

“사람 구경?”

“응.”

말 그대로 그는 사람 구경을 하고 있었다. 무엇 때문에 왔는지도 모르고 그저 친분 쌓기에만 정신이 팔려 있는 사람들을. 멍하니 사람 구경을 하던 한강이 푸욱 한숨을 내쉬자 그 모습을 보고 있던 남자가 옆구리에 끼고 있던 술병의 마개를 뽑았다.

“자.”

“누가 술꾼 아니랄까 봐서 이젠 아예 병째로 들고 다니는 거야?”

술병을 들고 받으라는 듯이 흔들자 한강이 픽 웃더니 잔을 내밀며 말했다. 남자는 한강의 비어버린 잔에 술을 따르더니 병째로 입에 가져다 대며 말했다.

“술꾼 아니다. 마셔도 안 취한다는 것을 알기 때문에 부담없이 마시는 것뿐이라고.”

“잘났수.”

“어련하려고.”

씨익 웃는 남자, 세진의 얼굴은 어둠 속에서도 빛이 났다.

그 여자의 말마따나 면상 하나는 확실히 잘난 인간이야. 성격은 개차반인데 말이지. 오만하고 거만하고 차갑고 냉정하고. 하긴 겉으로만 보면 그걸 알 수 있을 리 없지. 그래도 남자다운 매력을 지닌 사람은 나야. 저 인간은 가족을 제외하고는 인간미라고는 느껴지지 않는 태도로 일관하는 이상한 남자란 말이야. 그런 인간에게 매력이라는 게 있을 리가 없잖아?

한강은 그런 생각을 하며 병을 기울여 꿀떡꿀떡 마셔대는 세진의 얼굴을 물끄러미 쳐다보았다. 세진은 술을 물 마시듯 마시다가 어느 순간 툭 하니 한마디 던졌다.

"괜찮겠어?"

"뭐가?"

한강이 되묻자 세진은 병을 옆에 놓고 뒤로 기대어 팔베개를 했다. 별도 보이지 않는데 그는 그렇게 한참을 있었다.

"무덤이라면서?"

갑자기 툭 던져진 말.

주어가 어디로 도망가 버렸는지 찾을 수 없었지만 그 말이 무엇을 뜻하는지 모를 정도로 한강은 둔하지 않았다. 바람둥이라면 입버릇처럼 달고 다니는 말인 '결혼은 무덤이다' 라는 것을 가리켜 한 말이리라.

한강은 피식 웃었다.

"무덤이지."

"그런데 어쩌다 결혼할 생각을 다 한 거냐?"

믿을 수 없다는 어조였다.

사실 결혼은 한강에게도 생각지 않았던 것이다. 만약 한 달 전 누군가가 그에게 한 달 후에 결혼할 거라고 말했다면 '미쳤어?' 라고 한마디 해주고 덤으로 정신병원 차까지 불러주었을지도 모른다. 그런데 정말 결혼이라는 것을 하게 될 줄이야. 독신

주의자에 연애하기도 바쁜 마당에 결혼이 웬 말이냐고, 삽 들고 자기 무덤 파는 인간인 줄 아냐고 소리치던 게 그였는데 말이다. 그것도 지금에 이르러서는 무의미하다는 생각까지 드는 그 결혼을.

어제저녁에 받았던 서류가 생각났다.

서울로 돌아오는 즉시 의뢰한 것의 결과가 나왔다. 서류를 읽기 무섭게 그는 부들부들 손을 떨었다. 좋아해야 하는 상황이라고 생각하면서도 마음은 그렇지 못했다. 그리고 그는 지금까지 그 사실을 당사자에게 알려주지 않고 있었다. 알려만 주면 이 웃기는 일을 좋게 마무리 지을 수 있을 텐데도.

한강은 스스로의 마음을 도통 알 수 없었다.

"어쩌다 결혼할 생각을 한 거냐라…… 글쎄, 솔직히 그건 나도 모르겠어. 결혼이 무덤이라는 것을 이미 알고는 있는데 정신 차리고 보니까 내가 직접 내가 들어갈 땅을 파고 있더라고."

"전에 네가 말했었다, 삽 들고 자기 무덤을 파는 미친 인간은 아니라고."

한강은 웃음을 터뜨렸다.

"하하. 그래, 그렇게 말했었지. 그런데 아니더라. 정신을 차리니까 무덤은 다 파여 있었고 관까지 짜서 거기에 드러누워 있지 뭐야. 마치…… 늪과 같아서 빠져나올 수도 없고 누가 와서 내 대신 들어가지 않는 한은 내가 들어가야 할 것 같다고나 할까? 아니, 사실 지금에 와서는 이런 생각까지 들어. 누군가가 내 대신 들어가려고 하면 밀어내서라도 내가 들어갈지도 모른다는 생각."

벤치에 내려놓은 술병을 다시 들던 세진이 한쪽 눈썹을 위로 치켜올렸다.

무슨 뜻으로 한 말인지는 모르겠으나 어째 저 말뜻은 꼭…….

"그 정도로 사랑한다고 해석해도 되는 거냐?"

한강의 눈이 동그랗게 변했다.

"형, 내가 바보야?"

그럴지도. 세진은 가볍게 으쓱했다.

"아닌 거 아는데 갑자기 바보가 되었나 해서 묻는 거다."

한강은 고개를 들어 저택의 이층께를 보았다.

뭘 하고 있을까? 내일이면 그렇게 원하던 결혼을 하게 되는데 떨고 있지나 않을까? 하지만…… 하지만 만약 그녀도 한강이 알게 된 사실을 알게 된다면…….

더 이상 생각을 진행시키지는 않지만 이미 답은 알고 있었다. 그리고 그 답을 한강은 바라고 있었다. 아니, 바라고 있다고 생각했다. 그런데 어째서 그녀에게 가서 그 사실을 알리지 않는 것일까?

이상했다. 어떤 감정인지, 왜 이런 별것 아닌 일로 고민을 해야 하는지 아무리 생각해도 알 수 없었다. 확실한 것은 이 미친 질주를 멈추고 싶지 않다는 것, 그것이었다.

갑자기 휘민이 무척 보고 싶어졌다. 어제 서류를 받고 지금까지 일부러 피했다. 그런데 지금은 보고 싶어 미칠 것만 같았다. 그는 충동적으로 자리에서 일어났다.

"나 갈래."

"어? 어딜?"

한강은 대답 대신 이층을 가리켰다.

세진은 피식 웃고 말았다. 이러면서 사랑이 아냐? 이야기하는 중간에 보고 싶어서, 묻는 말에 대답도 않고 바로 몸을 돌려 가버리면서? 웃기지도 않는다고 생각했다. 그는 이미 몸을 돌려 저택으로 향하기 시작한 한강을 보며 쯧쯧, 혀를 찼다.

유감스럽게도 한강은 그것을 보지 못했다.

"여기에 있었군."

창밖을 보고 있던 휘민이 몸을 돌리자 문에 기대어 서 있는 한강이 보였다. 그는 가만히 서서 휘민을 보고만 있었다. 그녀는 대답 대신 어깨만 으쓱했다.

"흠."

한강은 성큼성큼 다가오며 짐짓 이상하다는 듯이 고개를 갸웃갸웃했다.

"뭐예요?"

휘민의 미간을 모으며 묻자 한강은 이상하다는 듯이 되물었다.

"내일이 결혼식이라는 것은 알지?"

“당연하죠.”

휘민이 황당하다는 표정으로 얼굴을 찡그리며 대답했다. 한강이 더욱 이상하다는 표정으로 말했다.

“그런데 어째서 넌 떨거나 긴장하지 않지?”

그렇게 말하며 또 고개를 갸웃한다. 그 장난 어린 말투에 휘민은 입가에 스며드는 미소를 누르고 똑같이 고개를 갸웃했다.

“내가 떨거나 긴장을 해야 하는 건가요?”

“조금은. 원래 새신부란 그런 법이잖아?”

“당신이 바라는 것은 아니구요?”

한강은 웃었다.

“그럴지도 모르지.”

“그렇다면 이거 미안해서 어쩌죠? 난 전혀 긴장이 안 되는데. 게다가 당신을 기쁘게 해줄 생각은 조금도 없으니 꿈 깨시죠?”

휘민이 툭 쏘아붙였다. 으레 따르는 한강의 반박을 기대했다. 그런데 그는 반박 대신 난간에 팔을 기대며 휘민과 눈을 마주했다. 이 남자 왜 이래? 휘민이 이상하다는 듯이 보자 한강이 조금 전까지와는 달리 진지한 어조로 물었다.

“너, 정말 이 결혼 그냥 해도 괜찮은 거야?”

휘민의 얼굴이 순간 굳었다.

“이제와 왜 그런 말을 하는 건지 그 의도가 궁금해지는군요.”

“특별한 의도 같은 건 없어. 그저…… 넌 아직 어리니까. 물론 나도 결혼을 하기에는 이른 나이지만 넌 어쨌거나 고3이잖아?”

"고3이라도 스물한 살이면 성인이라고 한 건 당신이에요."

"하지만 넌 그래도 고3인 것은 변함이 없다고 우겼지."

한강이 그때의 일을 생각해 내고 말하자 휘민은 생각했다.

그래. 일부러 고3이라고 우겨가며 그를 옭아맸었다. 단지 내 바람을 위해서. 그 바람이 그녀로서는 가장 희망하고 갈구하던 것이었지만 어쨌거나 무고한 사람을 그렇게 엮었었다.

휘민이 말했다.

"처음부터 이 이야기를 꺼낸 사람은 나였어요. 그런데 내가 후회를 할 거라 생각해요? 천만에! 난 절대 후회하지 않아요. 혹시 당신이 후회를 하는 건 아니에요? 갑자기 후회가 되어 지금이라도 내가 도망가기를 바라는 마음에서……."

"절대 아니야."

"난 괜찮아요!"

한강이 말을 하기 무섭게 휘민이 소리쳤다. 그러자 한강은 피식 웃더니 고개를 돌려 시선을 비켰다.

"그럼 됐어. 나중에…… 이 일에 대해 후회나 하지 않기를 바랄 뿐."

"이미 호적에는 옮겨져 있는데 새삼스레 후회를 할 리 없죠. 게다가 다시 한 번 말하지만 난 내가 한 결정을 절대 후회하지 않아요!"

그랬다. 그들은 서울로 오자마자 혼인신고부터 했다. 그리고 휘민은 그것으로 인해 아버지가 자신을 찾지 못하고 여기까지 쫓아오지 않은 것이라고 철석같이 믿고 있었다.

한강은 그런 그녀를 한참 동안 보았다.

그래, 자존심이 강한 이 여자는 나중에 이 일을 후회해도 절대 후회한다는 말 한마디는 입 밖으로 내지 않을 것이다. 그런 여자니까. 한강은 그렇게 생각하며 고개를 흔들었다. 그러자 휘민이 미심쩍다는 시선으로 한강을 보고 말했다.

"난 당신이 이 일로 후회를 하지 않을까 걱정이 되는군요. 벌써부터 후회하고 있는 걸로 보이는데, 처음부터 내가……."

"난 앞으로 어떻게 될지 이 상황을 즐겨보기로 했어."

"그럼 나도 됐어요."

재빨리 말을 끊는 그의 말에 그녀는 어깨를 한번 으쓱하는 것으로 대화를 끝맺었다. 한강은 그때까지도 들고 있던 잔을 탁자 위에 놓고 손을 뻗어 휘민의 두 볼을 잡아챘다.

"뭐, 뭐예요!"

휘민이 급히 뒤로 물러나려 하자 한강은 조금 전까지 진지하던 태도는 어디다 버렸는지 씨익 웃으며 오히려 한 걸음 앞으로 다가갔다.

"생각해 봤는데, 결혼 전의 신부가 너무 잠이 없는 것 같아. 게다가 제대로 가꾸지도 않았는지 얼굴이 푸석푸석해. 이 상태에서 계속 깨어 있으면 내일은 눈빛이 거뭇거뭇하고 기미가 잔뜩 있는 여자를 신부로 맞이하게 될지도 모를 것 같아서 말이야. 이제 그만 가서 자는 게 좋겠어. 새 나라의 어린이는 일찍

자고 일찍 일어나야 한다는 거, 모르진 않겠지?"

"내가 새 나라의 어린이라는 뜻인가요?"

한강은 대답 대신 어깨만 으쓱였다. 휘민은 그런 그를 노려보았다. 난 어린애가 아니야! 그때는 너무 절박한 상황이라 고등학생이라는 것을 써먹었지만 정말은 스물한 살의 성인이라고. 그런데 이 남자는 나를 무슨 어린아이 대하듯 해.

그녀는 그의 손을 탁 쳐냈다. 그리고는 소리쳤다.

"당신! 이런 못된 짓만 골라서 하면 나중에는 코가 남산만해질 거예요!"

한강이 쿡 웃었다.

"그건 또 무슨 엉뚱한 소리지? 어디서 나온 거야? 내 코가 남산만해져? 무슨 저주라도 거는 거야?"

"피노키오 몰라요? 거기에 나오는 사실에 대해 알려주었을 뿐이에요."

"오오, 그래?"

한강은 피노키오가 뭐지? 하는 표정을 지으면서도 박수까지 치며 휘민의 말을 받아줬다. 뻔뻔하게 턱을 치켜세우고 잘난 듯이 옷을 툭 털며 하는 말은 가관이었다.

"그런데 미안해서 어쩌지? 난 피노키오가 아니라 백마 탄 왕자인데."

"왕자?"

한강은 크게 고개를 끄덕였다.

"그래. 신데렐라에게 금박 입힌 구두를 신겨주고 데려가기 위해 온 백마 탄 왕자. 자, 신데렐라. 내가 방까지 모셔다 드리겠소."

하면서 손을 내밀었다. 휘민은 코웃음 쳤다.

"흥. 됐네요, 개구리 왕자 씨!"

"하하하. 뭐? 개구리 왕자?"

"그래요. 그러니 열두 시가 되어 개구리로 변하지 않게 조심하기나 하세요!"

"그렇게까지 걱정해 주지 않아도 되오. 그때는 그대가 키스를 해주면 금세 다시 왕자로 돌아올 테니."

짐짓 왕자라도 된 듯 윙크를 하며 응수하자 휘민이 툭 쏘았다.

"죄송합니다만 개구리 왕자 씨, 신데렐라는 이미 자신의 왕자님을 만났답니다. 그래서 눈만 큰 징그러운 개구리에게 키스를 해줄 필요는 없게 되었네요!"

그녀가 툭 내민 팔을 치고 가버리자 한강은 웃음을 터뜨렸다.

그는 자존심이 무척 강한 신데렐라가 만난 왕자가 백마 탄 왕자가 아닌 개구리 왕자였다는 것을 휘민이 빨리 알아차리기를 바랐다.

「우리 집에는 결혼식 사진이 여러 개 있다. 아빠는 결혼기념일 때마다 결혼식 사진을 찍었다. 엄마는 귀찮아하면서도 결국에는 웃으며 같이 사진을 찍곤 했다. 사진 찍는 걸 좋아하지 않고 매년 저렇게 찍어대는 게 굉장히 귀찮아 보여 하나도 부럽지도 않은데 아빠는 엄마와 둘만 사진을 찍는 게 미안한지 날 무릎 위에 앉히고 이렇게 말하셨다. ‘민아, 아빠 부럽지? 너도 얼른 네 엄마 같은 여자 만나서 결혼해. 그래서 다같이 사진 찍자!’ 갑자기 결혼이라는 게 하기 싫어졌다.」

제4장

결혼

마치 한강과 성휘민, 그들의 결혼식 날을 하늘도 아는 듯 그날은 아침부터 무척이나 화창했다.

파랗다 못해 하얀 하늘과 눈이 부실 만큼 찬란한 해가 뜬 날씨는 장마철이라는 것을 느낄 수 없을 정도였다. 결혼식장을 야외로 잡지는 않았지만 요 근래의 우중충한 날과는 달리 맑은 날이라는 것이 꼭 좋은 징조 같아 한강은 기분이 좋아졌다.

빠르게 준비를 하고 식장에 도착한 그는 신부가 이미 도착했다는 말에 휘민을 찾아다니기 시작했다. 워낙 넓어 근 삼십여 분을 헤매고 나서야 '신부 대기실' 이라는 푯말이 달린 곳에 도착할 수 있었다.

헤매는 동안 초조함이 극에 달해 있던 그는 노크할 생각도 못하고 바로 문을 열었다. 어떻게 된 것이 요즘은 한강의 트레이드 마크라고 할 수 있는 매너가 어디로 갔는지 찾아보기 힘들 정도로 휘민에 관한 일이라면 모든 게 급했다.

"……뭐야?"

방 한쪽에는 결혼 선물이라고 받은 듯한 것들이 잔뜩 쌓여 있었다. 다른 한쪽으로는 가구를 밀어놓았고 또 다른 쪽에는 뭔가 이상한 천들이 잔뜩 널려 있었다. 작은 방도 아닌데 물건으로 가득 차 있는 방은 턱없이 작아 보였다.

아주 난리가 났군, 난리가 났어.

한강이 머리를 흔드는데 안쪽에서 휘민의 목소리가 들려왔다.

"벌써 시간 되었어요?"

문소리를 들은 모양이다.

한강은 재빨리 고개를 들어 벽걸이 시계를 보았다.

"식이 시작되기까지 이십 분 정도 남았어."

대답을 하며 벽을 돌자 전신 거울 앞에서 드레스 자락을 정리하고 있는 휘민이 보였다.

"어?"

고개를 돌려 한강을 보고는 눈을 동그랗게 뜨는 휘민.

홍조가 들지 않았다면 드레스와 구분이 가지 않았을 만큼 하얀 피부에 그와 대조적으로 까마귀처럼 검은 머리가 위로 틀어 올려져 있었다.

마치 18세기 중세시대의 초상화에서 방금 튀어나온 듯한 모습이다. 작지만 곧은 콧날이나 한강을 보고 눈을 동그랗게 뜨며 살짝 모으는 입술이 오목조목하니 아름다웠다. 무엇보다 언제나 그를 설레게 하는 눈동자는 그간 몇 번이나 봐놓고도 또 그의 시선을 앗아갈 정도였다.

한강은 멍하니 휘민을 보았다. 그러다 휘민이 굽히고 있던 허리를 펴자 얼른 정신을 차리고 헛기침을 했다.

"대기실이 아주 난장판이군."

"망치를 든 목수들이 와서 뚝딱뚝딱 두드리다가 갔거든요."

한강은 웃음을 터뜨리고 말았다.

선물을 주러 온 사람들을 목수에 대고 비유하는 것도 재미있었지만 장난스런 표정을 짓고 있는 휘민은 깨물어주고 싶을 정도로 귀여웠다. 한강이 웃는 사이 드레스 자락을 정리한 휘민이 그에게로 다가왔다.

"왜……."

"넥타이가 삐뚤어졌어요."

가까이 다가와 손을 뻗는 휘민에게 한강이 묻자 그녀는 넥타이를 잡아 바로 매주며 그렇게 말했다.

한강은 얼굴을 붉혔다.

"좀…… 뛰었거든."

한강이 어색하게 말하자 휘민이 고개를 갸웃했다.

뛰어? 도착은 아까 했다고 들었는데 무슨 이유로? 시간이 모자라는 것도 아닌데 왜?

"뛰어요? 왜요?"

"응? 뭐, 그냥. 그나저나……."

휘민의 말을 설렁설렁 넘겨 버린 한강은 드레스 자락을 살짝 잡았다.

"오늘따라 무척 아름다워 보이는데?"

윙크를 하면서 하는 말에 휘민은 풋 웃더니 뒤로 물러났다. 그리고 팔을 내밀어 벅벅 긁는 시늉을 했다.

"뭐야? 무슨 병이라도 걸렸어?"

"그런 게 아니라 닭살이 돋는다구요."

한강은 피식 웃어버렸다. 하여튼 좋은 말을 못하지. 그는 탁자 위에 놓인 베일을 들었다.

"이제 준비해야 되는 거 아냐?"

"그래야죠."

"흐음."

'어째서 이 여자는 내 모습에 대해서는 한마디도 하지 않지?'

아침부터 그렇게 준비했는데 한마디 말도 없는 휘민이 야속했다. 자신은 휘민을 보고 잠시나마 넋을 잃지 않았던가? 거기다가 아름답다고도 했다. 예의상이라도 멋지다고 말해 주면 안 되나? 거울을 보니 나쁘지는 않던데…….

속으로 투덜거리는데 베일을 쓰던 휘민이 힐끗 쳐다보고 말했다.

"당신은 까마귀가 친구 하자고 하겠는데요?"

"뭐? 하하하."

한강은 웃음을 터뜨리고 말았다.

하긴 아래위로 검은색의 턱시도를 입기는 했지. 하지만 그렇
다고 대뜸 까마귀라니. 멋있다는 말은 못해줄망정. 하지만 그럼
에도 즐거웠다. 그는 윙크를 하며 말했다.

"이왕이면 매력적인 악마라고 해주는 게 어때?"

"악마?"

"그러니까 지금 여기에서 키스를 한다면 악마의 유혹이 되는
거지."

씨익 웃으며 하는 말이 능글맞은 인간 그 자체였다. 휘민은
입술을 삐죽였다.

"악마의 유혹은 무슨. 말하지만 난 매력적이든 그렇지 않든
악마를 남편으로 두고 싶은 생각은 없어요. 이걸 어쩌죠?"

"그럼 까마귀 친구는 남편으로 할 생각이 있고?"

휘민은 생각하는 표정이 되었다가 고개를 끄덕였다. 그러자
한강은 베일을 정리해 주며 짐짓 할 수 없다는 표정으로 말했
다.

"그럼 어쩔 수 없이 까마귀 친구나 해야겠는걸?"

"잘 빠진 제비도 봐줄 수 있어요."

"제비는 날아다니는 제비를 말하는 게 아니겠지?"

한강이 단정적으로 말하자 휘민은 웃음을 터뜨렸다. 한강은 자신의 모습을 보며 내려다보며 투덜거렸다.

"너, 나처럼 고급스러운 제비 봤어?"

"글쎄요, 지금 보고 있는지도 모르죠."

"난 그냥 까마귀 친구나 할래."

"그러세요."

한강이 투덜대며 말하자 휘민이 생글생글 웃으며 응대했다. 한강이 팔을 내밀었다.

"그럼 까마귀 친구의 부인이 될 아가씨, 나가실까요?"

"기꺼이."

휘민은 한강의 손을 잡으며 다른 손으로 드레스 자락을 들어 올렸다. 어느새 식이 열리기 십 분 전이었다. 휘민은 한강이 이 끄는 대로 따르며 미소를 지었다.

여름의 화창하고 맑은 날 치러진 결혼식은 한마디로 대단했 다. 원래부터 한씨 집안이 가지는 위력도 위력이지만 사촌 중에 한 명인 레이시스 쉐르난의 참석은 엄청난 파장을 불러일으켰 다.

레이시스 쉐르난.

본명 레이시스 쉐르난 한. 세이 한이라는 일견 평범하게까지 보이는 외모의 사촌과 친형제간이라고는 믿을 수 없을 정도로 빼어난 외모를 가진 남자. 미국인인 어머니에게 물려받은 천연

금발에 부드러운 푸른색의 눈동자를 가진, 성격이 더럽든 말든 외적으로는 갖추지 못한 것이 없는 남자. 가끔씩 눈꼬리를 말며 치는 눈웃음이 누구나 반할 정도로 아름답고 천부적인 빼어난 미모를 지니고 있다 하여 헐리우드 최고의 미남으로 손꼽히는 배우가 바로 그였다.

세계적인 유명 배우이자 헐리우드 최고의 몸값인 그가 참석을 함으로 인해 전 세계적으로 유명한 모델에 영화배우들까지 전혀 친분이 없는 한강의 결혼식에 참석을 했으니, 그 광경이 어떠한지는 더 설명하지 않아도 되리라. 그런 데다 이름만 대면 아는 정계인사에 판검사부터 유명 화백까지 한가락 한다는 사람들은 다 모여들었다.

그렇다 보니 언론으로 새어 들어가지 않도록 그렇게 주의를 했는데도 어떻게 알았는지 결혼식장 앞에는 기자들이 몰려와 취재에 열을 올렸다.

원래는 한적했을 식장이 기자들로 인해 발 디딜 틈도 없이 북적였다. 초반에는 식장으로 들어가려는 기자들로 인해 식을 진행할 수 없을 정도였다. 하지만 그래도 뒤늦게 통제를 한 덕에 기자들의 진입을 막을 수 있었고, 언론의 집중적인 스포트라이트를 피할 수 있었다. 대신 결혼식에 참석한 많은 정계인사들과 유명 배우들이 그 희생양이 되었다.

식장 밖까지 길게 깔아놓은 고급스런 붉은 공단에 우아한 실내장식과 한씨 집안의 유명세를 말해 주듯 TV 속에서나 보던 하객들, 거기다가 엄청난 외모의 신랑과 사촌들로 인해 이번 결혼식은 그 어떤 결혼식보다도 화려했다.

검은색의 턱시도를 입고 머리를 뒤로 넘긴 한강은 꽤나 어른스러운 느낌이었다. 그와는 반대로 순백의 드레스를 입고 곱게 머리를 틀어 올린 휘민은 어리고 여려 보였으며 누구나 한 번쯤은 쳐다볼 만큼 아름다웠다.

결혼식이 진행되는 동안 피아노 연주가 이어졌고 특별히 초청한 목사의 주례사는 길었지만 워낙 하객들이 쟁쟁하다 보니 볼거리가 워낙 많아 지루해하는 사람은 없었다. 영원의 약속을 맹세한 후 휘민의 손가락에 반지를 끼워준 한강은 베일을 들어 올려 키스를 했다.

휘민은 자신도 모르게 눈을 감았다. 키스는 단지 입술을 맞춘 것뿐인데도 발끝에서부터 찌릿한 감각이 다리를 타고 올라오는 것 같은 느낌이었다.

키스가 끝나자 하객들의 박수 소리가 주위를 가득 메웠다.

모두들 그들의 결혼을 축하해 주었고 한강은 정말 즐거운 듯 시종 미소를 짓고 있었다. 때때로 크게 웃음을 터뜨리기도 했는데 그것이 영락없이 행복에 빠진 신랑의 모습이었다. 그 날의 한강은 관심이 없는 휘민조차 반할 만큼 멋있고 매력적이었다.

그렇게 한강과 성휘민, 그들의 결혼식은 끝을 맺었다.

휘민이 학생이라는 이유를 들어 신혼여행은 뒷날로 미루었다.

피로연을 치른 후 그들의 신혼집으로 향했다. 피곤에 지친 둘은 도착할 때까지 침묵했다.

얼마 가지 않아 신혼집에 도착했다. 그들이 내리자 차는 왔던 곳으로 되돌아가 버렸다. 한적해진 도로에 잠시 동안 서 있던 휘민은 앞쪽에 자리한 집을 보았다.

하얀색의 낮은 담장에 정원이 있는 아담한 집.

이층의 목조 건물은 본가와는 비교도 되지 않을 만큼 아담했지만 무척이나 아름다웠다. 그리고 뜻밖에도 휘민의 마음에 쏙 들었다. 그러나 저 집은 아닐 텐데? 듣기로 한강은 오피스텔에 산다고 했다. 저건 단독주택이잖아? 그렇지만 주위에는 오피스텔이 없었다. 바보처럼 기사가 집을 못 찾았을 리도 없고, 설혹 못 찾았다고 해도 엉뚱한 곳에 한강이 내렸을 리도 없다. 설마?

"저 집이에요?"

한강이 씨익 웃으며 고개를 끄덕였다.

"응."

"하지만…… 오피스텔에서 산다고 하지 않았던가요?"

"그랬었지."

"저긴 단독주택인데요?"

"새로 산 거야."

대답 한번 간단하다. 하지만 그 말뜻은 결코 가볍지 않았다.

원래부터 이 결혼은 정상적인 결혼이 아니었다. 당연히 그녀는 한강이 원래 쓰던 오피스텔을 약간 손봐 그곳에서 지내게 될 것이라 생각했다. 그런데 아예 새 집을 샀을 줄이야! 돈이 썩어 나지 않는 바에야 반년 후면 바이바이 할 신부를 위해 집을 새로 사는 미친 짓은 하지 않았어야 했다.

새 집을 샀다는 것.

휘민은 그것이 마음에 들지 않았다. 정말 결혼한 것처럼 이럴 필요는 없다는 게 그녀의 생각이었다. 그 집이 뜻밖에도 휘민의 마음에 든다는 것을 뺀다면 말이다. 하지만 휘민은 그런 티를 조금도 내지 않았다. 그저 지나가듯 툭 하니 한마디를 던졌을 뿐이었다.

"돈이 무척 많군요."

"부자 남편이지."

"그렇네요."

시큰둥하니 고개를 돌려 버리는 휘민.

한강은 그다지 감흥이 깃들지 않은 듯한 휘민을 봤다.

이 여자는 공들여 준비한 것을 아무렇지도 않게 받아들이는 이상한 능력이 있어. 아름답다거나 괜찮다거나 하는 말 좀 해주면 어디 덧나나? 결혼 전날 알게 된 사실을 당사자에게 알려주지 않고 결혼까지 끌고 온 죄책감에, 더욱 공을 들여 준비했다. 몇 채의 집을 돌아다녔는지 모른다. 그런데 한다는 말이 돈이 무척 많군요? 정말 이상한 여자야.

한강은 그녀가 어느 정도 놀라주기를 바랐다. 하다못해 괜찮다는 말 정도는 해줄 줄 알았다. 그런데 영 아니었다.

한강은 실망했다. 하지만 뚱하게 있는 대신 웃었다. 그리고는 하얀색 담장으로 둘러싸인 문을 열고 안으로 들어갔다. 휘민이 따라 들어오자 한강은 그 앞을 떡하니 막고 손을 내밀었다.

“뭐죠?”

휘민이 묻자 한강은 내민 손을 흔들었다.

“처음으로 들어가는 곳인데 당연히 내가 이끌어줘야 하지 않겠어?”

“호오, 그것참 대단한 친절이시네요.”

휘민이 비꼬듯 말하며 내민 손을 잡자 한강은 잡은 손에 힘을 주었다가 뺐다. ‘그것참, 대단한 친절이시네요?’ 정말 무드라고는 눈을 씻고 찾아봐도 없는 여자야. 결혼 첫날 꼭 저런 식으로 말을 해야 하나? 이건 ‘돈이 무척 많군요’ 에 이어서 2연타로군.

어째 결혼 첫날부터 영 분위기가 안 잡힌다.

결혼식 때만 해도 좋았는데 휘민이 이런 식으로 와장창 다 깨어버릴 줄 누가 알았겠는가! 하지만 그럼에도 불구하고 휘민은 너무 아름다웠다. 그는 결혼식을 시작하기 전 휘민을 봤을 때부터 일던 기대감에 가볍게 웃으며 그녀의 손을 잡고 돌계단을 올랐다.

휘민은 앞으로 반년 동안 지내게 될 집으로 들어서며 주위를 둘러보았다. 한강이 남은 팔로 그녀의 허리를 잡아끌었다. 휘민이 한쪽 눈썹을 치켜올렸다.

“뭐죠?”

"매너."

"매너?"

"응. 당연히 해야 할 매너 중의 하나지."

천연덕스런 한강의 대답에 휘민은 그를 힐끗 쳐다보았다.

"그것참 정말 고마운 친절이네요. 아주 신사세요, 노크는 제대로 하지도 않는."

또 비꼬는군. 한강은 어깨를 으쓱하고 말했다.

"혹시 혀 아래 칼날이라도 숨겨뒀어?"

"무슨 소리죠?"

"그저."

휘민이 예상외로 날카롭게 반응하자 한강은 눈을 돌렸다. 그리고 열쇠를 꺼내 굳게 잠겨 있는 문을 열었다.

달칵.

불이 켜지지 않은 거실은 반대 편의 커다란 창에서부터 들어오는 달빛에 은은한 멋을 풍기고 있었다. 휘민은 잠시 시선을 빼앗겼다.

"어때?"

뒤쪽에서 한강의 음성이 들려오자 그제야 정신을 차렸다. 휘민은 실내화를 신고 안으로 들어서며 말했다.

"뭐, 좋군요."

휘민은 휘이 주위를 둘러보았다. 그리고는 덧붙였다.

"무척."

“하하. 그래?”

정신없이 둘러보다가 한강의 음성이 너무 가까이에 들린다는 것을 알아챈 휘민이 재빨리 몸을 돌리려 했다.

그때 한강이 뒤에서 그녀를 꼬옥 끌어안았다. 등에 닿는 한강의 가슴은 넓고 포근했다. 계속 그렇게 있고 싶을 만큼. 역시 이 사람은 키가 커. 가슴도 넓고, 포근해.

그것을 느끼는 순간 휘민은 재빨리 그의 손을 치워내고 몸을 돌렸다. 휘민이 입술을 깨물었다.

“뭐, 뭐죠?”

그러지 않으려고 하는데 저절로 음성이 흔들려 튀어나왔다.

젠장. 아무렇지도 않아! 음성이 흔들렸다는 것에 화가 나 잔뜩 콧잔등을 찡그리는데 한강이 쿡 하고 웃었다. 저 여자 지금 얼굴, 마음에 드는걸? 역시 재미있다고 생각하며 그는 팔을 뻗어 그녀의 허리를 잡아당기며 귓가로 숨을 불어넣었다.

“모르겠어, 뭘 하는지?”

감미롭게 울리는 음성. 저절로 눈이 감길 듯한 그런 음성이다.

본가에 있는 동안 만나는 사람마다 그를 가리켜 바람둥이라고 하며 어떻게 잡았냐는 둥, 결혼하고도 바람을 피우면 어쩌겠냐는 둥 이상한 것들만 물어댄다 했더니 정말 바람둥이였던 모양이다.

이 남자는 어떻게 하면 상대의 기분이 좋아지는지, 나른하게 힘이 빠지는지 너무 잘 알아. 아마도 그건…… 많은 여자들을 거치면서 익힌 것이겠지? 손으로 셀 수도 없을 만큼 많은 여자들을 거치면서. 휘민은 허리를 안은 한강의 손을 매정하게 쳐냈다. 화가 난다. 왜? 그녀는 이런 반응을 보이는 자신이 무척 당황스러웠다.

"이건 뭐지?"

한강이 처진 손을 내려다보고 물었다.

뭐냐고? 그건 오히려 자신이 묻고 싶은 말이다. 지금 도대체 뭘 한 거지? 이상한 느낌. 당황스럽다. 휘민은 자신도 모르게 입을 열어 더듬더듬 무슨 말인가를 하려 했다. 변명처럼.

"아니, 난……."

"장난?"

빙긋이 웃으며 말을 끊어버린 한강은 그녀의 어깨에 손을 얹었다. 그리고는 고개를 숙여 이로 귓불을 깨물었다. 무슨 말인가를 해서 그의 행동을 막고 싶었지만 왜인지 휘민은 아무 말도 할 수 없었다. 한강의 입술과 닿은 귓불은 마치 그곳에 또 다른 심장이라도 붙어 있는 듯 뛰고 있었다. 이건, 위험해!

휘민은 한강의 품에서 벗어나려 몸을 비틀었다.

"잠깐, 난……."

"쉿."

한강이 그녀의 허리를 당겨 안으며 입술을 내리눌렀다. 휘민의 변명 같은 말들은 모두 한강의 입술 속으로 사라졌다.

휘민의 입술과 한강의 입술이 닿는 순간, 그의 손이 그녀의 뒷목을 누르는 순간, 그녀의 허리를 부드럽게 안는 순간, 그때부터 휘민은 정상적인 사고를 할 수가 없었다.

한강의 키스는 단순한 '키스'가 아니었다.

그는 어떻게 하면 상대가 흥분할지 잘 알고 있었다. 그리고 그에 비해 휘민은 모르는 것이 너무도 많았다. 그날, 한강과 처음 만났을 때 한 키스가 첫키스였다면 더 말하지 않아도 되리라. 그렇다 보니 한강의 매력 앞에 휘민은 속수무책이었다.

그는 뒷목을 누르던 손으로 휘민의 머리를 부여잡고 다른 손으로는 그녀의 등을 쓸어주었다. 그것은 차 안에서의 일을 상기시켜 주었고 휘민은 그때의 에로틱한 기억과 그녀의 혀를 감아올리는 한강의 능숙한 키스에 정신을 빼앗겼다. 뒤에는 지금 어디에서 무엇을 하는지조차 알 수 없을 정도로 그녀는 쾌감에 젖어가고 있었다.

입가에, 눈꺼풀에, 이마에, 코에, 그리고 턱에.

낙인처럼 새기는 한강의 입술은 그곳에 새로운 심장을 만들었다.

쿵쿵. 심장이 뛴다. 한강에 의해 새로 생성된 심장이 정신없이 뛴다. 그리고 휘민의 가슴도 뛰고 있었다. 빠르게, 빠르게, 빠르게. 결혼식 때의 키스는 지금의 키스에 비하면 키스라는 말을 쓸 수도 없을 정도였다. 그녀는 그렇게 취해갔다. 키스에, 한강의 매력에.

하지만 그것은 그다지 오래가지 않았다.

한강의 손이 허벅지 안으로 들어오는 순간, 정확히는 엄지로 여성을 쓰다듬는 순간 휘민은 정신을 차렸다.

분명 옷을 입고 있었는데 어떻게? 의문이 들었다. 그리고 자신의 모습을 내려다보고는 절로 한숨을 터뜨렸다. 꼴이 말이 아니었다. 치마는 허리까지 올라가 있었고 팬티는 바닥에 떨어져 있었다. 한강은 한 손으로는 휘민의 허리를 잡고 한 손으로는 휘민의 여성을 애무하고 있었다.

안 돼. 더 이상은…… 안 돼!

그렇게 생각하면서도 저절로 고개가 뒤로 젖혀졌다. 다시 서서히 정신을 잃어갔다. 한강은 가볍게 한숨을 내쉬더니 휘민의 아랫입술을 빨면서 엄지손가락을 좁은 입구로 살짝 밀어 넣었다 뺐다.

절로 신음성이 튀어나올 것만 같았다. 도저히 그를 막을 수가 없었다. 허벅지에 딱딱하게 굳은 뭔가가 느껴졌다. 벨벳과 같이 부드러우면서도 딱딱한 그것이 살갗과 닿자 휘민은 흠칫 떨었다. 어느새 한강은 휘민의 다리 한쪽을 들어 올리고 엉덩이를 잡아 자세를 잡고 있었다.

'아, 안 돼!'

번쩍, 정신이 들었다.

휘민은 한강의 손을 뿌리치고 후다닥 뒤로 물러났다. 무릎에 힘이 풀려 주저앉을 것 같았지만 억지로 참았다. 그녀는 허리

위로 올라온 치마를 끌어 내리며 소리쳤다.

"이게 무슨 짓이에요!"

"……무슨 짓이냐니?"

한강은 한 템포 느리게 반응했다.

휘민에게 한 키스와 애무에 그 자신도 취해 있었던 탓에 금세 평소의 모습으로 돌아올 수가 없었다. 그런 데다 풀어헤쳐진 지퍼 사이로 드러난 남성이 고통을 호소해 정신을 차릴 수가 없었다. 그러했기에 음성 역시 떨리고 있었다. 그리고 몸도. 한강은 왜 휘민이 갑자기 물러났는지 이해를 할 수 없었다. 그리고 어떻게 저렇게 멀쩡할 수 있는지도.

그는 아무렇지도 않아 보이는 휘민과는 달리 아직까지도 제정신을 차리지 못하는 자신이 못마땅해 얼굴을 찡그렸다.

"잔뜩 욕구를 일으켜 놓고 지금 와서 뒤로 빼려는 건 아니겠지?"

휘민은 대담하게 드러난 남성을 보고는 얼굴을 붉히며 고개를 돌리고 부정했다.

"처음부터 당신의 욕구를 불러일으킨 적 없어요, 난."

"넌 키스에 응했어. 게다가 내 애무에도 반응했고."

"아니에요!"

휘민이 소리를 치자 한강은 눈살을 찌푸렸다.

"설마 하니 내가 그 정도도 느끼지 못할 만큼 바보로 보여? 넌 분명히 내게 응했어. 그런데 갑자기 왜 이러는 거야?"

어리둥절한 표정이다. 그리고 고집스러운 표정이었다. 확신에 찬 음성이었고. 그래, 이 남자는 알고 있을 것이다, 그녀가 정신을 차리지 못하고 빠져들었다는 것을.

휘민은 입술을 깨물었다.

"그래요. 어쩌면…… 당신의 키스에 응했을 수도 있어요."

"어쩌면이 아니라 사실이 그래! 또한 애무도……."

휘민이 그의 말을 잘랐다.

"하지만 난 키스까지였어요."

"뭐?"

어느새 한강의 음성은 날카롭게 날이 서 있었다. 휘민은 입술을 축이고 심호흡을 했다.

"말 그대로. 난 키스까지였다구요. 그 이상은 안 돼요!"

"어째서?"

휘민은 잠시 생각했다.

도통 그가 무슨 생각을 하고 있는지 알 수 없었다. 이 결혼은 진짜가 아니다. 그런데 '어째서?' 라니. 그런 말이 왜 필요하단 말인가. 당연한 건데. 휘민은 어떻게든 그를 설득하려 했다. 결혼 첫날부터 싸우고 싶은 마음은 없었다.

"만약…… 아기라도 생기면 어쩌려고 이러는 거예요?"

"아기?"

"네."

"생기면 어때서?"

“…….”

말이 안 통하는군. 고개까지 갸웃하는 꼴이 정말 모르겠다는 표정이다. 애써 생각한 설득 방법인데 못 알아들은 건가? 저 바보. 휘민은 자신도 모르게 소리쳤다.

“잊었어요? 이건 계약 결혼이에요!”

“그래서?”

“반년 후에 헤어질 텐데 이러면 안 되잖아요.”

“피임을 제대로 하면 돼.”

그렇게 말하고는 바로 손을 뻗어온다. 피임만 하면…… 상관없다 이건가? 휘민은 재빨리 뒤로 물러났다.

“내 말은 그 뜻이 아니에요.”

“그럼 무슨 뜻이지?”

“반년 후면 헤어질 텐데 진짜 부부처럼 이럴 필요는 없다는 거예요!”

그 말에 한강은 웃음을 터뜨렸다.

“하하하. 이봐, 이 정도가 어때서 그렇게 구식처럼 구는 거야? 우리 좀 세련되게 살자. 응? 요즘은 즐기는 시대야. 이해하지 못했나?”

“이해해요. 무슨 말인지, 정확히 알아들었어요. 하지만 난 이렇게밖에 못해요. 구식이라고 해도 어쩔 수 없어요. 세련되지 못해서 정말 미안하군요. 그렇게 세련된 당신은 즐기려면 다른 세련된 여자들과 즐기세요.”

휘민이 딱 부러지게 말하자 한강의 눈이 가늘어졌다. 그는 도 저히 믿을 수 없다는 듯한 표정이었다. 한참 진위를 파악하기 위해 그녀의 눈을 보던 한강은 그것이 진심임을 알고 얼굴을 찌 푸렸다.

"나더러 결혼 첫날부터 다른 여자를 만나라고?"

"네."

당연하다는 듯이 고개를 끄덕이는 휘민. 이 여자가 정말! 한 강은 화가 나 소리쳤다.

"젠장! 이봐, 계약 결혼이든 뭐든 우린 결혼을 했어! 그런데 지금 나더러 멀쩡한 아내를 두고 결혼 첫날부터 딴 여자를 안으 라고?"

"그것이 싫다면 홀로 자는 것도 나쁜 방법은 아니죠."

"그 말은 나더러 금욕 생활을 하라는 거야?"

"못할 건 없잖아요?"

"이 상태로 만들어놓고?"

한강의 손짓을 따라간 휘민은 얼굴을 붉히며 고개를 돌렸다.

"그런 것쯤 스스로 해결할 수 있다고 들었어요. 스스로 해결 하세요."

한강의 눈빛이 차가워졌다.

"재미있군. 그렇다면 이 결혼에서 내가 얻는 것은 뭐지?"

얻는 것? 그런 것이 꼭 있어야 하나? 아니, 사실 그렇긴 하다. 한강은 이 결혼으로 인해 얻는 게 없지. 휘민은 이 결혼으로 그

지겨운 생활에서 벗어나게 되었지만.

아마 한강이 얻는 게 있다면 한성그룹의 홍보실장이 학생을 건드렸다는 헤드라인으로 된 신문을 받아보지 않을 수 있게 되었다는 것 정도일 것이다. 하지만 만약 한강이 그때 그녀의 요구를 받아들이지 않았다 하더라도 휘민은 언론에 그 사실을 알리지는 않았을 거다.

한마디로 한강은 그냥 불이익을 당한 거다. 그런 데다 반년 후면 이혼남이라는 타이틀을 달게 된다. 하지만 그렇다고 해도 이건 안 돼. 분명 처음부터 계약 결혼이라고 말했어. 그것을 수긍한 것은 그이고. 그걸로 끝난 거야. 지금에 와서 그것을 바꾸는 것은 말도 안 돼!

휘민은 애써 한강을 설득하고자 했다. 하지만 아무리 이야기를 해도 한강은 이해를 하지 못했다.

그와 휘민은 사고방식부터 달랐다. 서로를 이해할 수 있는 수준을 넘어선 지 오래였다. 그래, 그는 이해하지 못해. 아무리 설명을 해도 끝까지 이해할 수 없을 거야. 어떻게든 관계를 하겠다는 거겠지. 단지 욕구불만으로 매너를 팽개칠 정도로 그는 원해. 감정이 깃들지 않은 육체적인 관계를.

'후우.'

휘민은 속으로 한숨을 내쉬고 지퍼를 내렸다.

스르륵, 치마가 바닥에 떨어지자 반 누드가 달빛에 드러났다.

엉덩이에서 허벅지로 이어지는 굴곡은 지금까지 보아온 그 어떤 여자들보다도 아름다웠다. 부드럽게 넘실대는 숲이 그의 시선을 잡고 놓지 않았다. 한강은 순간 헉 하고 숨을 들이쉬었다. 아무런 감정이 없는 사람조차 욕망이 일 만큼 아름다운 모습이다. 한강은 순식간에 휘민의 모습에 빠져들었다.

그때 휘민이 말했다.

"그렇군요. 마음대로 하세요. 이제 다 이해했으니까."

제대로 숨도 쉬지 못하고 보고 있던 한강이 그 소리에 고개를 갸웃했다.

"뭘 다 이해했다는 거지?"

"당신과 계약 결혼을 하는 대가로 내가 몸을 팔았다는 사실을요. 정확히, 이해했어요."

도대체 무슨 소리를 하는 거야, 이 여자가! 와장창. 꿈이 깨지는 기분이었다. 한강이 깜짝 놀라 소리쳤다.

"맙소사! 그런 게 아니야!"

"그런 거예요."

"아니야! 마치…… 자신이 매춘부라도 되는 것처럼……."

"고급 매춘부죠, 몸값이 의외로 많이 나가는."

딱 부러지는 그 고집스러운 말에 한강은 화가 났다.

어떻게 하면 이렇게 고지식할 수가 있지? 어떻게 하면 저런 생각을 할 수 있는 거야? 도대체 어떻게 하면! 한강은 휘민을 이해할 수도 없었고, 이해하고 싶지도 않았다.

"제기랄! 아니야! 넌 매춘부 같은 게 아니라고! 난 돈을 주고 널 사지 않았어! 단 한 번도 널 매춘부라고 생각한 적도 없고!"

휘민이 그런 말을 한 의도는 뻔하다. 저런 도발로 다짐 같은 거라도 받아낼 속셈일 거다. 분명해. 한강은 화가 났다. 그녀의 뜻대로 해주고 싶지 않았지만, 그의 분노는 그것을 받아들이지 않았다. 그래, 그렇게 소원이라면 저 여자가 원하는 말을 못해 줄 것도 없지.

한강은 흐트러진 옷을 정리하고 휘민을 봤다. 뿌득, 이가 갈렸다. 험한 소리가 저절로 튀어나왔다.

"잘났군. 아주 잘났어. 내 앞에서 그런 소리를 하다니. 좋아, 약속하지. 앞으로 네가 원하지 않는 한 손끝 하나 대지 않겠어! 그럼 네 말대로 난 다른 여자를 찾아갈 테니 잘 있어."

한강은 그 말을 끝으로 나가 버렸다.

쾅!

휘민은 문이 닫히는 소리와 함께 더 이상은 버티지 못하고 그대로 주저앉아 버렸다. 온몸이 경직된 듯했다. 붉게 달아올랐던 얼굴은 창백하게 질렸고 온몸이 뻣뻣하게 굳어 있었다.

그녀는 한참 동안 정신을 차리지 못하고 떨다 더듬더듬 중얼거렸다.

"정말…… 위험했어."

「내 첫 방황은 고등학교에 들어가고 나서였다. 술을 마시고, 담배에 손을 댔다. 성적은 바닥을 기었다. 그러던 어느 날 아빠가 날 부르셨다. 소파에 앉혀두고 한참 동안 가만히 보시더니 물으셨다. ‘여자 문제야?’ 웬 여자 문제? 전혀 아니다. ‘여자 문제가 아니면? 그럼 뭐야?’ 대답하기 굉장히 곤란했다. 사실 특별한 이유는 없었다. 사실대로 말하자 아빠는 처음으로 매를 드셨다. 종아리가 후끈거리도록 매질을 하시고 말하셨다. ‘자고로 남자는 사랑하는 여자와 연관이 있을 때만 방황을 해야 하는 거야. 그러니까 나중에 사랑하는 여자가 생기면 그때 방황해. 지금 말고. 알겠어?’ 모르겠다. 그냥 황당할 뿐이었다.」

제5장

방황

무작정 자주 가는 바(Bar)에 들어서 정신없이 술을 들이켰다.

속이 답답하고 머리가 아프다. 도대체 뭐가 문제인지 모르겠다. 아무리 생각해도 이해를 못하겠어. 왜 거부를 하는 거지? 분명 싫어하지 않았잖아. 키스에 반응하고 애무에 즐거워하며 몸을 떨었잖아? 그것을 느끼지 못할 만큼 둔하지 않은데 왜 그걸 부인하는 거지? 거기다 어떻게 그렇게 금방 평소의 모습으로 돌아올 수 있으며 어째서 거부를 하는 거야? 무슨 이유로!

도통 휘민이 무슨 생각을 하는지 알 수가 없었다. 무슨 계약 결혼이네 어쩌네 하는데 그게 왜 문제가 되는지도 알 수 없었다.

'그게 어때서?'

사람은 즐기기 위해 태어난 존재다. 짧은 인생, 즐겁게 살다가도 모자랄 판에 왜 낭비하면서 살아야 해? 정말 모르겠다. 그저 즐기자는 것뿐인데 대체 뭐가 문제냐고!

유쾌하게 웃으며 결혼식까지 치렀는데 어째서 갑자기 이렇게 되었는지 아무리 생각해도 모르겠다. 어제만 해도 휘민의 기분은 괜찮아 보였다. 낮에 있었던 결혼식에서는 장난을 칠 만큼 즐거워 보였고. 그런데 어째서 집에 도착해서는 그렇게 뭐든 날카롭게 반응한 걸까? 키스를 하고 애무를 할 때만 해도 거부의 몸짓 한 번 없었다가 어째서 뒤늦게 그렇게 화를 내는 걸까? 어째서 자기 자신을 그따위로 비유하면서까지 거부를 하는 걸까?

모르겠다. 정말이지…… 그는 알 수가 없었다.

다만 지금 그가 확실하게 알고 있는 것은 자신이 하고픈 것을 하지 못했다는 것, 결혼식 전부터 잔뜩 기대감에 부풀어 있었는데 갑작스런 휘민의 거부로 인해 즐거움으로 가득할 것이라 예상했던 밤을 망쳤다는 것뿐이었다.

"젠장!"

화가 난다.

고급 매춘부라고? 몸을 판 거라고? 누구에게! 사지도 않은 사람에게 어떻게 함부로 팔아!

한강은 아플 정도로 세게 주먹을 쥐었다. 스스로를 비하시키는 휘민에게 화가 났다. 그따위 엉터리 같은 약속을 받아내려고 뻔히 보이는 수를 쓰는 그 여자에게 정말 화가 났다.

사실 어쩌면…… 어쩌면 자신이 성급했는지도 모른다. 왠지 모를 초조함에, 휘민이 어떤 여자인지 모르지도 않으면서 너무 서둘렀는지도 모르겠다. 그저께 안 그 사실 하나 때문에. 하지만 그래도 이건 너무하지 않은가?

그 여자는 말을 너무 함부로 해. 듣는 상대가 어떤 기분이 될지는 생각도 하지 않고. 더 화가 나는 것은 이해조차 불가능한 이상한 사고방식을 가진 그 여자를 아직까지도 원하는 자신이었다.

"젠장……."

한강은 욕설을 퍼부으며 병째로 술을 들이켰다.

얼마 후에는 자신이 술을 마시는지 술이 자신을 마시는지 스스로도 알 수 없을 정도로, 그는 양주를 들이붓고 있었다.

골이 흔들리는 느낌이다.

"아, 머리야……."

한강은 속이 울렁거리는 것을 애써 참으며 엘리베이터를 탔다. 엘리베이터가 위로 올라감에 따라 울렁거림이 더 심해져 오자 손을 들어 이마를 짚었다. 그의 손은 항상 찬 편이었다. 찬 손을 이마에 대면 조금은 낫겠지. 한강은 얼른 위로 올라가기를 바라면서 재킷을 벗어 손에 걸쳤다.

땡.

경쾌한 소리와 함께 문이 열리자 엘리베이터에서 내렸다. 하얀색으로 이루어져 깨끗한 느낌을 주는 복도를 지나 홍보실장실로 들어섰다.

"어? 한강?"

원래 한강 혼자 쓰는 곳이라 아무도 없을 것이라는 생각과는 달리 안에는 두 명의 인간이 죽치고 앉아 있었다. 한 인간은 비서니까 그렇다 쳐도 저 인간은 왜?

한강은 눈살을 찌푸리며 툭 쏘았다.

"넌 왜 아침 나절부터 여기에 있는 거냐? 괜히 얼쩡대지 말고 네 사무실로 가, 강유."

그랬다. 비서 준환과 함께 있는 이는 다름 아닌 그의 악우이자 직장 동료인 강유였다. 그의 말에 강유는 코웃음 쳤다.

"남이사 어디에 있든 무슨 상관이래? 나 준환 형 보러 온 거다, 너 보러 온 게 아니라. 그런데 넌 왜 여기 있어?"

한강은 황당하다는 표정을 지었다. 왜 여기에 있냐니, 바보 아냐?

"내 사무실에 내가 있는데 뭐가 불만이야? 그보다 난 네 녀석이 왜 여기에 있는지가 더 궁금하다. 이 비서 만나러 왔으면 비서실로 가면 되지, 왜 여기에 있어? 너 언제 홍보실장이라도 되었냐? 아니잖아. 그런데 왜 여기에 있어, 넌."

차갑게 타박을 놓는데도 강유는 끄떡도 하지 않았다. 그는 고개를 갸웃하더니 물었다.

"너, 휴가 아냐?"

웬 엉뚱한 소리? 휴가 같은 소리 하고 앉아 있네.

"내가 휴가 얻었다고 누가 그러던?"

"뭐? 누가 그런 건 아니지만…… 너 결혼했잖아."

"결혼하면 휴가를 얻어야 한다는 규칙이라도 있냐? 회사 내에 그런 법이 나 몰래 언제 만들어지기라도 했어? 처음부터 휴가 같은 거 얻지도 않았지만 만약 얻었다고 해도 반납했을 거다. 그러니 그 입 좀 다물어, 꿰매 버리기 전에."

짜증스럽게 말하자 강유의 눈에 이채로움이 떴다.

"어째, 기분이 무척 안 좋은 것 같다? 첫날밤이 영 내키지 않았어?"

"꺼지시지?"

그때의 일을 생각하면 더욱 화가 나는 한강이었다. 그가 날카롭게 반응하자 강유는 짓궂은 미소를 지었다.

"왜? 첫날밤이 마음대로 안 돼? 너, 너무 오랫동안 금욕 생활을 했더니 영 시원찮은 거 아냐? 아니면 그동안 너무 많이 놀아 버린 나머지 이제는 제구실을 못한다든지. 그래서 신부한테 한소리 들은 거 아냐? 그래서 그런 거 맞지? 내 말 맞지?"

맞긴 뭐가 맞아? 뭐가 제구실을 못하고 영 시원치 않단 말이야! 시원찮은지 어떤지 확인할 기회도 주지 않더구만. 한강이 눈살을 찌푸리는데 성큼성큼 다가온 강유가 주위를 뱅뱅 돌며 휘파람을 불었다.

"휘유~ 그러고 보니 너 아주아주 이상하다? 그거 알아? 거울이라도 갖다 줘야겠는데? 눈밑도 좀 거뭇거뭇하고 얼굴도 하룻밤 사이에 많이 초췌해졌는데? 밤새도록 무슨 짓을 했기에 이런 꼴이 된 거야? 신부한테 맞기라도 했어?"

그래, 맞았다. 직접 손을 들어 주먹을 휘두르지는 않았지만 그 정도면 폭력이다. 언어 폭력. 하지만 어찌 그걸 말할 수 있겠는가. 한강은 입을 꾹 닫고 강유를 밀어내려고 했다. 그러자 강유가 진한 미소를 지으며 찰싹 달라붙었다.

"뭐야? 말해. 다 불어!"

"불긴 뭘 불어? 꺼지라고 했다, 강유. 꺼져!"

한강은 버럭 소리를 질렀다. 그 차가움에 움찔할 만도 한데 강유는 아무렇지도 않은지 씨익 웃기까지 했다.

"그러니까 신부한테 엄청 야단맞았구나? 제대로 못한다고. 그래서 네가……."

강유가 빙글빙글 웃으며 말하자 뿌득 이를 간 한강은 준환에게로 고개를 돌렸다. 그리고 한마디 했다.

"쫓아내."

"……."

멍해져 버린 강유를 보며 한강은 한마디 더 붙였다.

"지금 당장."

"어어, 야!"

준환의 웃음을 참는 얼굴과 강유의 놀란 얼굴을 뒤로하고 한강은 바로 안쪽 사무실로 들어가 버렸다.

쾅!

문 닫히는 소리가 유난히 컸지만 한강은 아랑곳하지 않았다. 그는 사무실 안을 한번 둘러보고 한쪽에 놓여 있는 소파로 가 누워버렸다.

"젠장."

어제부터 입에서 튀어나오는 것은 욕설에 험한 말뿐이다. 천하의 한강이 어쩌다가 이 꼴이 되었는지 모르겠다.

누구나 그를 만나면 즐거워했다.

유쾌한 성격에 긍정적인 사고방식을 가진 즐거운 남자, 그게 한강이었다. 그는 모든 여자들을 배려해 주었고 그것을 당연하게 여겼다. 그리고 그가 그렇게 하면 항상 보답이 있었다. 어떤 쪽으로든.

그런데 어떻게 된 것이 아내라는 여자만은 그게 안 되는 건지 모르겠다. 차갑고, 냉정하고, 종잡을 수 없는 말만 하고. 그런 이상한 여자가 왜 하필이면 아내가 된 거지? 그리고 어째서…… 그런 여자를 원하는 걸까? 육체적인 관계를 원하는 것만으로도 한강은 자존심이 상했다. 그런 데다 어떻게 된 노릇인지 아직까지도 어제저녁의 여파가 완전히 가시지 않은 느낌이었다. 한참 멍하니 있던 한강은 천천히 손을 들어 올려 입술을 매만졌다.

이 입술로 키스를 하고, 이 입술로 애무하고, 이 입술로…….

"이해해요. 무슨 말인지, 정확히 알아들었어요. 하지만 난 이렇게밖에 못해요. 구식이라고 해도 어쩔 수 없어요. 세련되지 못해서 정말 미안하군요. 그렇게 세련된 당신은 즐기려면 다른 세련된 여자들과 즐기세요."

'날더러…… 다른 여자나 만나라고? 다른 여자들과 즐기라고?'

화가 치밀었다. 결혼 첫날부터 그런 소리를 하는 여자는 없을 거다.

"당신과 계약 결혼을 하는 대가로 내가 몸을 팔았다는 사실을요. 정확히, 이해했어요."

"고급 매춘부죠, 몸값이 의외로 많이 나가는."

'매춘부? 고급 매춘부라고? 그래서 사랑을 나누는 거라고? 아니면 싫다는 건가? 어째서? 내가 어때서! 누구나 원하는데…… 누구나 원하는 사람이 바로 난데 그 여자는 도대체!'

자꾸만 생각이 난다. 마치 비디오처럼 자꾸 되돌아간다. 그리고 반복되지.

다른 여자들과 즐기세요. 다른 여자들과 즐기세요. 다른 여자들과……

젠장. 좋아. 그렇게 원한다면 다른 여자들과 놀아주지, 기꺼이. 사랑을 나누는 것 자체가 고급 매춘부라는 결론으로 이어진다면, 아무리 원한다 하더라도 절대 안지는 않을 거야. 무슨 일이 있어도.

벌떡, 자리에서 일어난 한강은 휴대폰을 집어 들었다.

부재중 통화 서른여섯 통.

시끄럽게 떠들어대는 영은과 만나 괴로워하던 한 시간 삼십 분 동안 전화 온 것이 서른여섯 통이나 된다. 누가 이렇게 할 일이 없어서 이런 짓을……. 중얼대던 한강은 곧 무슨 생각이 떠올랐는지 기대의 눈빛으로 폴더를 열었다.

확인을 하자 부재중 통화 스무 통이 모두 강유에게서 온 것이었다. 거의 오 분마다 하나씩 남겨져 있었다.

한강은 푸욱, 한숨을 내쉬었다.

이 녀석, 회사에 있는 것 맞아? 완전히 백수가 따로 없군. 이 정도로 전화통을 붙들고 있었으면 누군가가 눈치라도 줬을 텐데 그런 것은 신경 쓰이지도 않나?

한강은 고개를 흔들고 나머지 부재중 통화를 확인했다.

강유에게서 걸려온 스무 통을 제외한 나머지는 모두 회사와 가족, 친구들에게서 온 것이었다.

확인을 끝마치는 순간 한강은 미간을 찌푸렸다.

어제 그렇게 나와 버리고 지금까지 연락 한 번 안 하고 들어가지도 않았는데 이 여자는 걱정도 안 되나? 어디서 교통사고를 당해서 죽었는지 어쨌는지 그것도 모르면서 어떻게 이렇게 무관심할 수가 있지? 통화되기를 바라지는 않더라도 한 번쯤은 걸어볼 수도 있잖아? 그런데 어쩌면 이렇게…….

한강은 찡그려지는 얼굴을 펼 줄 몰랐다.

그때였다. 들고 있던 휴대폰에서 진동이 느껴졌다.

'혹시……?'

그는 얼른 액정을 보았다.

모르는 번호다. 생각해 보면 한강은 아직까지 휘민의 번호도 모르고 있었다. 그렇다면 혹시 정말로? 더 생각하고 말고 할 것도 없이 한강은 얼른 통화 버튼을 눌렀다. 하지만 그의 얼굴은 곧 굳어졌다.

"이하란? 너…… 휴대폰 번호 바꿨어?"

자신도 모르게 약간은 짜증스런 음성이 튀어나온다.

왜 휴대폰 번호까지 바꿔? 기종만 바꿀 일이지. 그랬으면 받지 않았을 텐데. 직접 화를 내지는 않았지만 짜증이 일어 그대로 전화를 끊어버릴 작정이었던 한강은 곧 생각을 바꾸었다.

"만나자고? 그래, 만나자. 바쁜 일 없어. 휴가거든. B&M 알지? 거기로 와라. 응."

통화를 끝낸 한강은 바로 발길을 돌려 택시를 잡아탔다. 그리고 약속 장소로 향했다. 십 분도 되지 않아 그 결정을 후회하게 되지만.

여자는 뭐가 그리 좋은지 시종 미소를 지은 채로 조근조근 말하고 있었다. 하지만 한강은 지루했다. 그는 상대가 눈치채지 못하게 손목시계를 봤다. 네 시. 겨우 삼십 분 지났을 뿐이다. 그런데 이렇게 지루하다니.

"그래서…… 강이 씨, 제 말 듣고 있어요?"

한강은 퍼뜩 정신을 차렸다.

"아? 응. 당연히 듣고 있지. 그래서?"

"그래서~ 혹시라도 강이 씨가 저 안 만난다고 하면 어쩌나 얼마나 걱정했는지 몰라요. 그런데 그러지 않아서 정말 다행이에요."

그렇게 말하곤 웃는다.

왜 안 만난다고 할 거라고 생각했지? 그전 이야기를 듣지 않아서 모르겠다. 하지만 한강은 다 알아들었다는 듯이 고개를 끄덕여 주었다. 여자는 생긋, 웃고 계속해서 뭔가를 떠들어댔다. 하지만 하나도 귀에 들어오지 않았다. 굉장히 지루하다. 하품이 나올 정도였다.

"강이 씨……."

여자의 음성에 물기가 묻어났다. 아차. 생각과 동시에 하품을 해버리다니. 한강은 얼른 입을 닫았다.

"아니, 그게…… 잠을 제대로 못 자서……."

변명처럼 말했다. 여자는 살짝 눈치를 보고 말했다.

"정말요?"

"응?"

"정말 피곤해서 그런 거예요? 혹시 저와 있는 게 지루해서 그런 거라면……."

"아냐. 절대 그런 거 아니니까 안심해. 사실 어제 결혼식도 있었고 일이 많았잖아. 알지?"

그제야 여자는 안심한 표정을 지었다. 한강은 내친김에 자리에서 일어나며 말했다.

"그래서 말인데, 지금은 너무 피곤하다. 네 예쁜 얼굴이 눈에 안 들어올 정도야. 다음에 다시 이야기하도록 하고, 오늘은 이만 헤어지자."

'예쁜 얼굴'이라는 말에 얼굴을 붉힌 여자는 작게 고개를 끄덕였다. 한강은 지루한 눈으로 그녀를 보다 찻값을 계산하고 밖으로 나왔다.

'어디로 가지?'

속이 휑했다.

가만히 주위를 둘러보던 그는 입술을 씹다 휴대폰을 들었다. 누구한테 전화하지? 순간 그 많은 여자들의 이름이 하나도 떠오르지 않았다. 잠시 고민하다 아무렇게나 단축 번호를 눌렀다. 다행히도 여자였다. 그는 대충 약속을 잡고 폴더를 닫았다.

"후우."

한숨이 터져 나왔다.

분명 이것이 성휘민, 그녀가 원하는 거다. 이름뿐이라도 어쨌거나 남편인데 아내가 원하는 건 들어줘야 하지 않겠어? 아무리 재미없어도. 아니, 어쩌면 이렇게 재미없고 지루한 것은 오늘만일지도 모른다. 그 두 여자에게만 해당되는 사항일지도 모르고.

그렇게 중얼거리면서 다음에는 누구를 만나야 할지 생각했다. 누구를 만나면 지루하지 않고, 시끄럽지도 않으며, 짜증나지도 않을지 고민했다. 하지만 해답은 없었다. 생각나는 것은 오로지 그 이상한 아내뿐.

그래서 더욱 화가 났다.

한강의 기분은 나빠질 대로 나빠져 그야말로 최악이었다.

요즘은 아주 잠깐만이라도 기분이 좋았던 적이 없었다. 매 순간 순간이 화가 나고 짜증이 일었다. 그러면서도 황소고집에 버금가는 고집쟁이인 그는 벌써 닷새째 짜증을 내고 화를 내면서도 미련하게도 같은 행동을 되풀이하고 있었다.

여자들을 만나고, 만나는 여자마다 실망을 하고, 그러면서도 다른 여자들은 괜찮지 않을까 하는 마음에 연락해서 만나는 행동의 연속.

하지만 누구와 만나도 즐겁지 않았다. 어떻게 된 게 몇 달 전까지만 해도 기분 좋던 만남이 이렇게까지 지루하고 재미없을 수 있는지 모르겠다. 하나하나 다 재미없고 지겹고. 어떨 때는 그 자리에 앉아 있는 것만으로도 미칠 정도여서 뛰쳐나오고 싶을 지경이었다.

한강은 갑자기 변한 자신의 심리를 이해할 수 없었다.

지금까지 '재미있게 살자' 라는 좌우명대로 정말 즐겁게 살아 왔다. 그런데 갑자기 인생이 왜 이렇게 재미없는지 모르겠다. 왜 이렇게 지루한지 모르겠다. 왜 이렇게 우울한지 모르겠다. 왜 이렇게 미칠 듯이 답답한 건지…… 모르겠다.

뒤에는 황당하게도 만나는 여자마다 휘민과 연결하여 생각하는 이상한 능력까지 가지게 되었다.

휘민은 저렇지 않은데. 휘민은 저런 식으로 말하지 않는데. 휘민은 저렇게 행동하지 않는데…….

스스로가 생각해도 황당하고 신경질이 날 정도로 한강은 자신의 심리 상태를 이해할 수 없었다. 속이 타고 화가 나며 점점 기분이 나빠졌다. 어째서 세상 모든 여자들이 이다지도 지루할 수 있는 걸까? 대체 왜! 그는 아무도 대답하지 않는 물음을 계속해서 던지고 있었다. 그러면서도 어리석은 행동은 멈추지 않았다. 하지만 그것도 닷새나 계속되니 더 이상은 견딜 수가 없었다.

결국 한강은 스스로의 심리를 혼자서 이해하는 것을 포기하고 누구보다 똑똑하고 냉정하며 사태 파악이 확실하다고 생각되는 인간이 있는 곳, 기획실로 쳐들어갔다.

"형! 세진 형!"

문밖에서부터 소리를 치며 들어가자 그 소리를 듣고 금세 도착할 거라 생각했는지 세진은 보던 서류를 책상 위에 던져 놓고 편히 앉아 커피 잔을 기울이며 한강을 기다리고 있었다.

한강이 모습을 드러내기 무섭게 한쪽 입꼬리를 말아 올리는 한세진.

저 인간은 그냥 웃는 것도 비웃는 것처럼 보이는 아주 대단한 능력을 지니고 있어. 짜증나게 말이야. 한강이 속으로 그런 생각을 하는데 세진이 툭 던지듯 말했다.

"왜 집에 안 들어가?"

한강은 순간 멍해졌다.

"뭐?"

"왜 호텔에서 죽치고 있냐고. 결혼까지 한 주제에."

세진의 말에 한강은 굳어버렸다.

누구에게도 말하지 않은 탓에 그가 호텔에서 지내고 있다는 것은 비서인 준환도 모르고 오랜 친구인 강유도 모르고 있었다. 그런데 저 인간은 결혼식 이후로 만난 적도 없는데 어떻게 그걸 알고 있을까? 신기하기도 하고 황당하기도 해서 한강은 묻지 않을 수가 없었다.

"어떻게 알았어?"

세진은 피식 웃었다.

"내가 모르는 게 있냐, 한강?"

"……"

할 말 없다. 그래, 언제 저 인간이 모르는 게 있었던가? 한강은 자신도 모르게 고개를 끄덕였다.

세진이 질책성이 어린 어조로 말했다.

"결혼은 무덤이라고 시간만 나면 그런 말을 하더니, 어느 날 뜬금없이 결혼을 하겠다고 하고, 또 대책없이 결혼까지 하고서는 이제 와 후회라도 되는 거냐? 그래서 나온 거야?"

"……."

대답이 없자 긍정이라고 생각한 세진이 타박했다.

"그럴 거면 처음부터 결혼을 하지 말았어야지. 넌 그렇다 치고 네 아내는 이 일 알려지면 소박맞았다는 소리 들을 거다. 네 녀석 바람둥이인 거 모르는 사람 없으니 아마 소문은 일파만파로 퍼져 나가겠지. 그걸 원하는 거냐?"

"그런 거 아냐."

"그런 거 아니면 왜 집에 안 들어가? 왜 호텔에서 지내?"

"그건……."

세진은 한강이 말할 틈도 주지 않았다.

"요즘은 예전과 달리 이혼녀도 별로 이상하게 보지 않는다지만 신혼에 결혼한 이후로 계속 독수공방하다가 끝내 소박맞았다는 소문이 돈다면 여자는 확실히 데미지가 크다. 바보도 아니면서 그거 모르지는 않지? 그런데 대체 왜 그래? 이혼하고 싶어? 결혼하고 나니 바로 후회가 되던? 그러면 우선 집에 들어가. 들어가서 한 몇 달 지내고 이혼해. 최소한 아내에 대해 배려심이 있다면 그 정도는 해."

"누가 이혼한대? 난 이혼한다고 한 적 없어!"

"처음부터. 너 결혼한다고 했을 때 아무도 안 믿었어. 이혼한다고 해도 다들 그러려니 할 거다. 그러니 그렇게 억지로 살 필요 없다. 결혼하고 오래갈 거라고도 생각하지 않았고. 그러니 이혼하는 거 누구도 뭐라 안 해. 그러니까 확실히 끝내라고, 한강."

"형! 나 이혼한다고 안 했어!"

"이제 겨우 닷새 정도 지나서 아직까지 소문은 안 났다. 하지만 이제 곧 소문날 거야. 그러니까 몇 달 같이 지내는 것조차 견딜 수 없을 만큼 싫으면 지금 바로 이혼해. 혼인신고는 했다는 거 이미 들었으니까 지금 바로 가서 이혼하라고."

이 인간…… 왜 이렇게 사람 말은 들은 척도 안 해? 독재적이고 자기 하고 싶은 말만 한다는 것은 알고 있었지만 너무 심하잖아! 세진의 차갑고 냉정한 한 마디 한 마디에 더 이상은 참지 못한 한강은 버럭 소리를 질렀다.

"이혼 안 한다잖아! 왜 내 일에 꼬치꼬치 간섭하고 난리야? 내 일에 신경 쓰지 마!"

순간 세진의 얼굴에 어려 있던 차가운 미소가 짙어졌다.

그는 한쪽 입꼬리를 말아 올리고 잠시 한강을 쳐다보더니 냉정한 얼굴이 되어 문을 가리켰다.

"네 일에 신경 쓰지 마? 진짜 신경 쓰지 마? 그럼 나가, 당장."

"뭐?"

"나도 네 말 들어주고 싶지 않다. 너 지금 나한테 상담하러 온 거잖아. 그거 듣기 싫다고. 바쁜 시간 내가며 들어주려 했더니 신경 쓰지 마? 좋아, 신경 안 쓴다. 절대 신경 안 쓸 테니까 네 일은 네가 알아서 해. 아니면 세현이나 찾아가든지. 어쨌거나 나가."

"지금 그게 말이 된다고 생각해? 세현이 제대로 상담할 수 있을 리가 없잖아! 그 녀석이 어떤 녀석인지 친형인 형이 몰라? 장난 좀 치지 마. 나 지금 급해!"

한강의 다급한 표정에도 세진은 담담했다.

"알 게 뭐야. 신경 쓰지 말라면서? 난 네 일에 상관도 못하는 인간이잖아. 그런데 어떻게 상담씩이나 해줄 수 있겠냐? 대체 왜 여기에 온 거야? 상관도 못하는 인간에게. 넌 네 일에 상관할 수 있는 사람에게 가서 상담해, 나 말고."

"빈정대지 좀 마! 나 미칠 것 같단 말이야!"

버럭 소리치는 한강의 표정이 심각해 보였던 걸까? 그제야 세진은 지금까지 빈정대던 태도를 지우고 제대로 들어줄 자세를 취했다.

"그래, 말해 봐. 무슨 일이야?"

한강은 잠시 고민했다.

뭐라고 말을 시작해야 할지 알 수 없다. 뭔가 잔뜩 머리 속이 복잡해 무슨 말부터 해야 하는지도 모르겠고. 한참 고민하던 한강은 결국 짧게 한숨을 내쉬며 말을 꺼냈다.

"그게…… 나 왜 그런지 여자들이 이상해 보여."

이건 또 무슨 말이야? 세진은 몇 번 눈을 깜빡이고 말했다.

"여자가 이상해 보여? 어떻게 이상해 보이는데? 너 여자 좋아하잖아."

말하는 중 웃음이 나는지 뒤에 가서 피식 웃어버리자 한강의 눈빛이 사나워졌다.

"비꼬지 말라고 했지?"

"비꼬는 거 아냐. 사태나 설명해. 심각해 보이는데."

세진이 화제를 바꿨다. 한강은 못마땅한 듯 그를 노려보다 말했다.

"내가 여자들을 좀 만났는데……."

"알고 있다. 네가 어디 여자들을 좀 만났냐? 엄청 많이 만났지. 모르는 모양인데 오 일 동안 열다섯 명이면 거의 기록 수준이다."

"형!"

"말해. 누가 뭐래?"

지금 뭐라고 하고 있잖아!

한강은 자꾸만 중간에 끼어들어 빈정대는 세진에게 정말 크게 화를 내버리려다 참았다.

"그러니까 영은은……."

"영은? 차영은?"

"응, 차영은. 그녀는 너무 시끄러워. 난 내가 무슨 기차역에라

도 있는 것은 아닐까 하는 생각까지 했어. 짜증이 나서 나중에
는 정말 못 참겠더군."

"예전에는 활발해서 마음에 든다면서? 지루하지도 않고."

세진은 자기 머리가 좋다는 것을 보여줄 심산인지 예전 한강
이 했던 말을 그대로 옮겼다. 한강은 고개를 흔들었다.

"지금은 안 그래."

"흐음."

"그리고 이하란은 너무 조용해서 하품이 나오고, 주서영은 그
코맹맹이 소리에 달라붙는 게 진저리 쳐지도록 싫어. 또……."

세진은 손을 들어 한강의 말을 막았다.

"잠깐."

"왜?"

잔뜩 흥분을 해 이것저것 이야기를 늘어놓던 한강은 세진이
말을 막자 인상을 썼다.

세진은 이마를 톡톡 두드리고 말했다.

"너, 이하란은 순수하고 얌전해서 좋다고 했잖아. 주서영은
애교가 만점이라면서? 그래서 마음에 든다 해놓고 지금 무슨 소
리를 하는 거야? 지금 네가 한 발언이 한 달 전과 얼마나 차이가
나는지 알고는 있냐?"

한강은 화를 냈다.

"그건 나도 알아! 하지만 왜 이런지는 나도 모르겠어. 도대체
뭐가 어떻게 되어가는지도 모르겠고, 내 심리가 어떤 식으로 바

꿰었는지도 모르겠어. 정말…… 아무것도 모르겠어.”

스스로가 한심한지 한강은 소파에 앉으며 머리를 숙였다. 그 모습을 물끄러미 쳐다보고만 있던 세진은 빙그레, 미소를 지었다.

“넌 정확하게 알고 있어.”

“난 몰라! 왜 이런지, 이제 어떻게 해야 하는지 아무것도 모른다고!”

“알고 있을걸?”

“몰라!”

세진이 책상을 툭, 치고 말했다.

“알잖아. 아니까 화를 내는 거다, 너.”

“헛소리 좀 하지 마! 난 정말 몰라!”

“알걸?”

“모른다니까!”

버럭 소리치자 세진이 씨익 웃고 말했다.

“그래? 그럼 내가 해결책을 알려줘?”

불안해, 무슨 소리를 하려고. 저 인간 웃을 때는 제대로 된 말을 해준 적이 없었는데. 속으로 그렇게 중얼거리면서도 한강은 고개를 끄덕였다. 그러자 세진이 좀 더 짙은 미소를 지으며 말했다.

“지금 즉시 집으로 가. 그러면 되는 거다. 너 지금 집에 가고 싶어서 그러는 거야. 바보.”

"집으로 가서 뭘 어쩌라고……."

한강은 사무실 안을 서성였다.

세진의 말에 반박 한 번 하지 않은 걸 보면 정말 집으로 가고 싶어하는 것 같기는 한데 왜 가고 싶어하는 건지 모르겠다. 그런 데다 휘민에게 한 말이 있는지라 갈 수가 없었다. 사실 그녀에게 대단한 말을 한 것은 아니다. 집에 가지 않겠다고 말한 적도 없다. 다만 지금 집에 들어가면 그녀에게 약속했던 말을 지킬 자신이 없었다.

젠장. 그 이상한 여자가…….

분명 이상하고 이해 불능의 여자라는 것도 아는데도 한강은 그녀에 대한 자신의 욕구를 막을 수가 없었다. 그녀는 객관적으로도 굉장히 매력적인 여자였다. 그렇다 보니 그녀와 함께 있을 때는 잠시라도 그냥 있을 수가 없었다. 그 많은 여자들을 만나며 한 행동만 봐도 얼마나 그가 그녀에게 휘둘리고 있는지 알 수 있을 정도였다. 한강은 자신도 모르는 사이 그녀에게 빠져버린 듯했다. 그것도 아주 지독하게.

그렇다고 약속을 어기는 것은 죽어도 하기 싫었다. 욕구불만으로 죽을지언정 굽힐 생각은 추호도 없었다.

"안 가. 절대 안 가."

중얼거리며 서성이다 시계를 보았다. 다섯 시. 곧 있으면 퇴근 시간이다. 퇴근 시간, 보통 남자들은 퇴근하면 집으로…….

"가지 않아."

한강은 고개를 흔들었다.

괜히 책장에서 책을 꺼내 봤다. 그러다 지겨워지자 이번에는 창가로 가 창밖을 봤다. 한참 동안 밖만 보다가 힐끗 시계를 봤다. 다섯 시 삼십 분.

"안 가. 절대…… 안 가, 난."

습관처럼 중얼거리고 다시 서성이기 시작했다.

절대 안 갈 거다. 누군 자존심도 없는 줄 아나? 나도 그렇게 거절당하면 상처를 입을 정도의 자존심은 있다고, 중얼거리다 다시 시계를 보았다. 여섯 시.

"으음……."

신음이 터져 나왔다. 여섯 시다. 삼십 분만 지나면 퇴근 시간이다. 한강은 시간이 흘러갈수록 점점 초조해지는 자신을 느꼈다.

"어떻게 하지? 젠장. 어떻게 하지?"

초조함에 머리를 쓸어 넘기는데 갑자기 문이 열렸다. 흠칫해서 돌아보니 강유였다. 한강은 퉁명스레 쏘았다.

"왜?"

"너, 휘민 씨가 아르바이트하는 거 알고 있었어?"

갑자기 꺼낸 말에 한강은 눈살을 찌푸렸다.

"아르바이트?"

"방금 만났거든. 설마 했는데 맞더라. 시작한 지 얼마 안 된 것 같던데……."

한강이 그의 말을 잘랐다.

"뭐야? 도대체 무슨 소리를 하는 거야? 누가 뭘 한다고?"

"귀머거리냐? 왜 못 알아들어? 그러니까 네 아내가 아르바이트를 하고 있더라고."

"어디에서?"

"주유소."

그 간단한 말에 한강이 믿을 수 없다는 표정이 되었다.

"뭐? 주유소? 너 지금 주유소라고 했어?"

"……."

"야, 강유!"

"소리 지르지 마! 그래, 주유소라고 했다. 네 아내, 주유소에서 기름 넣고 있더라. 그게 뭐가 어떻다고 갑자기 소리를 질러?"

한강은 울컥했다.

어떻게 주유소 일을 할 생각을 할 수 있지? 손에 기름기 잔뜩 묻히고 싶기라도 한 건가? 기름독도 있다고 하고 체질에 안 맞으면 정말 힘들다던데, 게다가 하루 종일 서 있는 게 보통 일인가? 그것도 차가 오면 뛰어가야 하니 그냥 서 있는 것보다 더 힘들 거다. 그런데 그걸 그 작은 여자가 한다고? 도대체 무슨 생각을 하고 있는 거야?

"내 이 여자를 그냥……!"

빠득, 이를 갈았다. 그러다 문득 든 생각에 눈을 빛냈다.

그래, 이건 기회야. 집으로 갈 수 있는 기회. 한참 동안 고민하며 어떻게든 마련하려 했던 구실이 저절로 생기자 그는 바로 옷걸이에서 재킷을 걷어냈다. 그리고 그것을 들고 사무실을 뛰쳐나갔다.

"어? 야! 말하다 말고 어디로 가는 거야? 야! 한강!"

뒤에서 강유가 소리쳤지만 한강은 들은 척도 않은 채 엘리베이터를 향해 냅다 달렸다.

아르바이트를 마치고 돌아와 샤워를 한 휘민은 수건으로 머리를 톡톡 두드려 말렸다. 그때 초인종 소리가 울렸다.

딩동.

휘민은 고개를 들었다.

누구지? 이 시간에 집에 올 사람이 있던가? 휘민은 고개를 갸웃했다. 그러다가 갑자기 드는 생각. 혹시……. 휘민은 수건을 소파에 던져 두고 현관으로 뛰어갔다. 문을 열자 웬 키 큰 남자가 서 있었다.

"어…… 세현 씨, 웬일이에요?"

순간 휘민은 자신도 모르게 실망한 표정이 되었다.

'기다리는 사람이라도 있었나?'

고개를 갸웃한 세현이 안으로 들어서다 휘민의 차림을 보고 한 걸음 뒤로 물러났다.

“씻었어요?”

“네, 방금.”

세현이 코를 킁킁댔다.

“그런데 이건 무슨 냄새예요? 향수 냄새나 바디클렌저 냄새 같지는 않은데.”

세현을 따라 팔을 들어 냄새를 맡아본 휘민이 고개를 갸웃했다.

“난 모르겠는데…… 무슨 냄새요?”

“글쎄요, 잘은 모르겠는데요. 휘발유 냄새 같기도 하고, 가스 냄새 같기도 하고…… 아! 혹시 집에 가스 새는 거 아니에요?”

말을 하다 말고 깜짝 놀라는 세현을 보고 휘민은 그가 맡은 냄새가 무엇인지 알아챘다.

“그런 거 아니에요. 요즘 주유소 아르바이트를 시작해서 냄새가 배었나 봐요.”

“아르바이트? 휘민 씨, 아르바이트해요?”

“네.”

“왜요?”

세현이 눈을 동그랗게 뜨며 물었다. 휘민은 난처해져서 우물대다 말했다.

“그냥…… 집에만 있기 지루해서요.”

“그럼 나한테 놀러와요. 아님 본가로 가도 되고. 다들 휘민 씨 좋아해요. 그냥 이야기하고 놀면서 시간 보내도 될 걸 왜 쓸데

없이 아르바이트를 해요? 힘들게.”

“힘들지 않아요.”

휘민이 고개를 흔들며 말하자 세현은 삐쭉해져서 투덜댔다.

“힘들지 않기는 뭐가 힘들지 않아요? 보통 아르바이트도 힘든 거 알고 있어요. 그런데 그냥 일도 아니고 주유소에서 일하는 건데 그게 힘들지 않다구요? 말도 안 돼요! 참나, 휘민 씨가 이런 줄도 모르고 강이는 딴 여자들이나 만나러 다니고, 그 녀석 남편 맞아요? 남편 자격도 없어! 휘민 씨, 강이가 요즘 집에 안 들어온다는 거 진짜예요? 나 그런 말 들었는데…….”

“딴 여자?”

잔뜩 토라진 듯이 입을 삐쭉대며 늘어놓는 불만을 웃으며 듣던 휘민은 세현의 말에 순간 경직되었다.

뒤에 세현이 몇 마디 더했지만 그 말은 귀에 들어오지도 않았다. 정확하게 귓속을 파고들어 오는 말은 오로지 한강이 다른 여자들을 만나고 있다는 것이었다. 약하게 미소 짓고 있던 그녀의 얼굴이 딱딱하게 굳어졌다.

‘몰랐던 건가?

“저기, 휘민 씨, 그게…….”

세현은 얼른 변명을 하려고 했다. 하지만 휘민이 그 말을 잘랐다.

“됐어요. 이미 알고 있어요.”

“어? 알고 있었어요?”

놀란 표정의 세현을 보며 휘민은 그저 고개만 끄덕였다.

그래, 그동안 왜 이렇게 집에 안 들어오나 했더니 여러 여자들을 만나느라 바쁘셨던 모양이군. 그럴 거라 예상은 했지만 정말 대단해.

휘민은 꾹 입술을 깨물었다.

그에게 다른 여자를 만나 즐기라고 한 건 자신이다. 그런데도 이상하게 화가 났다. 그녀는 애써 아무렇지도 않은 척하려고 했다. 하지만 잘되지 않았다.

딱딱하게 굳은 그녀의 얼굴에 세현이 눈치를 살폈다.

"화…… 많이 났어요?"

"아니요."

고개를 흔들지만 그게 사실이 아니라는 것 정도는 눈치없는 세현도 알 수 있었다.

힐끔힐끔, 그녀의 얼굴을 살폈다. 낯빛이 창백하게 굳어 있다. 충격이었던 건가? 한강이 바람둥이라는 거 모르지는 않았을 텐데……. 혹시 정말 모르고 있었나? 정말 많이 충격받은 표정이잖아.

세현은 한 걸음 다가가며 물었다.

"괜찮아요?"

"네."

"정말요?"

"네."

세현이 울상을 지었다.

"화났으면서 왜 안 났다고 해요?"

"화 안 났어요."

"정말요?"

휘민이 고개를 끄덕이자 세현이 말했다.

"그럼 웃어봐요."

"네?"

황당해서 쳐다보자 세현이 씨익 웃으며 말했다.

"웃어보라구요."

휘민은 고개를 흔들었다.

"웃을 기분이 아니에요."

"그럼 화난 거예요?"

"아니라니까요."

"아니면 웃어요!"

손가락으로 자기 입술을 가로로 찢으며 웃는 시늉을 하자 휘민은 결국 피식 웃고 말았다. 그때였다. 덜컹, 하는 소리가 나더니 세현의 등 뒤쪽에서 약간은 차갑게 느껴지는 음성이 들려왔다.

"뭐가 그렇게 재미있지?"

"어? 강아!"

세현이 놀란 듯 눈을 동그랗게 떴다. 집으로는 아예 안 온다는 소리를 들었는데 아니었던가?

그가 고개를 갸웃할 때였다. 휘민이 꾹 입술을 깨물며 말했다.

"이 시간에 여기까지 어인 행차이실까? 옷이라도 가지러 오셨어요? 아니, 돈도 많은 사람이 옷을 가지러 직접 오지는 않았을 테고…… 왜 오셨죠?"

휘민은 대뜸 빈정대기부터 했다.

한강이 나타남에 반가움보다는 분노가 먼저 치밀었다. 다른 여자들과 잘 논다더니 왜 온 거야? 중간 보고라도 할 생각인가?

휘민은 점점 붉어져 가는 입술을 다시 꾹 깨물었다.

한편, 한강 역시 화가 치민 상태였다.

아르바이트를 한다는 말에 집으로 올 수 있는 핑계라 생각하고 다른 생각 없이 무작정 오기는 했지만 휘민이 누군가와 같이 있을 것이라고는 생각도 못했었다.

혼자가 아니었어. 세현이 녀석과 이야기를 하면서 웃고 있어. 뭐가 그렇게 즐겁다는 거지?

한강은 아플 정도로 주먹을 쥐었다.

남은 한없이 떨어지는 기분을 스스로 주체하지 못해 미칠 지경인데 그 원인 제공자는 웃고 있어? 그것도 세현과!

한강은 화를 참으려 애를 썼다. 그때 세현이 나섰다.

"강아, 너 집에도 잘 안 온다더니 어떻게……."

"나가."

세현이 무슨 말을 하는지 제대로 듣지도 않고 한강은 무작정 명령조로 말했다. 세현이 멍한 표정을 지었다.

"뭐?"

"못 들었어? 나가라고. 나가!"

한강은 문을 가리키며 벌컥 화를 냈다. 무작정 화부터 내는 한강에게 당황했다. 이대로 그냥 나가면 무슨 일이라도 일어날 것만 같다. 그런 생각에 세현은 쉽게 발걸음이 떼어지지 않았다.

"안 나갈 거냐?"

"……."

대답이 없자 한강의 한쪽 입꼬리가 위로 올라갔다.

"너 우리 부부 사이에 끼어서 뭘 하겠다고 남아 있는 거야? 바람이라도 피우는 거냐?"

세현이 울컥해서 소리쳤다.

"바람을 피우는 것은 너잖아!"

"아하! 그래서 너도 한번 당해보라는 보복 심리로 그쪽도 바람을 피운다, 이건가?"

"바람 같은 것을 피운 게 아니야!"

"못 믿겠는데?"

"네가 바람을 피우니 모두 너처럼 보여?"

세현이 화가 나 소리치자 한강은 피식 웃었다.

"그래서…… 오해라고?"

"당연하지!"

“그럼 나가, 오해받고 싶지 않다면!”

한강은 다시 한 번 문을 가리켰다.

세현은 잠시 생각했다. 한강의 심기가 좋지 않은 듯 보이는 게 남아 있는 것이 나을 것 같았다. 하지만 이대로 남아 있으면 스스로 바람을 피운다는 것을 긍정하는 듯한 상황이 될 것 같았다.

세현이 난처해하며 망설이자 휘민이 나섰다.

“가세요.”

“가도…… 괜찮겠어요?”

세현의 물음에 휘민이 고개를 끄덕인다.

뭐 하는 짓이지? 마치 내가 나쁜 짓이라도 저지를 것처럼.

세현과 휘민의 행동에 한강은 화를 참을 수가 없었다. 그는 아프게 쥔 주먹을 더욱 세게 쥐었다. 휘민과 인사를 나눈 세현이 ‘조심해요’라는 말을 하고 나가는 게 보였다. 조심해요? 뭘 조심해! 내가 무슨 큰일이라도 저지른단 말이야?

한강은 이를 앙다물었다.

그때 세현과 인사를 한 휘민이 몸을 돌려 그를 노려보았다. 도대체 뭐 하는 짓인지 모르겠다. 무작정 들이닥쳐서 애꿎은 사람을 들들 볶아대다니. 그동안 여자들과 놀아대다가 오 일 만에 나타나 하는 짓이 이건가? 휘민은 뿌득 이를 갈며 입을 열었다. 막 화를 내려고 하는데 한강이 먼저 말했다.

“아르바이트를 시작했다던데 사실이야?”

갑자기 그건 왜 꺼내지? 휘민은 시큰둥하니 대답했다.

"네."

"네? 지금 네, 라고 했어? 돈이 모자라는 것도 아닌데 힘도 없는 여자가 다른 것도 아니고 주유소 아르바이트를 하는데 네? 지금 그런 말이 나와?"

웬 과민반응? 남이사 아르바이트를 하든 취직을 하든! 휘민은 퉁명스럽게 말했다.

"나오지 않을 이유도 없죠. 전에도 해본 적이 있으니 호들갑 떨지 말아요."

한강은 화를 냈다.

"호들갑이 아니야! 내 아내가 난데없이 아르바이트를 한다는데, 그것도 주유소 아르바이트라는데 어떻게 가만히 있을 수가 있어?!"

"잊었어요? 우린 계약 결혼이에요. 진짜가 아니라구요."

"하지만 넌 한씨 집안의 사람이야."

"진짜는 아니죠."

"다들 그렇게 알고 있어!"

이 남자, 화는 잘 안 내는 걸로 알았는데 아니었던 모양이다. 이렇게 억지를 써가면서 화를 내는 걸 보면.

휘민은 한쪽 눈썹을 치켜올렸다.

"그게…… 무슨 상관이죠?"

태평한 어조에 한강이 울컥해서 소리쳤다.

"몰라서 묻는 거야? 몰라서? 성휘민이 아르바이트를 하는 것은 상관없지만 내 아내는 아르바이트를 하면 안 돼! 그리고 넌 대외적으로 내 아내야. 그러니까 당장 그만둬!"

"누구에게 명령이에요, 당신!"

휘민은 화가 나 소리쳤다.

"내 일에 상관하지 말아요! 당신은 내 아버지가 날 데려가려 하면 그렇게 하지 못하도록 법정에 서서라도 날 지켜줄 방패막이에 불과해요. 그 외에는 어떤 것도 도움받지 않아! 내 일은 내가 알아서 해! 나가!"

평소 차갑다 싶을 정도로 감정 조절을 잘하는 휘민이었는데 지금은 그게 되지 않았다.

그녀가 차갑게 쏘자 한강은 화가 나 이를 앙다물었다. 그렇단 말이지? 내가 고작 그런 존재였단 말이지? 그럼 이제는 필요도 없게 된 건가? 만약 내가 그 사실을 말만 하면 넌…… 그대로 날 떠나겠군. 순간 속이 뒤집어지는 것 같았다. 찌릿, 하고 가슴이 아파왔다. 한강은 더욱 세게 주먹을 쥐었다. 그는 억박지를 듯이 튀어나오려는 말을 겨우 참아내고 심호흡을 한 후 말했다.

"사실을 가르쳐 줘서 고맙군. 잊어버릴 뻔했는데."

휘민만큼이나 차가운 음성으로 빈정거린 한강은 바로 몸을 돌려 나가 버렸다.

타앙!

문 닫히는 소리가 커다랗게 허공을 찢어놓았다. 휘민은 수건을 들어 닫힌 문을 향해 힘껏 내던졌다.

"오 일 만에 와서 한다는 소리가 겨우…… 겨우……."

한성그룹 홍보실은 살얼음판을 걸어가는 듯했다.

평소 아무리 화가 나도 다른 사람에게 화풀이를 하지 않는 한강이다. 그런데 뜻밖에도 무슨 일인지 그는 시종일관 화를 냈다. 누가 조금만 잘못을 해도 그는 상대가 눈물이 쏙 빠지도록 야단을 쳤다. 그는 나이가 많고 적고나 성별 같은 여타의 상황은 조금도 아랑곳하지 않았다.

그것은 비단 홍보실만의 문제가 아니었다. 다른 쪽 관계자도 한강과 관련이 되어 조금이라도 실수를 하게 되면 바로 홍보실로 호출되어 왔다. 살벌한 분위기가 홍보실을 중심으로 그곳과 관련이 되어 있는 곳으로 퍼졌다. 유감인 것은 거의 대부분의 부서가 홍보실과 관련이 있다는 것이었다. 한성그룹은 로비에서부터 조용함으로 무장하고 있었다.

며칠이 지났다. 그런데도 한강은 여전했다.

그는 무작정 일에 매달렸다. 누구보다도 일찍 출근했고, 누구보다도 늦게 퇴근했다. 그것으로 모자라 휴일에도 쉬지 않고 일을 하겠다고 선언했다. 혼자서는 일이 제대로 돌아가지 않으니 졸지에 모든 사원이 휴일을 반납해야 하는 상황이 벌어졌다.

모두들 불만을 터뜨렸고 그런 행동을 하는 한강을 어떻게든 말려보려 했지만 조금도 통하지 않았다. 사원들의 애원 어린 눈빛에 준환이 나서고 강유가 나섰지만 그들도 된통 당하기만 했다.

한강의 사무실에서 나온 준환은 잔뜩 굳은 표정이었고, 강유는 크게 화를 냈다. 홍보실 사원들은 다시는 한강과 연관되지 않겠다는 강유에게 애원을 했고 결국 준환과 강유는 기획실장실로 가서 세진에게 부탁했다. 회사 전체가 가득 얼어 있는데 그것에 조금도 영향을 받지 않고 평소와 똑같은 모습으로 업무를 보고 있던 세진은 그들의 부탁을 생각해 보지도 않고 바로 거절했다.

"내겐 불똥이 튀지 않았는데 왜 나서야 하지?"

세진의 거절 이유였다.

한 번 하지 않겠다고 한 이상 세진이 말을 바꾸는 것을 보지 못한 준환과 강유는 바로 몸을 돌렸다. 그렇게 아무도 한강을 막지 못했고 날이 갈수록 그의 신경질은 늘어만 갔다.

"도대체 뭐가 문제야? 왜 저러는 건데?"

강유는 요즘 계속해서 한강의 기분이 좋지 않은 이유에 대해 한참을 생각했다. 그러다가 문뜩, 휘민 때문은 아닐까? 하는 생각을 했다. 그는 혹시나 하는 마음에 홍보실장실의 문을 두드렸다.

"누구야!"

예전의 '들어오세요' 가 아니었다. 잔뜩 날카로워진 목소리에 이미 적응이 된 강유는 한숨을 내쉬며 문을 열었다.

“나다.”

“왜!”

진짜 이 정도면 심각하다. 저 모습 어디에서 예전의 한강을 찾아볼 수나 있겠는가. 강유가 말했다.

“오늘은 일찍 퇴근해라.”

“뭐?”

“일찍 퇴근하라고.”

“내가 왜!”

또, 또. 요즘 들어 항상 느끼지만 정말 공격적이다.

강유는 찌푸려지는 얼굴을 겨우 폈다. 성질 같아서는 그냥 확 터뜨리고 싶은데 차마 그렇게 할 수 없었다. 이 이상 한강의 폭주가 심해지면 뒤를 감당할 자신이 없었다.

“내일 휘민 씨 전학 갈 학교에 첫 등교하는 날이라고 하더라.”

“……”

“그러니까 먼저 퇴근하라고.”

그 이유뿐만이 아니라 너는 그냥 먼저 가는 게 모두에게 도움을 주는 거다. 강유가 그렇게 중얼거릴 때 한강이 버럭 소리를 질렀다.

“그놈의 집구석에 내가 왜 가!!”

예상보다 더 한 반응이었다. 벌떡 자리에서 일어나 소리를 지르다니.

강유는 황당하기만 했다. 자기 집에 가는 것은 당연한 건데 좀 일찍 들어가라고 했기로서니 이렇게까지 화를 낼 수 있는 건가? 정말 심한걸? 강유는 그만 짜증을 내고 말았다.

"왜 소리는 질러! 가기 싫으면 말고. 마음대로 해!"

"안 그래도 마음대로 할 거다. 나가!"

"더러워서 나간다!"

강유는 퍽 소파를 차고 홍보실장실을 나와 버렸다. 뒤에서 한강이 버럭버럭 소리를 지르며 잘라 버린다고 소리를 지르고 있었다.

"잘라라, 잘라!"

강유는 더 이상 참지 못하고 같이 버럭 소리를 질러 버렸다.

다음날이 되어 강유는 어제의 행동을 크게 후회했다. 한강이 아침 나절부터 더욱 험악한 분위기를 조성했던 것이다.

지금까지도 충분히 힘들었다. 수다 한번 떨지 못하는 것은 물론이고 이야기도 제대로 나눌 수 없었다. 그런데 거기에 대고 이제는 바늘 떨어지는 소리만 나도 대뜸 문을 열고 튀어나오니 무슨 말을 할 수 있겠는가. 전화 소리만 울려도 모든 사원들이 움찔했다.

그때 세진이 나타났다.

사원들은 자신들도 모르게 안도의 한숨을 내쉬었다. 세진은 그 모습에 피식 웃더니 홍보실장실로 거침없이 들어갔다. 그리고 얼마 지나지 않아 들어갈 때와 마찬가지의 모습으로 나왔다. 처음으로 홍보실장실에 들어가 평소와 다르지 않은 모습으로 나온 사람이었다. 모두 세진을 존경의 눈길로 봤다.

그때 콰앙 하고 홍보실장실의 문이 열리더니 한강이 재킷을 들고 밖으로 나왔다. 사원들이 깜짝 놀라 벌떡벌떡 자리에서 일어났지만 한강은 그들을 보지도 않고 세진을 노려보더니 밖으로 나가 버렸다.

꽝!

문 닫히는 소리가 요란하게 울렸다. 그걸 가만히 보고 있던 세진은 피식 웃었다. 그리고 그 역시 한강의 뒤를 따라 홍보실을 나섰다. 그렇게 한강과 세진이 차례로 사라지자 사원들은 일제히 자리에 주저앉으며 푸욱, 한숨을 내쉬었다.

"도대체 요즘 실장님, 왜 저러시는 거야?"

"글쎄."

"뭐가 그리 마음에 안 들기에 저리도 화를 내시는 건지……."

"뭔가 안 좋은 일이 있었던 거 같은데. 평소에는 화 한 번 안 내던 사람이 화를 내니 무섭게 변하네."

"요즘은 정말 무서워 죽겠어."

그들은 서로의 얼굴을 쳐다보며 혀를 내둘렀다.

「본가에서 여는 파티는 가끔 며칠씩 이어지기도 했다. 그리고 그때만은 아빠도 엄마와 눈빛을 주고받으며 좋아하시곤 했다. 처음에는 다른 집도 다 그렇게 파티를 하는 줄 알았다. 뒤에는 본가가 부유해서 그렇다는 것을 알았다. 그리고 좀 더 뒤에는 부유한 집이라고 해도 모두 그렇게 파티를 하지 않는다는 것을 알았다. 그 외에도 친가 쪽 사람들은 다 어딘가 좀 이상했다. 내가 솔직한 감상을 말하자 아빠는 웃으며 고개를 끄덕이셨다. '그렇지. 다 이상하지. 우리 민이, 똑똑하구나? 그것도 알고.' 아빠는 아빠, 자신이 친가 쪽 사람이라는 걸 잊은 듯했다.」

제6장

파티

어두워져 가는 거리에 긴 그림자가 생겼다.

휘민은 처지는 어깨를 추스르고 발에 힘을 주었다. 요즘 들어 이리 기운이 빠지는 것은 아르바이트가 힘들기 때문일 것이다. 결코 한강이 그날 이후 단 한 번도 집에 오지 않았으며 연락도 하지 않고 여자들이나 만나고 있을 거라는 것을 알고 있기 때문이 아니었다. 분명히.

"후우."

휘민은 푸욱 한숨을 내쉬었다.

한강이 갑자기 찾아와 화를 내고 가버린 후 휘민은 제대로 잠을 잘 수가 없었다.

자꾸만 신경이 쓰였고 기분 나쁠 것 같은 상황에서도 웃던 사람이 갑자기 타인이라도 되는 것마냥 냉정한 말을 하고 간 것이 마음에 걸렸다. 그러면서도 다른 여자들에게서 위안을 얻을 거라 생각하니 울컥, 화가 치밀기도 했다.

"내가 어쩌다가……."

입술을 꼭 깨물었다. 그러다 집이 가까워지자 고개를 들었다. 집 앞 가로등 아래 차 한 대가 서 있는 것이 보였다.

"어?"

고개를 갸웃하다 무슨 생각이 들었는지 후다닥 뛰어갔다. 낮은 하얀색의 담장과 이어진 문이 반쯤 열려 있었다. 그렇다면? 그녀는 얼른 뛰어가 현관문을 열었다.

덜컹.

"아!"

휘민은 멈칫했다. 냉장고 앞에서 한강이 물을 마시고 있었다. 그러다 휘민을 보고 컵에서 입을 떼었다. 그는 잠시 휘민을 보더니 입을 열었다.

"지금 왔어?"

"……네."

그 대답을 끝으로 잠시 침묵이 흘렀다.

한강이 왜 입을 다물고 가만히 있는지는 모르겠으나 휘민은 딱히 할 말이 없었다. 그저 이상할 정도로 기분이 좋아졌을 뿐.

그녀는 들고 있던 컵을 탁자 위에 놓고 있는 한강의 모습을 힐끗거리며 살폈다. 검은색 고급 정장을 차려입은 한강은 누구나 반할 만큼 멋있어 보였다.

저 남자…… 원래 저렇게 멋있었나?

휘민은 그가 탁자를 보고 있다가 고개를 들자 얼른 시선을 내렸다. 그러다가 슬그머니 다시 고개를 들자 한강이 그녀 쪽을 보고 있었다. 난처해진 휘민은 얼른 고개를 내렸고, 한강 역시 그녀와 눈이 마주치자 옆으로 고개를 돌렸다.

"아, 뭐 좀 마실래? 오렌지 주스가 있던데……."

한강이 냉장고를 열어보며 말했다. 휘민은 고개를 저었다.

"아니, 괜찮아요."

다시 자리한 침묵. 그들은 가타부타 아무 말도 없이 그렇게 있었다.

'이상해.'

한강은 휘민이 조용히 있자 어색함을 느꼈다. 그때의 일도 있고 지금까지 기분이 안 좋았던 것으로 볼 때, 분명 휘민을 보면 화부터 날 것이라 생각했던 자신이 그렇게까지 화나지 않는 것도 놀라웠다. 아니, 화가 나기는커녕 정말 황당하게도 그녀가 무척 반가웠다.

약하게 숨을 몰아쉬고 있는 모습이 굉장히 아름다워 보인다.

그는 눈을 가늘게 뜨고 그녀의 모습을 관찰했다. 휘민은 남색 옷깃이 달린 하얀색 반팔 상의에 남색 넥타이를 하고 무릎 부근까지 오는 남색 치마로 구성된 여름 교복을 입고 있었다.

교복 차림의 휘민이라니! 한강은 다시 놀랐다.

처음에는 왜소한 몸집만 보고 중학생쯤으로 봤었고 뒤에는 서늘한 분위기로 인해 그 나이에 맞게 보았다. 지금에 이르러서는 휘민이 스물한 살이라는 것을 믿어 의심치 않았다.

스물한 살에 교복?

생각해 보지도 않고 어울리지 않으리라 생각했다. 하지만 생각과는 달리 휘민의 교복 입은 모습은 마치 원래 입어야 하는 옷을 입은 것처럼 잘 어울렸다. 한 갈래로 묶은 머리와 화장기 없는 얼굴은 단아함과 수수한 느낌을 주었지만 그럼에도 불구하고 사람을 홀릴 듯 매혹적이었다. 특히나 언제나 그를 반하게 만드는 눈동자는 어떤 모습을 하고 있어도 여전했다. 아니, 오히려 더욱 아름다워진 듯했다. 한강은 꼭 초조한 사람마냥 가방 끈을 잡아당기는 휘민을 보고만 있었다. 그 모습이 부담스러웠던 것일까?

휘민은 잠시 머뭇거리다가 입을 열었다.

"무슨 일 있어요?"

"왜?"

"무슨 일이 있는 게 아니면 여기에 왔을 리가 없잖아요."

한강은 그만 피식 웃어버렸다.

저런 식의 톡 쏘는 말에 지금까지는 그렇게 화가 났었는데 지금은 그다지 화가 나지 않았다. 한강은 고개를 갸웃했다.

"내가 여기에 오는데 꼭 무슨 일이 있어야 하나? 내 집인데?"

휘민은 당황했다.

"아니, 그건 아니지만……."

"맞아, 용건이 있어서 왔어."

한강이 말을 자르며 고개를 끄덕였다.

역시! 예상이 빗나가지 않은 것에 휘민은 실망감을 느꼈다. 하여튼 무슨 일이 없으면 오지도 않는다는 말이지? 기분이 나빠졌지만 그녀는 태연한 표정을 가장했다.

"그래, 무슨 용건이죠?"

"그게……."

한강은 잠시 망설이다 말했다.

"본가에 파티가 있어."

"파티?"

"……."

대답을 하지 않는다는 것은 긍정. 파티라니, 정말 상류층 사람들은 별걸 다 한다 싶었다. 하지만 지금은 가기가 그렇다. 한강과 사이가 좋지 않다 보니 그의 가족들을 만나는 게 부담스러웠다.

"미안하지만 난 아르바이트가 있어요. 그래서 안 돼요."

한강의 눈썹이 위로 치켜올라 갔다.

"그만두지 않았어?"

"당연히……."

한강은 대뜸 손을 들어 그녀의 말을 막았다.

"아, 그렇군. 방패막이…… 라고 했던가? 좋아. 네가 아르바이트를 하든 뭘 하든 더 이상은 신경 쓰지 않겠어. 하지만 이 파티는 가야 해. 늦었으니 얼른 준비해."

"하지만……."

"준비해, 당장!"

더 이상은 들을 필요 없다는 듯 한강은 그 말을 끝으로 밖으로 나가 버렸다. 휘민은 입술을 깨물고 한강이 나간 문만 노려보았다.

"제가 꼭 가야 할 필요는 없다고 생각하는데요?"

휘민은 차에 타기 무섭게 그렇게 말했다. 하지만 한강은 그 말은 듣지도 않고 인상부터 썼다.

"그 꼴로 갈 생각인가?"

그 꼴? 휘민은 자신의 아래위를 훑어보았다.

그래, 파티라고 했나? 그 파티에 바지를 입고 가는 건 좀 그렇다. 평범한 티를 입은 것도 그렇고. 하지만 그렇다고 그 꼴?

"이 꼴이 어때서요?"

휘민이 비꼬아서 말하자 한강이 물었다.

"지금 그걸 몰라서 물어?"

"그럼 알면서 묻겠어요?"

휘민은 자신도 모르게 언성을 높였다. 이 남자는 왜 계속 이렇게 사람을 화나게 하지? 이 사람 앞에만 있으면 화를 주체할 수가 없어.

"우선 옷부터 사자."

더 이상은 언쟁을 하고 싶지 않은지 휘민이 시비를 거는데도 한강은 그렇게 말하고 시동을 걸었다.

그래, 상대하기도 싫다 이거지? 그러면서 왜 같이 가자고 해? 차라리 혼자 가지. 휘민은 창 쪽으로 고개를 돌려 버렸다. 그리고 그런 그녀를 한강이 미간을 찌푸린 채 보았다. 무슨 여자가 저렇지? 뻔히 파티라고 했는데 어떻게 청바지 차림으로 갈 생각을 할 수 있는 거야? 분명히 어머니나 백모, 숙모들이 옷을 사준 걸로 아는데.

그는 속으로 투덜대다 휘민이 시큰둥하게 '안 가요?' 라고 하자 바로 출발했다.

차가 서자 휘민은 얼굴부터 찌푸렸다.

한강이 문을 열어주는데도 그녀는 그대로 앉아 있었다. 한강이 인상을 썼다.

"내려."

"여기에 들어가겠다구요?"

한강은 몸을 돌려 우뚝 솟은 건물을 보았다.

어두워져 가는 밤하늘을 수놓듯 건물 전체에서 빛이 났다. 삼분의 일에는 등이 달려 있었고, 반대쪽 삼 분의 일에 거울이 붙어 있어 빛을 반사시키고 있었다. 그래서 더욱 눈이 부셨다.

그는 휘민에게로 고개를 돌리고 물었다.

"뭐, 이상한 점이라도 있나?"

아무것도 모르겠다는 태도에 휘민은 울컥했다.

세 여사들과 함께 결혼 예물을 고르러 와본 적이 있긴 있다. 따라다니며 가격에 놀라고 부자들의 씀씀이에 놀랐다. 그래도 세 여사의 신분이 만만치 않으니 거부감이 일었지만 이해하려 했다. 그랬는데 한강 역시 이곳에 매우 익숙한 듯 보였다. 은연중에 그녀는 한강이 부자라는 사실을, 어릴 때부터 지금까지 부족한 것 없이 살아온 남자라는 것을 잊고 있었는지도 모르겠다.

"이런 곳은 엄청 비쌀 텐데, 괜찮겠어요?"

일부러 비꼬듯 그렇게 말했다. 한강은 창을 두드리고 말했다.

"그 정도 능력은 되니 내리시지?"

"그럼 사양하지 않겠어요."

휘민은 톡 쏘고 차에서 내렸다.

안으로 들어간 후 휘민은 더욱 자신이 초라해지는 것 같았다.

가게 안의 사람들 모두가 한강이 누구인지 아는 듯 그의 비위를 맞춰주기 위해 열심이었다. 되지도 않는 아양에 아부가 하나하나 다 눈에 거슬렸다. 가장 비싼 옷을 골라 골려줄 생각이었던 휘민은 옷에 가격표가 붙어 있지 않자 약이 올라 괜히 한강을 노려보았다.

그는 이런 곳이 익숙한지 점원들이 가져다 주는 옷을 보며 휘민에게 어울릴 듯한 옷 몇 벌을 골라냈다. 그리고는 휘민에게 입어보라 했다. 점원들이 보는 데서 싸울 수도 없어 휘민은 대꾸 한마디 하지 않고 옷을 갈아입었다.

눈치 빠르게 휘민의 속마음을 짐작한 한강이 그때부터 마구 휘민을 부리기 시작했다.

이 옷 입어라, 저 옷 입어라. 이거 신어봐라, 저거 신어봐라.

옷을 갈아입었다 벗었나 하는 것이 이렇게 힘든 것인 줄 휘민은 짐작도 못했다. 세 여사와 다닐 때도 이 정도는 아니었다.

'진짜 저 남자가!'

빠득, 이가 갈렸다.

같은 방법으로 복수해 주고 싶었지만 한강은 이미 쫙 빼입고 있었다. 가게 안의 모두가 한강에게 시선을 고정시키고 있었다. 그 정도로 그는 멋있었다. 그런 사람에게 대고 뭐라 할 수 있겠는가.

한참 동안 옷을 입고 벗고를 반복해 다리까지 아파올 정도가 되어서야 한강은 더 이상 다른 옷을 입어보라고 하지 않았다.

"그럼 이걸로 결정한 건가요?"

휘민이 지금 입고 있는 옷을 보며 물었다.

검은색의 드레스는 어깨에 꽃 장식의 브로치를 달고 가슴이 깊게 파여 있는 디자인이었다. 아름답지만 노출이 좀 심하다 싶은 의상이었다. 하지만 그런 티는 조금도 내지 않았다.

한강은 피식 웃고 고개를 저었다.

그는 흰색의, 목까지 올라오는 차이나 칼라에 민소매이긴 하나 팔꿈치까지 오는 장갑을 끼게 되어 있는 드레스를 가리켰다.

"저걸로 하지."

휘민은 열이 뻗쳐 오름을 느꼈다.

한여름에 목까지 올라오는 칼라와 팔꿈치까지 다 가리게 되어 있는 드레스를 골라서가 아니다. 그런 것을 다 감안하더라도 드레스는 아름다웠다. 또 휘민 역시 의외로 그 화려한 옷이 자신과 어울린다는 것을 알고 있었다. 이렇게 화가 나는 것은 하필이면 그 드레스가 휘민이 맨 처음 입어본 것이라는 데 있었다.

"그럼 그냥 저것으로 하지, 뭘 그렇게 많이 입게 만들어요?"

휘민이 살벌하게 미소를 지으며 물었다. 한강은 씩 웃고 말했다.

"그게, 혹시라도 기가 막히게 잘 어울리는 게 있지나 않을까 싶어서 말이야. 그런데 모델이 별로라서인지 뭘 입어도 그게 그거더라. 그냥 처음 것이 제일 낫지 싶어. 왜? 마음에 드는 거 있어?"

'모델이 별로라서 뭘 입어도 그게 그거?'

휘민은 화를 터뜨리지 못하고 입술만 씹었다. 한강은 손을 들어 휘민의 입술에 댔다. 가볍게 아랫입술을 누르고 쓰다듬었다. 그게 마치 애무를 하는 것 같아 순간 휘민의 얼굴이 붉어졌다. 얼른 고개를 돌리자 한강이 아쉬운 듯 보고 말했다.

"이제 화장만 하면 되겠군."

"그건 지웠다 다시 했다 하지 않도록 조심해 줘요. 어떻게 화장하든 난 다 그게 그거거든요."

조금 전 한강이 한 말을 들어 한껏 비꼬자 그는 씩 웃었다.

"명심하지."

들어올 때와 확연히 달라진 모습으로 나온 휘민은 한강이 문을 열어주자 힐끗, 그를 한번 보고 차에 탔다. 운전을 하는 한강은 무척 기분이 좋은 듯 보였다.

하긴 좋을 만도 하겠지. 그렇게 날 골려먹었으니.

휘민은 약이 올라 한강을 노려봤다. 막 휘민에게로 고개를 돌리던 한강이 찔끔하여 얼른 앞을 봤다. 휘민이 앞을 보자 한강은 고개를 돌려 그녀를 봤다. 휘민이 옆에서 느껴지는 시선에 고개를 돌려 그를 보자 그는 다시 얼른 고개를 돌려 앞을 보았다.

"왜 그래요?"

"내가 뭘?"

시치미를 떼시겠다?

분명 한강은 뭔가 한 말이 있는 듯 보였다. 하지만 휘민은 모른 척했다.

"아니요, 됐어요."

"음."

휘민은 침묵했다. 그 후로 몇 번 한강이 자신을 보는 게 느껴졌지만 그녀는 모른 척했다.

본가에 도착을 해감에 따라 핸들을 두드리던 한강의 손이 조금씩 빨라졌다. 그리고 도착하자 내릴 생각은 않고 앞만 본 채 그렇게 있었다. 휘민은 내리려다 참고 가만히 앉아 있었다.

꽤 오랜 침묵 후에 한강이 입을 뗐다.

"할 말이 있어."

"그럴 것 같았어요. 말해요."

한강은 고개를 갸웃했다.

"그럴 것 같았다고?"

휘민이 고개를 끄덕였다. 어떻게? 지금까지 그런 기색은 비치지 않은 것 같은데? 한강은 물었다.

"어떻게?"

"조금 전부터 뭐 마려운 강아지마냥 안절부절못하고 있었잖아요. 그 정도 눈치도 없는 줄 알아요? 말해요."

"……."

뭐 마려운 강아지마냥? 한강은 거침없이 말을 해대는 휘민에게 울컥하다가 곧 재미있는 여자라는 생각이 들었다. 이렇게 툭툭 쏘아대니 심심하지 않는 것일지도 몰라. 확실히 이 여자와 있으면서 심심하다거나 지루하다고 생각해 본 적은 한 번도 없었으니.

한강은 고개를 끄덕였다.

"뭐 마려운 강아지마냥 안절부절못했는지는 모르겠지만 확실히 부탁할 것이 있긴 있어. 이건 네게도 결코 나쁜 게 아니니 들어줄 거라 믿어."

"우선, 말해 봐요."

여차하면 들어주지 않겠다는 투였다. 한강이 말했다.

"알겠지만 가족들은 누구도 우리의 결혼이 계약이라는 것을 몰라. 거기다가 지금 따로 지내고 있다는 것도, 사이가 좋지 않다는 것도 모르지. 뭐, 너도 우리 사이가 좋다고는 말 못할 거야."

휘민이 고개를 끄덕이는 것을 본 한강은 고개를 돌려 앞을 봤다. 짧게 숨을 들이쉬고 말을 이었다.

"오늘 파티에 널 꼭 데려가려고 한 이유는 파티 자체가 우리를 위해서 열리기 때문이야. 우리의 결혼 축하 기념 파티라고 하니까 주인공이 빠질 수는 없잖아? 우리가 결혼식을 올린 지 대략 보름 정도 지났는데 벌써부터 신랑 신부의 사이가 좋지 않다는 것을 가족들이 알게 되면 걱정을 할 것이 뻔하고, 또 어쩌면 괜히 참견을 하려고 들지도 몰라. 그러니 오늘 파티에서는……."

"사이좋은 척하자는 거군요."

"머리가 잘 돌아가는군."

"간단하죠."

휘민이 어깨를 으쓱하자 한강이 다시 고개를 돌려 그녀를 보았다.

"그래서 대답은?"

"그렇게 하도록 하죠. 나도 사이가 나쁘다는 걸 일부러 광고하고 다니고 싶은 마음은 없으니까요."

그들은 그렇게 합의를 보고 차에서 내렸다.

"저희 왔습니다!"

안으로 들어서며 한강이 소리쳤다.

주위를 둘러보니 이미 파티는 시작이 된 듯했다. 한강이 휘민을 대동하고 나타나자 손님 접대 중이던 한강의 부모님이 다가왔다.

"왔니? 어머, 오늘따라 우리 새아기가 무척 아름답구나."

"감사합니다."

휘민이 수줍게 웃으며 말하자 진하린 여사도 같이 웃었다. 한강이 말했다.

"좀 늦었습니다."

"많이 늦지는 않았다."

남편의 말을 진하린 여사가 받았다.

"그래, 다들 너희 부부를 만나기 위해 일찍부터 와서 기다렸단다. 얼른 가서 인사도 하고 이야기도 하고 그러도록 하렴."

말과 함께 휘민과 한강의 등을 떠밀었다. 한강은 난처한 미소를 지으면서 휘민을 보고 앞으로 고개를 돌렸다. 휘민은 부부라는 말에 얼굴이 붉어져서 한강이 이끄는 대로 따라갔다.

그때부터 그들은 약 한 시간가량을 친척들과 인사를 하는 데

보냈다.

친척들만 모였다고 했는데 어떻게 된 것이 하나같이 쟁쟁한 사람들뿐이었다. TV에 나오는 사람들부터 이름만 대면 무슨 일을 하는지 알 수 있는 사람들까지. 그런데 어떻게 된 게 묻는 거라고는 첫날밤의 일이라거나 그 외에 짓궂은 질문들뿐이었다. 대부분이 정계인사에 판검사인데 저런 질문이라니……. 평소 갖고 있던 이미지가 깨지는 느낌이었다. 어쨌거나 한강과 휘민은 웃으며 유연하게 대처를 했다. 서로에게 와인이나 음식을 가져다 주는 행동으로 사이좋음을 과시하기도 했다.

정말 연기를 잘하는군.

휘민은 한강이 웃으며 말을 받고 허리를 안는 것이 마음에 들지 않았다. 휘민은 사람들이 보지 않을 때면 가끔씩 한강의 팔을 툭툭 쳐내면서 사람들의 시선이 자신들에게로 향할 때면 웃곤 했다.

"연기가 대단한데?"

한강이 앞으로 고개를 숙이며 지나가듯 하는 말에 휘민은 생긋 웃었다. 누구더러?

"피차 마찬가지죠."

그쪽이 더 대단하다는 것을 몰라요? 라고 대놓고 타박을 주고 싶었지만 참았다. 휘민은 얼굴은 웃으면서도 차가운 어조로 툭 쏘고 바로 고개를 돌려 버렸다.

'오늘 너무 고생시켰나? 이럴 줄 알았으면 조금만 약 올릴 걸.'

옷을 고를 당시, 실컷 옷을 입히고는 처음 입었던 드레스로 결정을 내렸을 때 변하던 휘민의 표정을 생각하며 그는 살짝 후회를 했다.

세 여사는 터져 나오는 웃음을 참느라 이만저만 고생이 아니었다.

시도 때도 없이 이집저집 옮겨 다닌다 하여 철새라 불리는 동시에 온갖 소문은 다 몰고 다녀 촉새라고도 불려 엄연히 조류(?)에 속하는 세현으로 인해 한강과 휘민의 사이가 좋지 않다는 것을 이미 알고 있는 그들이었다. 그것을 알고 일부러 파티를 열지 않았던가.

파티를 준비하면서도 파티가 열리기 전에 그들이 화해하기를 바랐지만 그 바람과는 달리 아직 화해하지 않았다는 것을 들었는데 저렇게 사이좋은 척 연기를 하다니. 저 둘이 연기를 한다는 것을 사전에 몰랐다면 깜빡 속아 넘어갔을 만큼 뛰어난 연기력이었다. 하지만 이미 알고 있어서인지 그들이 가끔씩 주고받는 눈빛이나 사람들의 시선이 향하지 않을 때의 행동이 뚜렷이 눈이 들어왔다.

세 여사는 잠시 파티가 소강상태에 접어들자 한곳으로 모였다. 어느 순간 일제히 한강과 휘민을 쳐다보았다. 그러다가 한강과 휘민의 자신들을 보자 얼른 딴청을 피웠다. 상대적으로 한강과 휘민을 등 쪽으로 두고 있는 김은우 여사가 진하린 여사에게 눈을 찡끗했다.

"어떻게 되었어? 지금은 어때?"

"그냥…… 웃고 있는데요?"

진하린 여사가 지나가듯 그쪽을 보고 대답하자 김은우 여사가 고개를 갸웃했다.

"그냥 웃고 있어? 지금 첫날밤에 대한 질문이 한창일 텐데 난처해한다거나 얼굴을 붉히지 않는단 말이야?"

"그다지…….'"

"정말, 둘 다 연기가 대단한걸?"

"그러게요."

진하린 여사가 마땅찮다는 표정을 짓자 김은우 여사는 흠, 하더니 생각에 잠겼다. 그러자 옆에서 가만히 듣고 있던 하연주 여사가 말했다.

"그러지 말고 좀 더 강도있게 나가보는 게 어때요?"

"이미 어느 정도는 강도있지 않아? 청춘남녀가 함께 있으면 어떻게든 불이 붙겠지 싶어 방도 한방으로 준비했고……."

"하지만 좀 약한 면이 없지 않아 있지요. 그리고 사실 하룻밤 정도는 자제만 잘하면 어찌어찌 잘 넘길 수도 있잖아요? 역시 파티를 하루 만에 끝내는 건 좋지 않다고 봐요."

"그렇다면?"

김은우 여사의 눈동자가 순간 반짝였다. 그들은 다시 머리를 맞대고 쑥덕거렸다. 가끔 '사흘씩이나요?' 라는 말이나 '그건 너무 장기전인데? 라는 말, '연기를 요하는걸?' 이라는 말들이 들려왔지만 정확히는 들리지 않았다.

휘민은 휘이, 주위를 둘러보았다.

"이상하지 않아요?"

"어떤 점이?"

가만히 와인 잔만 기울이던 한강이 묻자 휘민은 눈살을 찌푸렸다.

"못 느끼겠어요? 분위기도 이상하고, 분명히 어딘가 이상한데."

한강은 주위를 둘러보았다.

"글쎄, 난 잘 못 느끼겠는걸?"

이상한데.

휘민은 고개를 갸웃했다. 한강은 왜 휘민이 이상하다고 하는지 알 수 없어 고개를 갸웃했다. 그들이 똑같은 모습으로 고개를 갸웃거릴 때였다. 김은우 여사가 그들을 향해 다가왔다. 그녀는 만면에 활짝 미소를 지으며 말을 걸었다.

"결혼을 하고 나서는 한 번도 본가에 들르지 않더구나. 무척 보고 싶었는데. 그래, 그동안 잘 지냈니? 강이가 잘해주지?"

좋은 일이라도 있었나?

김은우 여사는 매우 기분이 좋아 보였다. 반대로 휘민은 점점 기분이 안 좋아졌다. 생각해 보면 잘해주고 말고 할 시간도 없

었다. 집에 들어온 적이 몇 번이나 있었다고. 하지만 휘민은 의
식적으로 미소를 지으며 고개를 끄덕였다.

"네, 잘해줘요."

"호호, 며칠 전부터 학교에 다니기 시작했다고 하던데, 아침
마다 학교까지 데려다 주고 그러지? 당연히."

당연히? 뒤에 붙는 말이 어딘가 거슬린다. 하연주 여사의 물
음에 단 한 번도 그런 적이 없다고 솔직하게 말해 버리고 싶었
지만 이번에도 휘민은 웃으며 고개를 끄덕였다.

"네."

"좋겠네."

"좋고말고. 그게 신혼이라니까. 아참! 강이, 차는 가져왔지?"

휘민의 대답에 흡족한 표정을 지은 하연주 여사가 반대 편으
로 고개를 돌려 한강을 향해 물었다. 그는 고개를 갸웃했다.

"가져오긴 했는데 갑자기 차는 왜……."

"그럼 일부러 가지러 갈 필요는 없겠구나."

"네?"

"앞으로 본가에서 며칠은 있어야 할 테니 차를 가지러 갈 필
요는 없겠다고 한 거야. 옷도 많으니 일부러 집으로 갈 필요는
없겠어. 호호호."

손으로 입을 가리며 웃는 하연주 여사. 옆에서 김은우 여사와
진하린 여사가 덩달아 웃고 있었다.

원래 웃음소리가 저랬던가?

휘민은 역시 뭔가 이상하다는 생각을 했다. 자신들 모르게 어떤 일이 진행되고 있다는 느낌이 들었다. 그러면서 한강을 쳐다보았다. 그때 한강 역시 휘민을 보고 있었다. 그들은 잠시 서로의 얼굴을 쳐다보았다. 그들의 표정은 '이게 무슨 소리지?' 라고 말하고 있었다.

한강이 나서서 물었다.

"갑자기 그게 무슨 말씀이십니까? 며칠 동안 본가에 있어야 한다니요?"

하연주 여사의 눈이 동그랗게 변했다.

"어머! 몰랐니?"

"몰랐나 본데? 동서, 말 안 했어?"

"전 형님이 하신 줄 알고 말 안 했지요."

"난 세진에게 말했었는데, 그 녀석이 안 알려줬나 보구나?"

"그럼 우리가 알려줘야겠죠?"

"그래야지. 호호호."

어린아이처럼 손뼉을 치며 웃어대다니, 정말 눈에 띌 정도로 과장된 행동이다. 뭔가 엉뚱한 일을 꾸미고 있을 때면 꼭 저러던데, 도대체 뭘 꾸미고 있는 거지?

휘민보다 한씨 집안 사람들에 대해 잘 아는 한강은 그제야 휘민이 이상하다고 하던 것을 생각해 내며 뭔가 불안감을 느꼈다. 그때 두 동서와 어색하기 그지없는 대화를 계속해서 이어가던 김은우 여사가 상황을 설명했다.

“이번 강이와 휘민이의 결혼 축하 파티는 며칠간 계속될 거야. 워낙 급히 열어 먼 곳에 있는 분들이 아직 도착을 못했거든. 결혼식 때 얼굴을 보기는 했지만 이럴 때가 아니면 몇 년에 한 번 볼까 말까 할 정도잖니. 그래서 이번 기회에 다시 한 번 보는 것도 나쁘지는 않을 것 같아서 그렇게 하기로 했단다. 대충 사흘 정도 저녁마다 파티를 할까 해. 그러니 그동안은 주인공인 너희가 본가에 있어야 할 거야.”

“사흘이요?”

놀란 휘민이 눈을 동그랗게 뜨며 물었다. 그러자 김은우 여사와 진하린 여사, 하연주 여사가 동시에 고개를 끄덕였다.

“그래, 지금은 사흘 정도로 잡고 있단다.”

“……”

한강과 휘민은 잠시 서로의 얼굴을 쳐다보았다. 그러다가 휘민이 어색하게 웃으며 한강의 팔을 잡아당겼다.

“잠시 할 말이 있어요. 저쪽으로 좀 가요.”

“아…… 그럴까?”

둘 다 어색하게 웃으며 세 여사에게 양해를 구하고 사람들이 모이지 않은 나무 아래로 갔다.

그들이 놀란 표정을 채 거두지 못하고 허겁지겁 나무 밑으로 가버리자 김은우 여사와 하연주 여사, 진하린 여사는 서로의 얼굴을 쳐다보며 씩, 미소를 지었다. 한강과 휘민은 머리가 복잡해 미처 그것을 보지 못했다.

"이게 어떻게 된 거예요! 무슨 파티를 삼 일씩이나 한단 말이에요?"

한강은 머리를 긁적였다.

"나한테 그렇게 소리쳐 봤자야. 이건 나도 모르는 일이었어."

"말도 안 돼. 진짜 파티를 삼 일씩이나 할 수 있는 거예요? 난 지금까지 그런 말 들어본 적이 없어요. 혹시 나를 놀리기 위해 괜히 하는 말 아니에요?"

잠시 생각하는 표정이 되었던 한강은 고개를 흔들었다.

"그건 아닌 것 같은데? 예전에 가끔 그렇게 하기도 했었거든."

"그 가끔이 왜 이번 파티어야 하는 건데요!"

"그걸 내가 어떻게 알아? 분명히 말하지만 나도 모르고 있었다고!"

불평을 터뜨리는 휘민에게 미안한 마음이 들기도 했지만 한강 역시 난처하기는 마찬가지였다. 세진이 갑자기 나타나 파티를 한다고 한 것도 황당했지만 그걸 삼 일씩이나 계속한다는 말은 하지 않았던 것이다. 이번 파티를 그런 식으로 며칠씩 끌게 될 줄은 몰랐던 한강이었다. 휘민이 이런 식으로 따져 봤자 그 역시 어처구니없기는 마찬가지라고나 할까?

한강은 입술을 삐쭉이며 불평하는 휘민을 보고 말했다.

"나한테 화풀이하지 마. 이건 처음부터 내가 결정을 내린 사항이 아니었어."

“알아요. 그리고 화풀이하지 않았어요.”

“넌 내게 화를 내고 있어. 그게 화풀이를 하는 거라고.”

“아니에요, 난 그냥 가볍게 투정을 부린 거예요.”

휘민이 고개를 저으며 부정하자 한강이 눈을 가늘게 떴다.

“그래?”

“네.”

“그런데 왜 내 눈에는 화풀이를 하는 걸로 보이지?”

“잘못 본 거겠죠.”

휘민은 입술을 꾹꾹 씹어대고 있었다. 그만큼 당황했다는 뜻이리라. 이 여자가 당황하기도 하나? 그 모습이 왠지 귀여워 보여 한강은 씨익 웃었다. 휘민은 힐끗 한강을 보고 미간을 찌푸렸다.

“지금 웃음이 나와요?”

“못 웃을 건 또 뭐야?”

장난스럽게 눈썹을 치켜올리며 하는 말에 휘민은 고개를 흔들어 버렸다. 한강은 휘민을 잠시 보다가 말했다.

“며칠씩 파티가 지속된다고 설마하니 아까 한 약속을 저버리지는 않겠지?”

아까 한 약속? 그건 아마도 본가에 있을 동안에는 사이좋은 척하자던 것을 말하는 거겠지.

그녀는 내키지 않았지만 고개를 끄덕일 수밖에 없었다. 모두 어딘가 이상한 사람들이었지만 지금은 왠지 가족이라는 느낌으로 다가오는 좋은 사람들이었기에 그들이 실망하는 모습은 보기 싫었다.

휘민이 살짝 고개를 끄덕이자 한강은 누가 봐도 매력적이라고 생각할 만한 미소를 지었다.

"그럼 이상한 생각은 그만 하고 가자."

이상한 생각이라니…… 무슨 이상한 생각을 했다고. 휘민은 속으로 투덜거리며 한강의 손을 잡곤 그의 얼굴을 쳐다보았다.

"당신은 어째 무척 즐거워하는 것 같군요."

휘민의 날카로운 말에 한강은 웃음을 삼켰다. 그러면서 덤으로 고개도 흔들어주었다. 또한 한마디 하는 것도 잊지 않았다.

"그럴 리가."

그 말에 휘민이 더욱 이상하게 쳐다보는 것이 느껴졌지만 한강은 어깨만 으쓱했다.

뭔가 딱, 꼬집어 말할 수는 없지만 이상한 점이 있기는 있었다. 어머니를 포함하여 백모도, 숙모도 어딘가 이상했다. 하지만 그는 그 이상한 점이 무엇인지 굳이 찾아내려 하지 않았다.

그날의 파티는 휘민과 한강이 친척들의 질문에 대답을 해주는 것이 주를 이루었다.

술이 들어가서인지 사람들은 꼭 누구에게 사주라도 받은 것마냥 짓궂은 질문들을 해댔고, 한강은 유연하게 대처하느라 진땀을 뺐다. 가끔씩 휘민이 도와주기는 했는데, 나무 아래에서의 대화로 한강을 괘씸하다고 여긴 건지 정작 정말 난처한 질문이

나올 때는 대답을 할 수 있음에도 일부러 입을 다물어 한강을 난처하게 하기도 했다.

세 여사는 다른 사람들과 섞여서 짓궂은 질문을 하는 대열에 동참해서 떠들어댔다. 그러면서 무작정 와인을 마시게 하는가 하면 괜히 힘 싸움을 하게 만들기도 했다.

한강은 한 시간도 안 되는 시간 동안 도수가 센 와인만 스무 잔 넘게 마셔야 했고 팔씨름은 무려 서른 명과 해야만 했다. 그러니 어찌 조용할 수 있겠는가! 얼마나 떠들어대는지 소리는 점점 커져 갔고, 사람들은 늦은 시각이 될수록 늘어났다.

한강은 지치기도 했고 난처하기도 했다.

'어쩌지?'

고민하며 옆을 보니 잠이 오는 건지 몇 번씩이나 눈을 깜빡이면서도 아무렇지 않은 듯한 표정을 짓는 휘민이 있었다. 한강은 이것을 기회라 생각하며 속으로 웃고 말했다.

"왜 그래?"

아래로 내려가던 휘민의 고개가 위로 올라왔다.

"네?"

"피곤한 것 같은데? 잠 오는 거야?"

그는 얼른 진하린 여사에게로 고개를 돌렸다.

"어머니, 죄송하지만 이만 들어가야겠습니다. 고3이 얼마나 힘든지는 아시죠? 휘민은 엄연히 고3입니다. 그런 데다 전학 간 새 학교에 적응하느라 보통 고3보다 더 힘이 들 겁니다. 그러니 저희는 그만 빠지도록 하겠습니다.”

한강은 진하린 여사가 뭐라 하기도 전에 휘민의 손에 들린 와인 잔을 빼내어 탁자 위에 엎어놓았다. 그리고 그녀의 팔을 잡아당기며 저택 안으로 들어갔다. 인사를 하는 것은 물론 잊지 않았다.

“그럼 저희들이 없더라도 즐거운 시간 되십시오!”

그는 휘민의 입이 오물거리자 또 무슨 소리를 할까 싶어 급히 그녀를 끌고 저택 안으로 들어갔다. 안으로 들어가자마자 휘민은 그에게 잡힌 팔을 빼내며 투덜거렸다.

“아프잖아요.”

“아, 미안. 네가 혹시라도 엉뚱한 소리를 하지나 않을까 싶어서 아픈지 어떤지 알아차리지도 못했네. 좀 엉뚱해야지…….”

휘민은 기가 막혔다.

“뭐라구요?”

음성이 비약적으로 높아졌다.

이런, 심기를 거스른 건가? 그냥 웃자고 한 말인데. 한강은 씨익 웃으며 그녀의 등을 떠밀었다.

“피곤한 것 같은데 그만 자자. 늦은 밤에 괜히 화내지 말고.”

“그 말은 꼭 내가 평소 아무런 이유도 없이 화만 내는 사람인 것처럼 들리는군요. 혹시 그런 뜻으로 한 말인가요?”

“그럴 리가 있겠어? 전혀 아니야!”

한강이 과장되게 어깨를 으쓱거리는 게 심히 눈에 거슬렸지만 이번은 그냥 넘어가기로 했다. 그녀는 본가에 머물렀을 당시 자신이 썼던 방으로 가려고 계단을 올랐다.

그때 저택 안으로 진하린 여사가 들어왔다.

"어머니? 여긴 왜……."

"아, 좋은 분위기를 내가 망친 거니? 하지만 너희들이 너무 급히 들어가 버렸기에 일러주지 않은 게 있어서 올 수밖에 없었 단다."

진하린 여사의 말에 한강이 눈살을 찌푸렸다.

"말하지 않은 것이요? 그게 뭡니까?"

"뭐기는, 본가에서 지낼 동안 쓸 방에 대해서지. 보통 때는 상 관없지만 지금은 그렇지 않거든. 휘민은 뒤쪽 손님방에서 지낼 생각인 모양인데 그러면 안 돼. 사실, 이제 너희도 부부고 하니 같은 방을 써야 하지 않겠니? 그래서 예전에 네가 썼던 삼층 방 을 좀 바꾸어놓았단다. 거기서 편히 쉬도록 하렴."

그 뜻은, 파티가 있을 동안에는 같은 방을 써야 한다는 건가? 휘민과 한방에서 지낸다? 그것도 지난번 약속도 있으니 조금도 건드리지 않는 선에서?

한강은 찌푸린 얼굴을 더욱 찌푸렸다.

"죄송하지만 본가에 파티가 있을 동안에는 각 방을 쓰기고 했 습니다, 어머니."

"아니, 왜?"

"제 집이 아니니까요."

한강은 그 말이면 다 된다는 표정이었다. 진하린 여사는 눈을 둥그렇게 뜨고 말했다.

"하지만 거기 말고 다른 곳은 에어컨도 안 돌아가고 치워놓지도 않았는데? 그런 표정 짓지 마라. 일부러 그런 게 아니야. 파티 준비로 좀 바빴어야지. 그렇다고 내가 거짓말을 한다고 생각하는 것은 아니겠지? 내가 뭐 하러 거짓말을 하겠니? 의심이 되면 한번 가봐라, 아주 엉망일 테니. 어쨌거나 아무리 우리가 넉넉하게 산다고는 하지만 전기를 낭비할 수는 없지 않니, 돈도 많이 드는데. 또 신혼부부가 아무리 자기 집이 아니라지만 각방을 쓰는 것은 옳지 않단다. 부부 금실이 어떻게 되겠어? 게다가 여기가 어디 남의 집이니? 그것도 아니잖아?"

방긋방긋 웃으며 한 마디씩 할 때마다 한강의 얼굴은 조금씩 일그러졌다.

"어머니……."

"일부러 한밤중에 집안 청소를 하겠다고 설치지는 않겠지? 또 괜히 오해하도록 각방을 쓰겠다고 우기지도 않을 거라 믿는다. 그럼 피곤할 테니 얼른 들어가 좋은 밤 보내도록 해라. 호호호."

손으로 입을 가리고 웃으며 '좋은 밤'이라는 말에 악센트를 확실히 넣어주는 진하린 여사였다. 파티에서부터 지금까지 세 여사의 행동을 보고 분명 뭔가 일을 꾸미고 있다는 것은 느꼈지만 이런 것일 줄은 몰랐다. 겨우, 이거였나?

한강은 한숨을 내쉬었다.

아마도 다른 방에 가면 정말 엉망진창으로 어질러져 있을 거다. 일부러 일을 이렇게 만든 건데 그렇게 하지 않았을 리가 없지. 아마도 이 일은 진하린 여사 혼자서 한 일이 아닐 거다. 백모에 숙모까지 가세해서 한 짓이겠지. 얼마나 즐거워하셨을까? 한강과 휘민의 사이가 어떤지도 모르면서 단순히 신혼이라는 이유로 놀릴 생각이었다면 유감이지만 통하지 않을 거다.

모든 것에 머리 속에 그려지자 한강은 계단을 올라 휘민의 팔을 잡았다. 그리고 진하린 여사에게 말했다.

"그럼 할 수 없겠군요. 좋은 밤 되십시오. 다른 분들께도 저희 대신에 그렇게 전해주시구요. 저희는 무척 피곤해서 이만 올라갑니다."

한강은 '그러럼' 하고 대답하며 깔깔 웃어대는 진하린 여사를 뒤로하고 얼른 계단을 올라갔다. 손아귀를 빠져나가려는 휘민의 팔이 느껴졌지만 신경 쓰지 않았다.

"이게 무슨 짓이에요?!"

방 앞까지 오자 휘민이 한강의 팔을 뿌리치며 소리쳤다. 그래도 진하린 여사가 있다고 그때까지 참은 모양이었다. 그것 하나는 다행이라고 생각했다.

"뭐가?"

"우리가 한방에서 지낸다구요? 말도 안 돼!"

"말도 안 된다고? 글쎄? 다른 사람들이 보기에는 그다지 말이 안 되는 것 같지 않은데? 물론, 내키지 않는 건 나도 마찬가지야. 하지만 파티가 열리는 동안에는 이렇게 지내도록 하자. 어머니와 백모님, 숙모님이 단체로 짠 것 같으니."

"짜요? 뭘요?"

휘민이 의아하다는 표정으로 묻자 세 여사가 머리를 맞대고 궁리하는 장면을 떠올렸다. 그리곤 웃음을 참지 못하고 풋 하고 웃어버렸다. 그는 몇 번 헛기침을 하여 분위기를 환기시킨 후 말했다.

"당연히 우리가 한방에서 지내도록 하려는 거 말이지. 아마도 신혼부부인 우리를 같은 방을 쓰게 해놓고 무슨 짓궂은 짓을 벌일 생각인 모양인데 그냥 넘어가자. 같은 방을 쓴다고 해도 손끝 하나 건드리지 않을 테니 그렇게 겁먹을 필요도 없고."

휘민은 눈살을 찌푸렸다.

"하지만……."

"하지만이고 저지만이고 우선 들어가자. 피곤하다면서? 이미 눈이 반이나 감겼어."

한강은 웃으며 그렇게 말하고 휘민의 어깨를 밀었다. 휘민은 무슨 말인가를 하려 웅얼거렸지만 대놓고 뭐라 하지는 않았다. 그들은 결국 본가에 올 때면 한강이 쓰는 방으로 함께 들어갔다.

"……!"

“……!”

안으로 들어가기 무섭게 그들은 입을 떠억 벌렸다. 얼마나 그렇게 있었을까? 한참 뒤에 휘민이 푸욱, 한숨을 내쉬며 중얼거리듯 말했다.

“아주…… 고생이 심했겠군요.”

“이렇게 꾸미느라?”

“네.”

서로의 얼굴을 쳐다본 그들은 그만 웃어버리고 말았다. 그들이 웃어버린 이유, 그것은 그들이 방금 들어온 방 때문이었다.

한강의 방은 아주 가관이었다. 베이지 톤의 아늑하고 깔끔한 느낌을 주던 방이 온통 붉은색으로 도배가 되어 있었다. 탁자 위의 붉은 장미꽃과 알록달록한 초도 웃기지만 가장 황당한 것은 침대로 드리워진 붉은색의 캐노피였다.

저건 뭐야? 몸에 감기라도 하라는 건가? 아니면 모기장??

한강은 황당한 생각을 하며 고개를 저었다. 그러다가 눈에 띈 것. 붉은색의 보를 씌운 탁자 위에 있는 저것은…….

한강과 같은 순간에 휘민 역시 그것을 발견했는지 그녀는 한참 동안 허리까지 꺾어가며 웃다 탁자로 걸어가 그것을 들었다.

“오!”

한강이 커다란 음성으로 감탄사를 내뱉었다. 그것은 진짜 감탄사가 아닌 지어낸 감탄사였다. 장난치듯 내뱉은 감탄사에 휘민 역시 오, 하더니 검지로 끈 부분을 걸어 집어 들었다. 그녀는 그것을 엄지와 검지로 집게처럼 집어 한강이 있는 쪽으로 들었다.

"이런 것을 입었다가는 제대로 자지도 못하겠네요."

"입은 모습을 한번 보고 싶은걸?"

"변태였어요?"

휘민이 눈을 동그랗게 하자 한강은 소리 내어 웃었다.

그녀의 손에 들린 것은 분명 잠옷이었다. 하지만 그냥 잠옷이 아니었다. 붉은색의 얇은 어깨 끈에 길이는 허벅지를 간신히 가릴 정도였다. 게다가 휘황찬란한 붉은색의 실크는 속이 다 비치고 있었다.

안 그래도 다른 색은 찾아볼 수 없을 정도로 온통 붉은색이라 눈이 다 아픈데 거기다가 잠옷이라고 마련해 놓은 것까지 붉은색이라니. 누구의 센스인지, 일부러 웃길 생각이 아니었다면 이렇게 못했을 거라고 한강은 생각했다. 물론 웃길 생각이었다면 확실히 성공했다고 박수라도 쳐주고 싶었다.

그때 휘민의 시선이 붉은 잠옷이 있었던 탁자로 향했다.

"그래도 당신 것은 내 것보다 나은데요?"

탁자 위에 놓인 다른 잠옷을 들어보고 말하는 휘민. 한강은 낄낄대며 웃다 말고 고개를 들었다. 그의 얼굴이 굳어졌다.

"그게…… 내 것이라고?"

"네."

고개를 끄덕이는 휘민을 본 한강은 잠시 입을 다물고 있었다.

그러다가 한참 뒤에야 한마디 했다.

"그걸 준비한 사람은 내가 불편함에, 내지는 민망함에 고개조차 들지 못하고 긴긴 밤을 꼴딱 새우기를 바란 모양이군."

휘민은 깔깔, 소리 내어 웃어버렸다.

한강의 것으로 준비된 잠옷은 잠옷이 아니라 속옷이었다. 런닝에 사각팬티. 보통 때 삼각을 입는 것을 생각하면 잠옷으로 볼 수도 있지만, 분명히 휘민의 손에 들린 것은 속옷이었다. 그것도 그냥 속옷은 분명 아니었다. 소재가 뭔지 비닐 같은 느낌을 주는 타이트한 팬티에, 이 런닝은 또 뭔가? 밤무대 가수나 입을 듯한 반짝이라니.

한강 역시 웃지 않을 수 없었다.

본가에 있는 동안은 한강이 쓰던 방에서 지내라더니 이 꼴을 해놓고 그런 말을 한 건가? 도대체 몇 시간 동안 준비를 한 거야?

휘민과 한강은 한참 동안 웃어대기에 바빴다.

얼마나 그렇게 정신없이 웃었을까. 너무 웃어 배가 아프고 숨이 턱턱 막혀올 때야 겨우 웃음을 그친 한강은 '이건 뭐야? 정말 모기장인가. 촘촘하기도 하군' 하고 중얼거리며 침대에 이리저리 쳐놓은 붉은 캐노피를 걷어내고 말했다.

"피곤한 것 같은데, 그만 웃고 자."

"당신은요?"

휘민은 주위를 둘러보다 그렇게 물었다.

어디서 자든 신경 쓰고 싶지 않았지만 주위에는 소파도 없었
다. 이런 식으로 휘황찬란하게 꾸미느라 자리가 모자란다고 생
각했는지 소파는 치워 버린 모양이었다.

한강은 어깨를 으쓱했다.

"왜, 내가 걱정이라도 되는 거야?"

"그럴 리가 없잖아요!"

"그럼 나야 어떻게 자든 신경 쓰지 끄시지? 내 일은 내가 알
아서 할 테니."

"하지만……."

"그만. 난 술이나 한 잔 더 할 테니 넌 빨리 잠이나 자."

듣기 싫다는 듯이 휘민의 말을 끊어버린 한강은 의자에 앉아
그들을 위해 준비된 듯 보이는 와인 잔에 포도주를 부었다. 그
리고 조금씩 그것을 마시기 시작했다.

휘민은 잠시 그를 보다 침대로 기어들어 갔다.

"아무리 그래도 안 돼."

그녀는 한강에게 들리지 않도록 낮게 중얼거렸다.

sex
appeal.

「우리 집 지하에는 와인 저장고가 있다. 그런데 대부분의 병이 비어 있었다. 고등학교에 들어가면서부터 배운 실력으로 내가 심심할 때마다 갖다 마셨기 때문이다. 어느 날 아빠가 그걸 가지고 또 회초리를 드셨다. '술을 마시려면 소주나 맥주로 마시지, 어디 와인을 마셔! 아직 나도 몇 병 못 마셨는데.' 그러다 엄마가 보자 말을 바꿔 어린 나이에 술을 마셨다고 나무라셨다. 가끔 아빠가 와인 저장고에 들어갔다 나오는 걸 본 적이 있다. 그걸 보고 나도 거기서 와인을 갖다 마시키 시작한 거였다. 그렇게 따지고 보면 엄연히 시작은 아빠가 했다. 그런데 이런 식으로 덮어씌우다니. 확 엄마에게 일러 버릴까 하다 치사해서 관뒀다.」

제7장

와인

아침이 되어 깬 휘민은 잠시 멍해졌다.

분명 들고 온 기억이 없는데 언제 준비를 한 건지 교복이 준비되어 있었다. 미처 이렇게까지 완벽히 준비해 놓았을 줄 몰랐던 휘민은 한씨 집안 사람들의 완벽한 준비성에 놀라워하며 학교 갈 준비를 했다.

출근할 때까지 시간이 많이 남는 한강은 씻고 바로 식당으로 갔다.

휘민과 한강이 방으로 들어간 후 파티가 곧 마무리되었는지, 아니면 원래 아침잠이 없는 건지 식당에는 파티에 참석했던 거의 대부분의 사람들이 나와 있었다.

온갖 짓궂은 질문을 던지고 한강과 힘 자랑을 하며 놀던 모습은 거짓이었던 듯 모두가 근엄한 표정에 정중한 모습이었다. 완벽한 자세로 앉아 있던 그들은 휘민과 한강이 도착하자 예의를 차려 인사를 하기까지 했다. 어쩌면 그 모습에 마음을 놓아버린 건지도 모른다. 중앙에 딱 두 자리를 남겨놓은 것이 이상하긴 했지만 설마 별일이야 있을까 하며 그들은 나란히 비어 있는 의자에 앉아 식사를 했다. 그 후에 휘민은 등교하기 위해 가방을 멨고 한강은 출근하기 전까지 서재에서 독서를 할 생각에 이층으로 올라가려고 했다.

그때였다.

가만히 식사를 하고 있던 이들이 눈짓을 주고받는가 싶더니 벌떡 자리에서 일어나 우르르 몰려가더니 이층으로 올라가려고 하는 한강을 잡아끌었다.

"뭡니까?"

놀란 한강이 소리쳤지만 가족들은 들은 척도 하지 않았다.

그들은 한강을 질질 끌고 가더니 현관을 나서려다 가족들이 한강에게 하는 짓에 놀라 멈칫한 휘민을 한강과 같이 서게 한 뒤 마구 밖으로 밀어댔다.

"아앗!"

"뭐, 뭐 하는 짓입니까!"

휘민이 놀라 비명을 삼키고, 한강이 당황해서 소리쳤지만 세 여사를 앞세운 친척들은 들은 척도 하지 않았다. 졸지에 한강은 휘민과 함께 마당으로 밀려나야 했다. 그들은 도대체 이 사람들이 무슨 생각으로 이런 짓을 하는지 도통 알 수가 없었다. 이 무슨 황당한 짓인가? 언제는 파티 기간 동안에는 본가에 있어야 한다고 해놓고 이제는 쫓아내려는 건가?

그런 가정에 황당해서 헛웃음을 터뜨리는데 한강의 차 앞까지 밀어붙인 가족들이 미소를 지으며 좋아라 했다. 그것 역시 이해가 가지 않는 상황이었다. 차 앞에서 뭘 하자고? 황당해하는 한강과 휘민에게 진하린 여사가 대표 격으로 나서서 선언이라도 하듯 말했다. 그리고 그 말에 한강과 휘민, 둘 다 그만 넋을 잃고 말았다.

"뭘 하라구요?"

한참 동안 말을 잇지 못하고 있던 한강이 황당함이 채 가시지 않은 표정으로 묻자 김은우 여사가 고개를 갸웃했다.

"왜? 무슨 문제라도 있니?"

정말 모르는 건가? 순진한 척, 아무것도 모르는 척하는 연기가 아주 일품이다.

한강은 잠시 심호흡을 하고 말했다.

"죄송하지만 휘민은 여섯 시 삼십 분까지 등교를 하는데요? 전 아홉 시까지 출근입니다."

"그래서?"

"그런데 절더러 출근하는 길에 휘민을 학교까지 데려다 주라고요? 즉, 저보고 지금 출근하란 말씀이신데 그렇게 되면……."

“지금까지 그렇게 해왔다면서 뭐가 문제라는 거야?”

“설마 어제 거짓말을 한 거니?”

한강의 말을 뚝 끊으며 묻는 김은우 여사에 이어 진하린 여사가 나서서 의심스럽다는 듯이 말했다.

그러니까 그들을 차 앞까지 밀어붙인 후 진하린 여사가 나서서 무슨 말을 했냐 하면 여섯 시 삼십 분에 등교하게 되어 있는 휘민을 아홉 시에 출근하기로 되어 있는 한강에게 학교까지 데려다 주라고 한 것이다.

휘민을 데려다 주는 것과 동시에 출근을 하게 되면 두 시간 삼십 분이나 시간이 남는데도 그렇게 하라고 하니 그저 황당할 따름이다. 하지만 그 순간 한강은 그 전날 누군가의 질문에 ‘당연히’ 휘민을 등교시켜 준다고 한 것이 기억났다.

이제는 진하린 여사부터 시작해서 대부분의 친척들이 의심스럽다는 듯이 한강을 바라보자 차마 그게 거짓말이었다고는 하지 못하고 차 키를 꺼냈다. 휘민 역시 눈살을 찌푸리고 있었지만 세 여사의 번뜩이는 눈이 있어 거절할 수가 없었다.

그녀는 뒤쪽 차 문을 열다가 세 여사의 눈초리에 한강의 옆에 탔다.

“다녀오겠습니다.”

내키지 않은 음성으로 말하자 세 여사는 방긋방긋 웃어대며 잘 다녀오라고 했다.

한강은 더 이상 지체하지 않고 차를 출발시켰다.

본가를 빠져나가다 룸미러로 뒤쪽을 보니 한강의 차 뒤쪽을 향해 열심히 손을 흔들어대는 세 여사와 그 뒤에서 서로 악수를 하고 있는 친척들을 볼 수 있었다. 정말 가증스러운 광경이 아닐 수 없었으며 왜 악수를 하는 건지 의문이 드는 상황이 아닐 수 없었다.

길이 많이 막힌 탓에 먼 거리가 아니었음에도 불구하고 휘민을 데려다 주는 데 삼십 분이나 걸렸다.

교문 앞에 차를 세운 한강은 흠, 하고 잠시 생각하더니 휘민 쪽으로 고개를 돌렸다.

"마치는 시간에 맞춰서 데리러도 올까?"

"됐어요."

싫어하든 말든 미련없다는 표정으로 한강은 손을 흔들었다.

"그럼 잘 가."

"……이제부터 두 시간 동안 뭘 할 거죠?"

내리려고 차 문을 열다가 멈칫한 휘민이 시계를 보며 묻자 한강이 씨익 웃었다. 갑자기 웬 걱정?

"왜? 갑자기 내게 관심이 생기기라도 했어?"

휘민은 잠시도 지체하지 않고 고개를 흔들었다.

"착각하지 말아요. 전혀 아니에요."

"그럼 내리시지?"

말투는 날카로웠지만 턱으로 차 문을 가리키며 웃는 모습은 장난꾸러기 소년마냥 짓궂어 보였다. 휘민은 한강을 쏘아본 후 차 문을 열고 밖으로 나갔다. 한강은 휘민이 미처 들고 가지 않은 가방을 들어 흔들었다.

"가방은 여기에 두고 가려고?"

문을 닫으려다 말고 휘민이 허리를 숙여 한강의 손을 보았다. 그녀의 미간이 찌푸려졌다. 왠지 달라는 소리가 하기 싫었다. 그녀는 짐짓 아무런 관심도 없다는 투로 말했다.

"어차피 아무것도 안 들었는데요 뭐."

"그래서 나보고 가지라고? 난 회사로 갈 거라 이런 가방은 그다지 필요가 없는데?"

그러더니 힐끗 휘민을 본다.

"하지만 뭐, 내게 주겠다면 받기는 하지."

한강이 웃으며 하는 말에 휘민은 손을 내밀어 가방을 휙 잡아챘다.

"회사나 가버려요!"

휘민이 툭 쏘자 한강은 씨익 웃었다.

"안 그래도 가려고 했어."

그는 손을 뻗어 휘민이 아직까지 잡고 있는 옆문을 닫더니 바로 차를 출발시켰다. 그러면서 차창 밖으로 손을 내밀어 뒤쪽을 향해 흔들었다. 그것은 본가를 떠나올 당시 뒤에서 손을 흔들어대던 세 여사의 모습과 그다지 다르지 않았다.

휘민은 괜히 입술을 삐죽였다. 이유도 없이 화를 낼 때는 언제고, 지금은 기분이 괜찮은 모양이지? 정말 알 수 없는 사람이야. 그녀는 절레절레 고개를 흔들었다. 그러면서도 입가에 이는 미소는 어쩌지 못했다.

어젯밤의 일과 아침에 있었던 일로도 성에 차지 않았는지 한 씨 집안 사람들의 만행은 거기에서 그치지 않았다.

그날 저녁, 갑자기 탕 하고 문이 열리며 누군가의 손에 의해 한강이 방 안으로 떠밀리듯 통통거리며 들어오자 그쪽으로 고개를 돌린 휘민은 눈을 동그랗게 떴다. 그리고 입을 벌렸다.

"……!"

저건 도대체 무슨 꼴이란 말인가? 왜 온몸에 오색의 끈을 둘둘 감고 있는 거지? 어째서 머리에다가 리본을 달아놓은 거야? 게다가 손에 들린 커다란 꽃다발은 뭐지?

휘민은 지금 한강이 왜 저런 꼴인지 도통 알 수가 없었다.

한강이 기본적으로 부드럽고 착한 성격이라는 것은 안다. 하지만 바보는 결코 아니니 저런 꼴을 자신이 직접 했을 리 없다. 그렇다면 다른 사람이 저 꼴로 만들어놓았다는 말인데…….

저 머리 위에 커다랗게 묶어놓은 리본은 아마도 한강을 '선물'로 보라는 뜻인가 보다. 그리고 이 방으로 들어온 것은 그녀에게 선물로 준다는 뜻이겠지? 손에 들린 커다란 장미 꽃다발 역시 그에 크게 벗어나지 않는 것일 테고. 정말 어제부터 시작해서 누구 센스인지 아주 대단하구만?

휘민은 하, 하고 웃을 듯 말 듯한 표정을 짓더니 천천히 입을 뗐다. 하지만 그전에 한강이 먼저 손을 앞으로 내밀었다.

"잠깐! 말하지 마. 무얼 물으려는 건지 다 알고 있으니 굳이 물을 필요 없어."

휘민은 웃음을 참았다.

"내가 무얼 물으려고 했는데요?"

"내가 왜 이런 꼴인지 묻고 싶은 거겠지. 아니야?"

한강은 자신의 아래위를 보고는 눈살을 찌푸리며 그렇게 물었다. 휘민은 코를 막으며 고개를 끄덕였다. 그 모습이 웃음을 참는 거라는 것을 잘 아는 한강은 자신도 모르게 피식 웃어버렸다.

"내가 이 방에 들어올 때에는 어리둥절했겠지만 지금은 무슨 일이 일어난 건지 이미 알 텐데 왜 이런 꼴이 되었는지도 굳이 설명을 해야 하나?"

휘민은 대답 대신 고개를 흔들었다.

"그거 고맙군."

그렇게 말하고 한강은 휘민의 곁으로 걸어가 의자를 빼 앉았다. 리본과 끈들을 다리까지 휘감아놓은 탓에 제대로 걷기도 힘들었다. 그가 어울리지 않게 종종걸음으로 걷자 그게 또 우스운 휘민이었다. 그녀는 웃음을 참기 위해 계속해서 코를 막고 있었다. 그 모습을 본 한강이 그녀의 손등을 툭 쳤다.

"이제 그만 그 손 놓으시지?"

"쿡. 내가 대놓고 웃기를 원하는 거예요?"

"전혀. 하지만 그렇게 코를 막고 웃음을 참는 것은 더 보기 싫어."

"그럼…… 그냥 참아보죠. 참을 수 있을지 장담은 못하겠지만."

"열심히 좀 노력해 봐."

한강이 대뜸 그렇게 말했고 휘민은 코는 막지 않은 채 얼굴을 잔뜩 찌푸리며 웃지 않으려고 했다. 그 모습이 또 이상하게 거슬린다. 한강은 한숨을 내쉬다가 손에 들고 있던 백 송이의 장미꽃을 내려다보고 그것의 용도를 잠시 생각한 후 대뜸 휘민에게 안겼다.

"어쨌거나 이건 널 위해 준비된 모양이니 받아."

휘민은 피식피식 터져 나오는 웃음을 참으며 한강을 보았다.

"이번에는 내가 고마워해야 되는 건가요?"

"고마워하려면 어머니와 백모님, 숙모님께 고마워해야지. 알다시피 이건 내가 준비한 게 아니라 그분들이 준비한 거거든."

"아하~ 그런가요?"

"그런 거지."

한강은 휘민이 그때까지도 웃음을 참지 못하고 있자 부끄러워 무뚝뚝하게 말하고는 이리저리 감긴 끈을 풀려고 노력했다. 어떻게 묶어놨기에 이리도 풀리지 않는지 모르겠다. 퇴근하자마자 이게 무슨 꼴이냐고. 하여튼 어머니가 부를 때 가지 않는 건데 왜 가서는…….

한강은 다시금 자신의 모습을 내려다보았다.

울긋불긋한 오색 끈으로 온몸을 칭칭 감은 꼴은 자신이 봐도 웃기니 휘민더러 웃지 말라고 하는 것은 억지란 생각이 들었다.

온통 칭칭 묶어놓은 끈을 끝내 다 풀어낸 그는 절레절레 고개를 흔들고 휘민의 팔을 잡아끌었다. 휘민이 눈을 동그랗게 떴다.

"왜……."

"여기로 오기 전에 어머니께 명령을 받았거든. 내 방 테라스로 가보라고. 날 이런 꼴로 만들어놓은 탓에 별로 기분 좋지는 않지만 그래도 명령이시니 나가봐야지?"

한강은 다 푼 끈을 옆으로 던지고 그렇게 말했다.

휘민은 던져진 끈을 보고 풋 하고 웃다가 한강이 쳐다보자 얼른 얼굴을 정리하고 자리에서 일어났다. 또 무슨 일을 꾸며놓았을지 이제는 기대가 될 정도였다.

"자, 그럼 한번 가볼까?"

"무슨 일을 꾸며놓은 건지 보러 말이지요?"

"그래."

한강은 무뚝뚝하게 한마디 했지만 그 역시 웃음을 참지 못하고 웃기 시작했다. 그들은 한참을 웃고 난 후 한강의 방과 연결되어 있는 테라스로 향하는 문을 열었다. 그리곤 그대로 굳어버렸다. 한참의 침묵 뒤에 휘민이 말했다.

"정말, 대단하군요."

"그렇군."

한강 역시 그 말에 동의한다는 표정으로 고개를 끄덕였다.

가만히 테라스를 보고 있으니 그저 웃음만 나올 뿐이었다.

휘민은 주위를 둘러보고는 말 그대로 그냥 웃어버렸다. 그리고 한강 역시 그녀와 크게 다르지 않아 기가 차다는 웃음을 터뜨렸다.

하얀색의 탁자와 의자, 그 위에 올려져 있는 붉은 장미꽃.

오늘 장미꽃을 정말 많이 보는 것 같다. 뭐, 그렇다고 나쁘다는 것은 아니다. 이것까지는 괜찮았다. 도대체 언제 썼던 건지 의문이 들게 하는 촌스러운 병아리 색의 별 모양 초도 그런대로 봐줄 만은 했다. 은은한 불빛으로 분위기를 내려고 한 모양인데 그 의도와는 달리 주위가 너무 어두컴컴해 음침한 느낌을 준다는 것만 빼면 말이다. 하지만 그래도 뭐, 그냥 넘어갈 수는 있다.

그런데 대체 저건 뭔가? 탁자와 어떻게 붙어 있는지 모르겠지만 새빨간 천이 음산하게 바람에 나풀거리고 있는 광경이라니. 무슨 귀곡산장을 찍는 것 같았다. 게다가 바닥은 온통 장미꽃잎을 뿌려놓은 상태였다. 혹시 저 사이에 가시가 있어 밟으면 피가 나는 것은 아닐까? 갑자기 뱀파이어가 튀어나온다거나. 아무리 봐도 로맨스보다는 호러에 더 잘 어울리는 광경이었다.

휘민이 한숨을 내쉬고 말했다.

“당신네 가족들이 도대체 무슨 생각으로 이러는 건지는 모르겠지만 이러다가는 빨간색 노이로제에 걸리고 말겠어요.”

가만히 주위를 살펴보고 있다가 그녀의 말에 눈을 동그랗게 뜨는 한강. 그는 휘민을 힐끗 쳐다보더니 곧 웃음을 터뜨렸다.

“하하하. 어디 진짜 그렇게 되나 한번 볼까? 무척 재미있을 것 같은데.”

휘민의 한쪽 눈썹이 위로 치켜올라 갔다.

“지금 나하고 장난이나 하자는 거예요?”

“정말 재미있을 것 같아서 한 말이기도 하지만 장난은 네가 먼저 했잖아?”

“유감스럽게도 난 진심이었어요.”

한강은 어깨를 으쓱했다.

“그럼 나도 진심이었다고 치지 뭐.”

“그 말이 곧 장난이었다는 뜻이잖아요?”

“어째서?”

듣기로는 분명히 홍보실장이라고 했다. 알아주는 명문 대학교를 졸업하고 홍보실장을 맡고 있는 인재라고 했다. 그런 남자가 그녀의 말을 못 알아들었을 리가 없다. 하지만 그는 눈을 동그랗게 뜨고 정말 모르겠다는 표정이다. 짓궂기는.

휘민은 고개를 저었다.

“됐어요. 그만 하죠.”

한강의 눈이 장난으로 반짝였다.

“왜?”

“지금은 장난치고 싶지 않아요.”

“넌 평소에도 장난치는 것을 그다지 좋아하지 않았지.”

“지금은 더 싫다는 말이에요.”

“하지만 난 재미있는걸?”

한강이 씨익 웃으며 말하자 울컥 화가 치민 휘민은 대뜸 소리 쳤다.

“뭐예요? 지금 나랑 장난치는 데 재미 들렸어요? 당신은 당 신 할 일이나 해요!”

그녀는 바로 몸을 돌려 테라스를 나가려고 했다. 이 무슨 귀 곡산장 같은 곳에서 실없는 대화란 말인가. 시간만 아깝다는 생 각이 들었다.

그런데 그때 한강이 재빨리 그녀의 팔을 잡았다. 그리고는 의 자를 꺼내며 턱으로 그것을 가리켰다.

“우선 앉아.”

휘민의 단호히 거절했다.

“미안하지만 그다지 앉고 싶지 않은걸요?”

“역시 미안한 일이지만 여기에 앉아야 할걸? 지금 저쪽에서 이 일을 꾸민 괴상한 취미의 인간들이 고개를 빼꼼이 들이밀고 보고 있거든. 비록 하는 행동이 엉뚱하고 황당하지만 그렇다고 무시를 하면 분명히 상처받을 거야.”

휘민은 깜짝 놀랐다.

"보고 있다구요?"

그녀의 눈이 한순간 커다래지자 한강은 웃음을 참으며 고개를 끄덕였다. 그간 그리도 예민한 감각을 드러내더니 지금은 어떻게 조금도 눈치채지 못하고 있었는지 모르겠다. 자기네들은 숨었다고 숨은 것이겠지만 저렇게 노골적으로 보이는데.

한강은 꺼낸 의자에 두 팔을 교정시켜 힘을 실으며 씨익, 웃었다.

"자, 그러니 가족들이 몰려오기 전에 우선 앉으시죠, 공주님."

잠시 가만히 있던 휘민은 미간을 찌푸리며 조금 전 했던 말을 그대로 반복했다.

"역시 미안하지만 그래도 그다지 내키지 않는걸요?"

"그래도 우선 앉아. 앉아서 조금만 친한 척 연기하면 저들도 곧 물러갈 거야. 그럼 그때 돌아가면 되잖아? 별로 어려운 일도 아니니 해주자고."

한강이 은근히 꼬셔댔다. 그리고 거기에 혹하는 휘민이었다.

한강의 가족들이 벌이는 일들은 어이가 없을 정도였지만 그래도 그 가운데 정이 느껴져 차마 매정하게 대할 수가 없었다. 그랬기에 가버리지 못하고 내키지 않은 표정으로 의자를 바라보기만 했다.

이상하게 본가로 온 이후로는 마음이 싱숭생숭했다. 제대로 생각의 가닥을 잡기도 힘들었다.

사실 저 남자와 있으면 뭔가 마음이 흔들려. 그래서 같이 있
는 게 무조건 싫었던 건데 이런 식으로 같이 있게 될 건 또 뭐
람?

휘민은 어쩔 수 없이 한숨을 내쉬며 자리에 앉았다. 한강은
씨익, 한 차례 웃고 반대 편으로 가 의자를 빼어 앉았다.

"이런, 샹베르땡산 와인까지 준비되어 있는걸?"

한강이 와인 병을 집어 들어 잔에 따르며 말했다. 휘민은 한
강이 따라주는 와인을 한 모금 마셨다. 한강은 자신에게도 한
잔 따라 마시고는 무척 유쾌한 듯 껄껄 소리 내어 웃었다. 그 모
습에 휘민은 어이없다는 시선을 던졌다.

"재미있어요?"

"그럼? 재미없을 건 또 뭐가 있어서?"

"지금이 어떤 상황인지 잊었어요? 엉뚱한 당신 가족들이 지
켜보고 있잖아요. 저기에."

휘민이 빼꼼이 열린 문을 손가락질하자 한강이 그녀의 손가
락을 잡아챘다.

"그렇게 다 알고 있다는 표시 내지 마. 모르는 척해주자고. 그
냥 우리는 즐겁게 이야기를 하다가 저들이 돌아가고 나서 들어
가면 되는 거야. 그다지 어렵지도 않지."

"밤새도록 저렇게 있으면요?"

"설마⋯⋯."

"옛말에 설마가 사람 잡는다고 했어요."

한강은 고개를 흔들었다.

"그건 말 그대로 옛말이고, 옛날 일일 뿐이야. 요즘은 설마라는 녀석이 없어서 사람을 잡지는 못할 거야. 그러니 안심해."

휘민의 미간이 좁아졌다.

"설마 해서 묻는 건데, 그거 조크예요?"

"재미있었어?"

"전혀!"

한강은 피식 웃었다.

"그럼 다음에는 더 재미있는 것으로 준비하지. 자, 한 잔 더 해."

이야기를 하고 술을 마셔대다 보니 어느새 한 병의 와인을 다 마신 후였다. 한강은 휘민의 빈 잔에 남은 와인을 따라주고 옆에 있는 다른 병의 마개를 땄다. 휘민은 한 모금 마시고 고개를 들었다. 어느새 볼이 발그레해져 있었다.

"이러다가 취하겠어요."

"주량이 얼마이기에?"

"글쎄요. 아직까지 제대로 술을 마셔본 적이 없어서 모르겠는데요?"

"그래? 내가 보기엔 꽤 센 것 같은데? 그러니 신경 쓰지 말고 마셔. 나는 주량이라고 해봐야 소주 한 병 반 정도밖에 안 돼. 그래도 이렇게 마시고 있잖아? 사실 정확히 따져 보면 내가 너보다 몇 잔은 더 마셨을걸?"

휘민이 고개를 흔들었다.

"말도 안 돼요. 지금까지 똑같이 주거니 받거니 했는데 무슨 더 많이 마셨다는 거예요? 똑같이 마셨다구요!"

한강의 눈에 이채가 서렸다.

"이런 데도 승부욕이 있어?"

"사실을 말한 거예요."

"아하, 그래?"

"그래요!"

탕.

탁자를 내려치며 소리친 휘민은 잔에 남아 있는 와인을 모조리 마셔 버리고 비어버린 와인 잔을 짤랑짤랑 흔들었다.

"또 따라줘요."

말을 하는 휘민의 뺨이 장밋빛으로 물들어 있었다.

"너무 많이 마시는 거 아냐?"

"아무것도 신경 쓰지 말고 마시라면서요?"

휘민이 새침하게 쏘자 한강은 찔끔하여 의자를 뒤로 뺐다.

그렇게 말하기는 했지. 하지만 그때는 하는 행동이 워낙 냉정하고 독해 세진처럼 주량도 셀 것이라 생각했었기 때문이다. 그런데 지금 보니 휘민은 주량이 세기는커녕 이미 취한 듯 보였다.

한강은 손을 뻗어 그녀의 손에 들린 와인 잔을 빼앗으려 했다. 하지만 그녀가 재빨리 그의 손을 피했다. 한강이 손을 내밀었다.

“그거 이리 줘.”

“싫어요.”

“취했어. 줘.”

“그럼 당신은 멀쩡하고요?”

한강은 생각했다. 멀쩡하냐고? 아니, 멀쩡하지는 않은 것 같다. 휘민만 보면 마음이 동한다. 평소에도 다를 바 없다지만 한강은 이것을 취기로 돌리고 싶었다.

“나도 취한 것 같아. 아마도.”

“술에 취하는 게 이렇게 기분 좋은 건지 몰랐어요. 후후, 한 잔만 더 줘봐요.”

잔을 흔들며 웃는 휘민. 한강은 고개를 저었다.

“술이라는 것이 원래 취했을 때만 기분이 좋은 거야. 넌 아직까지 숙취가 얼마나 끔찍한지를 몰라서 그런 소리를 할 수 있는 거고. 아마 내일 일어나면 죽도록 후회하게 될걸? 머리도 깨질 듯이 아플 테고, 속도 울렁거릴 테고, 또…….”

“정말 말이 많군요!”

휘민은 그렇게 소리치곤 한강의 손에 들린 와인 병을 빼앗았다.

“안 돼! 그만 마셔!”

한강이 다시 휘민에게서 와인 병을 빼앗으려 하자 그녀는 뒤로 손을 뺐다.

"왜 당신은 마셔도 되고 나는 마시면 안 된다는 거죠?"

"넌 취했으니까!"

"조금 전에 당신도 취했다고 했잖아요."

"생각해 보니…… 난 안 취한 것 같아. 그러니 줘. 내가 다 마실게."

"오!"

휘민이 동그랗게 입술을 말았다.

"그건 나를 위한 기사도 정신에서 비롯된 건가요?"

한강은 눈살을 찌푸렸다.

"지금 자신이 무슨 말을 하는 지나 알고 하는 소리야?"

"당연히 알죠! 모르면 바보게요? 다 알아요, 다 알아!"

손을 휘휘 저으며 말하는 게 확실히 취했다.

한강은 고개를 흔들었다. 스스로를 바보라고 하는 바보가 한 명 탄생했군. 더 취하면 무슨 꼴을 보일지 아주 궁금해. 물론 그 모습도 가히 나쁘지 않을 거라 생각하는 한강이었다. 하지만 숙취가 얼마나 끔찍한 지 아는 한강은 휘민의 손에서 확실하게 와인 병을 빼앗았다. 한강에게 병을 빼앗긴 휘민이 입술을 삐죽이며 손을 내밀었다.

"이리 줘요."

"안 돼."

"이리 달라니까……."

발그레한 얼굴을 잔뜩 찌푸리며 말을 하던 휘민은 어느 순간 눈을 동그랗게 떴다. 한강이 병째로 꿀꺽꿀꺽, 술을 마셔 버린 것이다. 반이나 남아 있었는데.

"어……."

벌떡 일어나 뭐라 입을 떼던 휘민은 갑자기 바닥이 흔들리는 느낌에 뒤로 넘어가듯 쓰러졌다. 한강은 급히 자리에서 일어나 휘민의 팔을 잡아챘다.

"괜찮아?"

"어지러워."

휘민은 인상을 쓰다 한강에게로 몸을 기댔다.

"속이 이상해."

"너무 많이 마셔서 그래."

"속이 이상해. 계속 심장이 뛰어. 속이…… 이상해."

휘민은 후끈거리는 얼굴을 한강의 가슴에 문질렀다. 한강이 기겁해서 얼른 그녀를 떼어냈다. 그러자 휘민이 얼굴을 찌푸렸다.

"왜……."

한강이 시선을 피했다.

"취했어. 자러 가자."

"난 안 취했어요."

"취한 사람은 원래 취했다고 안 그래. 그러니까 내 말 들어."

"싫어요!"

휘민이 반항하자 한강이 달래듯 말했다.

"착하지? 말 들어. 들어가자."

휘민은 입술을 씹었다.

난 어린아이가 아니야. 고3이라지만 스물한 살, 엄연히 성인이라고. 그런데 뭐? 착하지? 이 남자는 내가 어린애로 보이는 건가?

화가 났다. 왜 아이 취급을 받는 게 화가 나는지는 생각지 않고 그냥 무작정 화가 났다. 그래서 아내를 두고 다른 여자들을 만나는 건가 하는 생각도 들었다. 그러다 문득 든 생각. 혹시 그녀들과도 사랑을 나누었을까? 생각만 해도 싫다. 좋아, 그런 여자들과는 다르다는 것을 보여줘야겠어. 내게 빠져 헤어나지 못하게 해줄 테야!

무작정 그렇게 마음먹고 미소를 지었다. 그녀는 한강의 옷자락을 잡으며 혀를 내밀어 입술을 축였다.

"우린 부부예요."

무슨 말인가 싶어 휘민을 바라본 한강이 곧 씁쓸히 웃었다.

"하지만 보통의 부부는 아니지."

"어째서요?"

"뭐?"

"계약 결혼이라서요?"

한강은 멈칫했다. 고개를 돌려보니 몰래 훔쳐보던 가족들은 어느새 사라지고 없었다. 다행이군, 들은 사람은 없었겠어. 그는 대답하지 않고 휘민을 데리고 방으로 들어왔다.

“대답해 봐요.”

휘민이 재촉했다. 한강은 대충 말했다.

“그런 것도 있고, 뭐 여러 가지로 그렇지. 하여튼 자.”

침대에 앉히며 말하고 허리를 폈다. 나가려고 몸을 돌리는데 휘민이 불만스레 얼굴을 찡그렸다.

“어디 가려구요?”

“뭐? 당연히 나는 저쪽에서…….”

“쉿!”

휘민이 갑자기 일어나 검지로 한강의 입술을 눌렀다. 한강이 흠칫해서 뒤로 물러나려는데 휘민이 무릎에 힘이 빠졌는지 휘청였다. 그는 생각해 볼 것도 없이 급히 잡았다. 그러자 휘민이 만족스런 미소를 지으며 한강의 가슴에 얼굴을 묻었다.

“사랑해 줘요.”

휘민이 중얼거린 말에 한강은 자신의 귀를 의심했다.

“뭐?”

“사랑해 달라구요. 우린…… 부부잖아요?”

그렇게 말한 휘민이 고개를 들었다. 아름다운 눈동자가 흐려져 있었다. 이 여자는 제정신이 아니야. 평소의 휘민을 생각하면 절대 있을 수 없는 모습이었다. 그것을 상기하고 그녀를 떼어내며 말했다.

“지금 자신이 무슨 소리를 하는지 몰라서 그러는가 본데, 후회할 짓 하지 말고 그만 자.”

“이봐요, 난…….”

“그만 하지. 더 하면 나도 정말 나를 자제할 수 없을 것 같으니까. 난 서재에서 잘 테니 푹 쉬어.”

오늘은 도저히 여기에서 못 잘 것 같다란 생각에 그렇게 말하고 몸을 돌렸다. 휘민은 안달했다. 자신에게 매력이 없어서 이러는 건 아닌가 하는 생각에 슬프기까지 했다. 그녀는 한강의 몸을 돌려 얼굴을 붙잡고 무작정 입술을 밀어붙였다.

“헉!”

놀란 한강이 움찔하는 게 느껴졌다. 다시 기분이 좋아졌다. 휘민은 조심스레 혀를 내밀어 한강의 입술을 훑었다. 꿀꺽, 침을 삼킨 한강은 자제력을 총동원해 휘민을 밀어냈다.

“더 하면 나도 날 자제할 수 없을 거라 했어. 그러니까 후회하지 말고 그만 해…….”

말을 하는 한강의 음성이 쉬어 있었다. 그가 흔들리는 게 마음에 들었다. 휘민은 미소를 지었다.

“자제하지 않아도 돼요.”

그렇게 말하고 발꿈치를 들어 다시 한강에게 키스했다. 이로 입술을 깨물자 질끈 눈을 감고 있던 한강은 더 이상 참지 못했다.

“젠장, 이젠 나도 몰라.”

그는 삼키듯 휘민의 입술을 빨며 꽉 끌어안았다.

휘민이 숨을 쉬려는 듯 입을 벌리자 한강은 급히 혀를 밀어뜨리며 그녀의 상의에 손을 넣었다. 손쉽게 브래지어를 들어 올리고 가슴을 감쌌다. 생크림처럼 부드러운 감촉에 절로 신음성이 터져 나왔다.

키스를 하며 가슴을 어루만지다 유두를 찾아 쥐었다. 손 안에서 굳어지는 유두가 느껴졌다.

그는 잠시 입을 떼고 휘민의 상의를 벗겼다. 휘민이 작게 항의하듯 입술을 오물거렸다. 한강은 입술에 살짝 키스하고 브래지어를 벗겼다. 그리고 입술을 아래로 미끄러뜨려 목덜미를 물었다.

"으음."

휘민이 그의 머리카락 속으로 손을 집어넣어 헝클었다. 한강은 한 손으로 휘민의 허리를 잡고 나머지 한 손으로는 딱딱하게 굳어버린 장밋빛 유두를 희롱했다. 입술을 내려 남은 유두를 입에 물었다. 달콤한 향이 배어나오는 것만 같았다. 그는 잘근잘근 유두를 씹다 깨물었다.

"흑."

휘민의 흐느낌 소리가 기분 좋게 귓가를 울렸다.

그는 여전히 휘민의 가슴에 얼굴을 묻은 채로 그녀의 반바지 안으로 손을 넣어 뒤쪽으로 움직여 엉덩이를 감싸 쥐었다. 그리고 그대로 바지를 벗겼다. 품이 큰 바지가 쉽게 바닥으로 흘러내렸다. 그는 팬티 위로 여성을 쓰다듬었다. 움찔한 그녀는 작게 신음하며 엉덩이를 들었다.

그래, 이 반응이야.

실로 오랜만에 보는 반응에 기뻐하며 다시 위로 움직여 휘민의 입술로 찾아갔다. 혀로 강하게 휘민의 혀를 빨며 얼른 옷을 벗었다. 혹시라도 휘민이 중간에 그만두라고 할까 봐 겁이 났다. 이미 그의 남성은 부풀어 오를 대로 부풀어 올라 터질 듯했다. 이제는 그만두라고 해도 멈출 자신이 없었다. 팬티까지 벗고 나자 그제야 조금은 느긋한 기분이 되었다. 그는 마지막 남은 휘민의 팬티까지 벗기고 그곳에 얼굴을 묻었다. 혀로 주위를 훑다가 핵을 찾아 강하게 빨고 이를 세워 물었다.

"헉!"

휘민이 급히 숨을 들이켰다.

이미 여성은 촉촉하게 젖어 있었다. 갈증이 일었다. 희롱하듯 혀로 훑으며 샘을 찾아 마셨다. 작은 입구를 향해 혀를 넣다 남성이 고통을 호소하자 고개를 들었다. 손가락으로 장난치듯 숲을 매만지며 반쯤 드러누운 휘민을 바로 눕히고 자세를 잡았다.

그는 휘민의 눈동자가 좋았다. 언제나 그렇듯 그 속에 깃든 열기가 보고 싶었다.

"휘민아."

그녀의 이름을 부르자 뒤로 고개를 젖히고 있던 그녀가 그를 바라보았다. 물기 어린 눈동자가 아름다웠다.

"날 봐."

그렇게 말하며 휘민의 눈을 자신에게로 고정시키고 성난 남성으로 여성의 입구를 두드렸다. 순간 움찔하고 움츠러들던 여성이 서서히 열렸다. 한강은 휘민의 입술에 키스를 하며 단번에 안으로 들어갔다.

"아……."

휘민의 눈동자가 커다랗게 떠졌다.

여전히 좁은 입구가 숨도 쉬지 못하도록 조여왔다. 한강은 뒤로 살짝 물러났다가 다시 뿌리까지 깊게 밀어 넣었다. 휘민이 허리를 튕겼다. 한강은 빠르게 리듬을 타기 시작했다. 휘민의 눈동자가 조금씩 흐려졌다. 본능적으로 다리를 들어 그의 허리를 감았다. 그리고는 그녀도 그가 타는 리듬에 동참했다.

빠르게, 더 빠르게. 그들은 정신없이 움직였다.

"아!"

얼마 가지 않아 절정이 찾아왔다.

쾌락에 취해 비명을 지르려는 휘민의 입술에 키스를 해 막으며 휘민의 안에 모든 걸 쏟아낸 한강은 잠시 그대로 가만히 있었다.

끊임없이 조여드는 휘민의 안이 너무도 좋았다. 가슴에 닿는 풍만한 휘민의 가슴이 못 견디게 좋았다. 한강은 한참 동안 그렇게 있다가 휘민이 몸을 비틀며 움직이자 아쉬운 듯 천천히 몸을 뺐다. 불편해서 그러는 거라 생각했는데 그가 몸을 빼자 휘민이 약하게 신음했다. 눈동자에 불만스런 기운이 어렸다.

한강은 저도 모르게 웃음을 터뜨렸다.

휘민의 눈동자를 보는 것만으로도 남성이 힘을 얻었다. 그는 다시 휘민을 애무하며 두 번째 쾌락을 좇았다. 그간 참아왔던 것을 모두 풀어버리려는 듯 그 후로도 그들은 쉬지 않고 사랑을 나누고 또 나누었다. 지쳐 잠들 때까지.

『내 첫키스는 아빠다. 이건 정말 두고두고 원망스러운 일이 아닐 수 없다. 아빠는 내가 태어난 바로 그때 내 첫키스를 빼앗은 걸로도 모자라 사진까지 찍어두셨다. 너무 슬펐다. 난 태어나자마자 순결을 빼앗긴 거다. 그것도 엄마도 아니고 아빠에게……. 어쩌면 그래서 아빠만 보면 화가 나는 건지도 모르겠다. 나는 복수하려는 생각에 동생, 은이의 첫키스를 빼앗았다. 신생아실로 들어오다 그 모습을 목격하신 아빠는 불같이 화를 내셨다. '민아! 감히 내 첫키스를 빼앗다니!' 황당했다. 아빠의 첫키스가 아니라 은이의 첫키스라고 가르쳐 주려다 귀찮아서 말았다.』

제 8장

키스

휘민은 눈을 감은 채 미소를 지었다.

찬란한 햇살이 얼굴에까지 이른 것이 느껴졌지만 따갑다기보다는 따뜻했다. 이유를 알 수 없는 충족감을 느꼈다. 두통이 일었지만 그것도 지금의 기분을 망칠 수는 없었다. 그러다 멈칫했다. 가슴이 답답할 정도로 무거웠다. 그런 데다 오른쪽 가슴은 아릿하기까지 했다. 왜?

"으음……."

그녀는 슬그머니 눈을 떴다. 하지만 곧 환한 햇살에 다시 눈을 감았다. 콧잔등을 잔뜩 찡그리고 한쪽 눈을 살짝 떴다. 한참 적응이 될 때까지 깜빡이다가 천천히 다른 쪽 눈도 떴다. 천장이 보였다.

언제 침대로 와서 잤지? 아니, 그보다 왜 이렇게 가슴이 쓰라린 거야?

휘민은 목까지 올라와 있는 이불을 젖혔다.

"헉!"

휘민은 그대로 굳어버렸다.

웬 팔이 자신의 가슴을 가로지르고 있었다. 그것의 종착지는 다름 아닌 오른쪽 가슴이었는데 엄지와 검지가 유두를 꼭 쥐고 있었다. 가슴이 쓰라렸던 이유는 유두가 엄지와 검지에 잡혀 있어서였다.

휘민은 미친 듯이 뛰는 심장을 진정시킬 겨를도 없이 옆으로 고개를 돌렸다. 그러자 푹신한 베개에 엎드린 자세로 누워 자고 있는 남자가 보였다. 당연히 팔 주인은 그였다. 옅은 숨을 몰아쉬고 아기처럼 자고 있는 남자. 하지만 음흉하게도 손은 휘민의 가슴을 점령하고 있었다.

도대체 이 남자가 왜 여기에서 자고 있는 거야?

휘민은 팔을 치울 생각도 하지 못하고 기억을 더듬었다. 그러니까 어제…… 우선, 선물 포장된 한강이 방에 들어온 것이 기억났다. 둘둘 감긴 끈을 풀고 나서 그와 함께 한강의 방에 딸린 테라스로 나간 것도 기억났다. 후에 가족들이 지켜보고 있다는 이유로 약간의 연기를 해주자는 생각에 와인을 몇 잔 마신 것도 기억이 났다. 그리고…….

휘민의 얼굴이 빨갛게 달아올랐다.

들은 바로는 어떤 사람은 술에서 깨면 다 잊어버린다는데 왜 이렇게 또렷이 기억나는 건지 모르겠다.

어쩔 줄을 몰라 하던 휘민은 깊게 심호흡을 하고 한강의 손을 조심스레 가슴에서 떼어냈다. 그리고는 그대로 상체를 일으켰다. 욕실로 뛰려다 멈칫, 고개를 돌려 한강을 봤다. 쉽게 깨어날 것 같지 않았다.

그럼 잠시만…….

중얼거리며 숨을 죽이고 한강의 모습을 관찰했다. 군살이라고는 하나도 없는 날카로운 턱 선에 곧은 코가 눈에 들어왔다. 참 잘생겼다. 그래서 바람둥이인 건가?

"카사노바, 바람둥이."

순간 울컥, 화가 난 휘민은 그가 숨을 내쉴 때마다 가끔씩 흔들리는 머리카락을 확 잡아당겼다.

"아야……."

갑작스런 통증에 한강의 얼굴이 잔뜩 찡그려졌다. 그 소리에 깜짝 놀란 휘민은 재빨리 손을 치우려 했다. 하지만 헝클어진 머리카락에 손가락이 걸려 손을 빼려고 한 것이 오히려 그의 머리카락을 더욱 잡아당기는 꼴이 되었다.

"윽……."

한강이 신음하며 엎드린 자세 그대로 눈을 떴다.

눈을 뜨기 무섭게 휘민과 마찬가지로 햇살의 공격에 눈이 부셔 금세 눈을 감았다. 그리고 눈을 몇 번 깜빡이며 머리를 흔들어 정신을 깨운 한강은 흐릿한 눈으로 고개를 돌리다가 휘민과 눈이 마주치자 멈칫했다. 휘민도 저도 모르게 멈칫했다.

그때 한강이 입을 열었다.

"이 손 좀 놓지?"

"어…… 네?"

"손."

한강이 자신의 앞 머리카락을 불끈 쥐고 있는 휘민의 손을 가리키며 말하자 그녀는 얼굴을 붉히며 손을 뺐다. 당황한 탓에 제대로 빼내지 못하고 한강의 머리카락을 더 잡아당겨 그가 미간을 찌푸리기도 했지만.

휘민의 당황한 표정을 보던 한강은 잠시의 침묵 뒤에 말했다.

"어제……."

"어, 어제 무슨 일 있었어요? 그리고 당신은 왜 여기에 있죠?"

"뭐?"

당황한 휘민이 얼른 말을 자르며 묻자 한강이 눈살을 찌푸렸다. 휘민은 작게 심호흡하고 얼굴을 찡그렸다.

"어떻게 된 일인지…… 아무것도 기억나지 않아요."

한강은 멈칫했다가 물었다.

"그 말은 왜 여기에 있는지 모른다는 뜻인가?"

"유감스럽게도."

"그건 즉, 어제저녁의 일이 기억나지 않는다는 뜻?"

휘민은 약하게 얼굴을 찡그리며 고개를 끄덕였다.

"그렇군."

당황한 휘민과는 달리 한강은 담담해 보였다. 휘민은 눈치를 보다 물었다.

"혹시, 어제 무슨 일이 있었는지 기억나요?"

한강은 잠시 생각하는 표정이 되었다가 고개를 흔들었다.

"내게서 뭔가를 알아내려는 거라면, 미안하지만 나 역시 어제의 일은 기억나지 않아."

거기까지 말한 한강은 일어날 생각인지 엎드린 자세에서 팔로 침대를 짚고 일어나려 했다. 반쯤 상체를 일으키자 이불이 밑으로 내려갔다.

"어?"

"……!"

휘민은 눈을 동그랗게 떴다.

이불이 내려가 드러난 한강의 상체는 아무것도 걸치지 않은 상태였다. 깜짝 놀란 휘민은 그제야 자신이 어떤 상태인지 떠올렸다. 그리고 그것을 깨닫기 무섭게 재빨리 이불을 당겼다.

"어어……."

당연히 침대에는 이불이 한 장밖에 없었다. 한강은 반쯤 몸을 일으키는 통에 가슴께까지 내려간 이불이 점점 사라지자 놀라서 이불 끝을 잡았다. 그리고 얼른 몸을 돌렸다. 휘민은 잡아당

기던 이불이 더 이상 당겨지지 않자 손아귀에 힘을 주며 빽 소
리를 질렀다.

"놔요!"

한강은 고개를 저었다.

"그럴 수 없어."

"왜 그럴 수 없다는 거죠? 빨리 놔요!"

"보면 알겠지만 이불은 한 장밖에 없어. 그런데 그 한 장뿐인
이불을 독차지하겠다는 거야? 미안하지만 놓을 수 없어."

무슨 소리를 하는 거야, 이 남자는. 이불 좀 주는 게 어때서!
자신은 남자면서. 휘민의 눈썹이 끝도 모르게 위로 치켜올라 갔
다. 그녀는 이불을 잡은 손에 더욱 힘을 주었다.

"얼른 놓지 못해요?"

한강은 고개를 저었다.

"미안하지만 그럴 수 없어."

"그럴 수 있어요! 미안하면 놔요!"

"다시 한 번 말하는데 정말 미안하지만……."

휘민은 한강의 말을 딱 끊어버렸다.

"미안이고 뭐고, 얼른 놓으란 말이에요! 레이디 퍼스트도 몰
라요?"

"이게 레이디 퍼스트와 무슨 상관이야? 나도 놓고 싶어. 하지
만 못 놓는 내 입장도 좀 이해해 줘."

"입장은 무슨, 빨리 놓으라구요!"

휘민이 이불을 확 잡아당기며 소리치자 한강은 약간은 난처한, 그리고 약간은 짓궂은 미소를 지었다.

"아침부터 건장한 성인 남자의 알몸이라도 보고 싶은 거야?"

휘민은 미간을 찌푸렸다.

"뭐라구요?"

"어떻게 된 일인지는 모르겠지만 난 아무것도 걸치지 않았다고."

"그건 나도 봤으니 알아요. 남자가 상체 정도 보여준다고……."

"위에도. 아래에도."

뒤따르는 한강의 말에 휘민은 굳어버렸다. 그러고 보니 그대로 잠들었으면 팬티를 걸칠 시간도 없었을 것이다.

휘민은 잠시 어쩔 줄을 모르다가 소리를 질렀다.

"어째서, 어째서 아무것도 안 입고 있는 거예요!!"

한강은 태연했다. 그는 어깨를 으쓱이고 말했다.

"그거야 나도 모르지. 기억이 나지 않는다고 했잖아. 어쨌거나 넌 속옷이라도 입고 있을 테니 이불은 내게 넘겨."

휘민은 얼굴을 붉혔다. 그러다 한강이 이불을 잡아당기자 조그맣게 말했다.

"나, 나도 아무것도 안 입었어요."

"뭐?"

"아무것도 안 입었다구요!"

“어째서?”

휘민은 입술을 깨물다 소리쳤다.

“모르죠, 그거야! 나도 기억이 없으니까!”

그들은 잠시 서로를 보다 고개를 돌렸다.

“어쨌거나 얼른…… 얼른 찾아서 입어요!”

휘민이 얼굴을 빨갛게 물들이며 소리치자 한강은 잡아당기던 이불을 허리께에서 뒤로 돌려 감으며 싱긋 웃었다.

“그렇지 않아도 찾고 있어.”

어떻게 두 손은 저렇게 두고 찾을 수 있다는 거야? 순간, 혹시 한강이 일부러 자신을 놀리는 것은 아닐까 하는 의심이 들었다. 하지만 차마 진짜 그런지 확인해 볼 용기는 나지 않았다.

그녀는 입술을 꾹 깨물고 한강을 노려보았다. 그는 여전히 웃는 얼굴로 휘민을 보고 있었다. 두 손은 버젓이 이불을 잡고 있었고.

“정말 찾고 있어요?”

의심이 들어 묻지 않을 수 없었다. 한강은 크게 고개를 끄덕였다.

아주 과장되어 보이는걸? 그게 더 더욱 의심을 부추긴다는 것을 저 남자는 알고 있을까? 휘민이 눈을 가늘게 뜨고 보자 한강은 씨익 웃더니 말했다.

“찾고는 있는데 그보다는…….”

“그보다는 뭐죠?”

그가 말을 끌자 참지 못한 휘민이 물었다. 한강은 피식 웃고 말했다.

"너, 오늘따라 유난히 아름다운걸?"

"뭐라구요?"

어이가 없어 묻는데 한강이 대뜸 허리께에서 이불을 잡고 있던 손을 들어 휘민의 팔을 잡아챘다. 그리고는 바로 휘민을 잡아당겼다.

"아앗."

갑자기 일어난 일에 놀란 휘민이 비명을 지르며 버텼지만 한강은 잡은 손에 힘을 주어 당겼다. 결국 이불을 목까지 끌어당기고 있던 휘민은 한강의 힘에 끌려가 그의 품에 안기게 되었다. 그는 부스스한 휘민의 모습이 무척이나 아름답게 느껴져 충동적으로 키스를 했다.

부드러운 입술을 비집고 한강의 혀가 들어왔다. 부드럽게 쓸어 올리고 안을 휘저으며 어제 이곳에서 있었던 일들을 일깨웠다.

휘민은 저항해 볼 생각도 하지 못했다. 머리는 밀어내라고 했지만 황홀했던 기억과 점점 달아오르는 감각이 그것을 막고 있었다. 그러다 손 아래 맨살이 닿자 움찔했다.

그때 한강이 뒤로 물러났다.

"굿모닝 키스치고는 괜찮은데?"

키스로 인해 부풀어 오른 휘민의 입술을 손가락으로 문지른 후 씨익 매력적인 미소를 지으며 한강이 말했다.

휘민은 멍한 상태였다. 그런 그녀를 두고 한강은 껄껄 웃더니 허리를 감고 있던 이불을 휘민에게 돌돌 감아주더니 바로 자리에서 일어났다. 그리고는 역시 휘민이 정신을 차리기 전에 손을 흔들며 방을 나가 버렸다.

한강이 나가 버린 방에서 한참을 멍하니 있던 휘민은 곧 방을 나서던 그의 모습을 기억해 내고 빽 소리를 질렀다.

"날 속였어!"

한강은 팬티를 입고 있었던 것이다.

무턱대고 소리부터 지른 휘민은 얼른 붉어진 얼굴을 숙였다. 안 된다는 소리를 들었다. 머리는 이게 옳다고 하는데 이상하게 키스에서 끝낸 것에 알 수 없는 아쉬움이 느껴지자 경악했다. 어제는 술에 의해 그렇다 치더라도 오늘까지…….

'아니야. 이건 절대 아쉬움 같은 게 아니야.'

휘민은 재빨리 머리를 흔들었다. 하지만 술 때문이라고 변명하지만 어제 사랑을 나눈 것을 후회하지 않는다는 것 자체가 휘민의 그런 생각을 부정했다.

한강은 샤워를 하며 피식 웃었다. 그러다 곧 얼굴을 굳혔다.

"기억이 나지 않는다라…….."

그럴지도 모른다고 생각은 했었지만, 정말 그럴 줄은 몰랐다. 충분히 만족스러운 밤을 보내고도 그는 못내 불만스러웠다.

원래 육체적인 관계만 원하는 그로 봤을 때는 어느 것 하나 나쁘지 않은 상황이었다. 그런데도 휘민이 기억하지 못하는 게 섭섭했다. 첫날밤을 거부당하고 분노해서 잊고 있었던 사실이 떠올랐다. 우연히라도 사실을 알게 되면 휘민은 떠날 거다. 그전에 어떻게든 잡아둘 빌미를 마련하고 싶었는데 그날 밤을 기억조차 못하니⋯⋯. 화가 나고 괘씸했다. 그래서 일부러 키스를 했다. 조금이라도 기억해 내라고. 앞으로 사실을 알게 되더라도 조금이라도 미련이 남아 떠나지 말라고. 하지만 밤새 그렇게 사랑을 나누고도 또 마음이 동하자 혹시라도 휘민이 어제와는 달리 거절할까 두려워 도망치듯 나와 버렸다.

스스로가 굉장히 바보처럼 느껴졌다. 하지만 그럼에도 좋으니 어쩌겠는가. 씁쓸하고 섭섭하면서도 정작 기분은 좋은 것을.

한강은 빠른 속도로 책상을 정리하기 시작했다.

어떻게 벌여놓았는지 아무리 빠르게 손을 놀려도 쉽게 정리가 되지 않았다. 우르르, 책이 바닥으로 떨어지자 대충 주워 책장에 꽂고 서류를 정리했다.

이거 시간이 너무 많이 걸리는걸? 멈칫하며 고개를 든 한강의 눈에 벽걸이 시계가 들어왔다. 일곱 시 삼십 분.

"늦었군, 늦었어."

한강은 열심히 챙기다 말고 서랍을 열었다. 그리고는 책상 위에 널려 있는 것들을 서류고 뭐고 할 것 없이 그 안에 구겨 넣기 시작했다. 정히 정리를 해야 한다면 내일 와서 하면 된다는 것이 그의 생각이었다. 책상을 팔 전체로 쓸어 서랍 안으로 밀어 넣었다. 그래도 다 들어가지 않자 이번에는 책상 밑에 있는 상자를 꺼내 그 속에 넣었다. 철 해놓은 서류가 구겨지는 소리가 들렸지만 그는 아랑곳하지 않았다.

"꿀이라도 숨겨놨냐? 집에 가고 싶어 아주 안달을 하는구나."

갑자기 들려온 소리에 상자 속으로 서류를 구겨 넣던 것을 잠시 멈추고 고개를 들었다. 그것도 일이라고 어느새 한강의 이마에는 땀이 송골송골 맺혀 있었다.

"너, 노……."

똑똑.

노크 소리도 없이 들어온 것을 보고 한마디 하려고 하는데 역시 오랜 친구라서인지 한강이 무슨 말을 할지 알아챈 강유는 재빨리 뒤늦은 노크를 했다. 표정을 보아하니 심기가 무척이나 안 좋아 보인다. 하지만 한강은 그가 무척 반가웠다.

그는 바로 자리에서 일어나 들고 있던 상자를 방금까지 앉아 있던 자리에 놓고 재빨리 강유에게로 갔다.

"너 마침 잘 왔다."

"뭐?"

자신을 반기는 한강의 모습이 의외인 듯 강유는 눈을 가늘게 떴다.

"도대체 무슨 꿍꿍이속이냐? 생전 날 반기지 않던 녀석이.. 너

요즘 들어 정말 이상한 거 아냐? 언제는 살벌한 기운만 풀풀 풍기던 녀석이 며칠 전부터는 갑자기 봄이라도 맞은 듯 꽃바람을 날리더니, 이젠 집에 빨리 가고 싶어 아주 별 짓을 다 해요. 뭐냐, 정말?”

한강은 씨익 웃었다.

“그건 알 거 없고, 이리 와.”

강유의 손을 잡은 한강은 얼른 자신의 책상 쪽으로 끌고 갔다.

“뭐야? 뭐! 무슨 짓을 하려고…….”

“이것 좀 정리해라. 별로 시간은 안 걸릴 거다. 생각 같아서는 내가 하고 싶은데 좀 바쁜 일이 있어서 말이야.”

얼른 강유의 말을 끊고 자기 할 말만 한 한강은 아까 툭툭, 튀어나오는 것을 억지로 구겨 넣고 닫았던 서랍을 열고 책상 위와 그 위에 있는 상자를 가리켰다.

“저거, 저거, 저거 다 정리해야 한다. 너무 급해서 내일 챙겨 놓을 생각에 막 구겨 넣기는 했는데 마침 네가 왔으니 그럴 필요는 없겠어. 책은 책장에, 서류철은 저쪽 책꽂이에. 알지? 좀 챙겨줘라. 그럼 난 간다!”

“어? 야! 한강!”

화풀이하려다 도리어 날벼락을 맞은 강유가 놀라 소리쳤지만 한강은 들은 척도 않고 문으로 달려갔다.

“야!”

“고마워~”

한강은 그 말과 함께 사라졌다. 강유는 허탈해져서 털썩 의자에 주저앉았다.

“저 녀석…… 요즘 왜 저렇게 신이 난 거야?”

그러다 문득 든 생각.

“혹시 정말 집에 꿀이라도 숨겨놓은 거 아냐?”

물씬 드는 의심을 떨쳐 낼 수가 없었다.

“휘민은요?”

한강이 안으로 들어서며 묻자 거실에서 한가롭게 TV를 보던 진하린 여사가 대답했다.

“서재에 있어.”

“그래요?”

다른 두 여사가 없는 것을 보니 무슨 일을 꾸미는 건 아닌가 하는 의심이 들었지만 이제는 기분 좋게 당하기로 했다. 생각해 보면 어제도 도움을 받은 거나 마찬가지였기에.

그런 생각에 슬쩍 웃고 계단으로 향하는데 진하린 여사가 불러 세웠다.

“그런데 강아.”

“네?”

“무슨 일 있었니? 휘민이 화난 듯 보이던데.”

“아…….”

오늘 아침에 있었던 일을 생각해 낸 한강이 무슨 일인지 알겠다는 표정을 짓자 진하린 여사가 말했다.

"너희 둘은 신혼이면서 도대체 왜 그러는 거니? 아닌 척하면서 만날 티격태격하고. 그래도 어젯밤은 잘 보낸 것 같던데……."

진하린 여사의 얼굴에 짓궂은 미소가 어렸다.

마치 어제저녁 무슨 일이 있었는지 다 알고 있다는 투였다. 꽤나 격정적인 밤을 보냈으니 훔쳐보지는 않았더라도 짐작할 수 있을지도. 게다가 눈치만 좋다면 아침 식사 때 휘민이나 자신의 태도를 보고 알 수도 있었을 터였다. 하지만 한강은 아무렇지도 않은 표정이었다. 보통 이런 말을 들으면 부끄러워할 만도 한데 그는 오히려 씩 웃기까지 했다.

"그것 때문에 그러는 거예요. 부끄러워서. 화난 것 아니니까 걱정하지 마세요. 그럼 전 올라가 볼게요."

"그래라."

그는 기대감 어린 표정으로 계단을 올랐다.

오늘 아침 학교에서 있었던 일로 휘민이 어떻게 나올지 기대되기까지 했다. 한강은 아침에 학교 앞에서 맛본 휘민의 부드러운 입술을 떠올리고는 씨익 웃었다. 깜짝 놀라던 휘민의 얼굴은 무척이나 귀여웠다. 하지만 금방 입술을 떼낸 휘민은 화난 듯, 혹은 어리벙벙한 얼굴로 서둘러 차 문을 쾅 닫고 나가 버렸다.

서재에 도착하니 문이 반쯤 열려 있었다. 그 열린 문틈 사이로 휘민이 보였다. 입가에 그린 미소를 조금 더 짙게 만들어내며 열린 문을 두드렸다.

똑똑.

노크 소리에 고개를 돌린 휘민은 문틈으로 반쯤 얼굴을 들이밀고 있는 한강을 보더니 사납게 눈을 치켜떴다.

아랫입술을 꼬옥 깨물며 한강을 노려보는 휘민.

저런 모습을 보면 놀리고 싶어진다는 것을 저 여자는 과연 알까? 한강이 엉뚱한 생각을 할 때였다. 휘민이 눈을 부라렸다.

"또 무슨 짓을 하려고 온 거예요?"

대뜸 꺼낸 말에 한강은 고개를 갸웃했다.

"무슨 짓? 내가 무슨 짓을 하려고 한다고 그래?"

"어쨌든! 굿 이브닝 키스든 무슨 키스든 이번에는 받지 않겠어요!"

한강은 웃음을 터뜨렸다.

"내 굿 모닝 키스가 마음에 안 들었던 거야? 아니면 굿 바이 키스? 어떤 게 마음에 안 들었지?"

휘민이 벌떡 자리에서 일어났다.

"둘 다! 둘 다 마음에 안 들었어요!"

"내 테크닉이 별로였나?"

고개를 갸웃하는 게 무척 거슬렸다. 휘민이 빽 소리를 질렀다.

"테크닉이고 뭐고 무조건 마음에 안 들어요! 남의 학교 앞에서 어떻게 키스를……."

차마 말을 끝맺지 못하는 휘민을 보며 한강은 피식 웃었다.

"못할 건 또 뭐가 있어서? 우리는 부부인데. 아, 물론 법적으로. 그리고 사실 엄연히 말해서 그건 키스가 아니라 뽀뽀였잖아? 그건 너도 알지? 키스가 뭔지 모르지 않을 테니."

휘민은 가만히 한강을 노려보았다.

그래, 그건 키스가 아니었다. 쪽 소리를 내며 입술에만 닿았다가 떨어지는 게 뽀뽀라는 건 안다. 하지만 어떻게 자신이 다니는 학교 앞에서 그럴 수가 있지?

휘민은 아침에 있었던 일을 생각했다.

알몸이라고 거짓말을 하고 정신없는 틈을 타 대뜸 키스를 했던 한강. 그 갑작스런 행동에 화를 내려 했지만 이상하게 마냥 기분 나쁘진 않았다.

그렇긴 했지만 부끄러운 생각에 같이 가고 싶은 마음이 들지 않았다. 마음까지 흔들리는 마당이라 더 더욱. 하지만 가족들의 눈치가 보여 한강의 차에 탈 수밖에 없었다. 그리고 학교 앞에 도착해서 차에서 내리려고 하는 찰나, 갑자기 한강이 휘민의 목을 잡아당기더니 쪽 하고 뽀뽀를 했다. 그러곤 씩 웃으며 말했다.

"가벼운 인사에 불과하니 그렇게까지 놀란 표정 지을 필요 없어. 그럼 잘 가."

한강은 얼어 있는 휘민에게 가방을 안겨주곤 가버렸다. 그 가벼운 뽀뽀에도 마음이 흔들려 반쯤 넋을 잃었다. 그러다 보니 정신을 차렸을 때는 자신은 차에서 내린 후였고, 한강은 이미 차를 출발시켜 사라진 후였다. 그녀는 선팅이 된 차 안을 다른 사람들은 볼 수 없다는 것을 알면서도 어쩔 줄을 몰라 하며 얼굴을 붉히고 말았다. 그게 오늘 아침에 있었던 일이었다.

한강은 휘민이 아무 말도 하지 않고 노려보기만 하자 손을 흔들었다.

"그렇게 좀 보지 마. 이번에는 그러려고 온 거 아니니까. 그냥 곧 있으면 파티가 열릴 테니 그전에 정원으로 나가 바람이나 쐬자는 것뿐이야."

휘민은 거절했다.

"미안하지만 오늘은 공부해야 해요."

"공부?"

한강의 표정이 이상하게 변했다.

"공부에는 취미가 없는 줄 알았는데?"

무슨 의도? 말의 내용을 떠나서 억양이 상당히 이상하게 들렸다. 휘민은 한강을 쏘아보고 말했다.

"내가 공부에 취미가 있는지 없는지 당신이 어떻게 알아요?"

"그냥."

"물론, 취미가 없기는 하지만 난 공부를 해야 해요. 내일 모의고사란 말이에요!"

"아하, 시험! 그렇군."

정말 저 태도는 뭐야? 마치 휘민이 보통 때는 공부라고는 모르다가 시험이 닥쳐야 공부를 하는 것처럼. 전국 1등을 우습게 봐?

울컥 화가 치밀었지만 휘민은 그냥 넘기기로 했다.

상대하지 말자. 어깨를 으쓱이고 몸을 돌렸다. 그리고 책을 들여다보았다. 뒤로 한강의 시선이 느껴졌지만 그녀는 애써 아무렇지도 않은 척 행동했다. 무시하고 있으면 나가겠지.

하지만 아무리 시간이 지나도 나가는 기색이 없었다. 정신 집중도 안 되는데 빨리 좀 안 나가주나? 책을 펴고는 있었지만 눈에 하나도 들어오지 않았다. 점점 화가 치밀어 오르기 시작했다. 울컥해서 그냥 확 화를 내버릴까 할 때였다. 탁 하고 문이 닫히는 소리가 났다. 그제야 휘민의 어깨에서 긴장이 빠져나갔다.

"후우."

그녀는 길게 한숨을 내쉬었다. 확실히 저 남자는 심장에 좋지 않다. 지금처럼 자꾸 사람을 긴장하게 만드는 것을 보면. 휘민은 천천히 가슴을 쓸어 내렸다. 이상하게 심장이 정상 속도를 넘어서 뛰어대고 있었다. 고장난 기계처럼.

휘민은 최악의 기분을 맛보고 있었다. 이상하게 요 며칠 몸이 좋지 않았고 그 탓에 결국 모의고사를 망치고 말았던 것이다.

이게 뭐람? 전국 1등을 해서 얄미운 남자의 콧대를 확 꺾어주려고 했는데……. 우울했다. 무엇보다 그 얄미운 남자로 인해 요즘 공부를 소홀히 했다는 걸 스스로 잘 알았기에 더욱 기분이 처졌다. 한강과 휘민의 결혼을 축하하는 마지막 파티에 모든 이들이 즐거워했지만 휘민은 결코 그 파티를 즐길 수 없었다.

파티 마지막 날은 그전 첫째 날이나 둘째 날과는 달리 한강 또래가 주를 이뤘다.

대략 이십대에서 삼십대 초반의 손님들이 여기저기서 삼삼오오 모여 이야기를 나누며 파티를 즐기고 있었다. 다른 날에 비하면 나이는 어린 편이었지만 그들 역시 그전에 왔던 이들만큼이나 만만치 않은 이들이었다.

판검사가 수두룩했고 장래 기업을 물려받을 이들도 심심찮게 보였다. 그리고 그런 이들 사이에 섞여 한강은 세진과 이야기를 하고 있었다.

"흐음?"

한참 이야기를 하다 말고 한강이 휘민을 보았다.

"뭐야? 안 마실 거야?"

"형 혼자 마셔."

"왜?"

세진은 한강의 시선을 따라 움직였다. 그가 누구를 보고 있는지 확인하고 보는 이에 따라서는 기분이 나쁠 듯도 한 웃음을 터뜨렸다.

"아하."

“뭐야, 그 웃음은?”

저 인간은 왜 웃을 때도 저런 식으로 웃는 거야? 여자들은 저런 웃음을 두고 매력적이라고 하지만 한강은 매번 기분이 나빠졌다.

“가봐라.”

세진이 한강의 등을 떠밀며 말했다. 한강은 눈살을 찌푸리다 물었다.

“형, 형 눈엔…… 휘민이 어떻게 보여?”

“무슨 의도로 묻는 건데?”

“기분 좋아 보여?”

세진이 이상한 웃음을 입에 매달았다. 그건 노골적인 비웃음이었고 상당히 기분이 좋지 않을 때 짓는 웃음이었다. 기분이 좋을 때 짓는 미소와 나쁠 때 짓는 미소가 거의 구분이 가지 않을 정도로 비슷했지만 이십 년 넘게 세진을 보아온 한강은 그것을 확실하게 구분할 수 있었다. 이 인간이 왜 이래? 갑자기.

물음에 대답할 생각은 하지 않고 잔뜩 이상한 미소만 짓는 세진에게 한마디 하려고 할 때였다. 세진이 먼저 입을 열었다.

“지금 내 기분이 어때 보여?”

한강이 툭 쏘았다.

“어때 보이기는, 미친놈 같다.”

“네 아내의 상태가 딱 이렇다. 가봐.”

“……”

그 뜻은 휘민이 미쳤다는 말인가? 그냥 기분 나빠 보인다고 할 것을 괜히 미친놈 운운했군. 한강은 입맛을 다시며 스스로의 말실수를 탓했다. 세진이 어깨를 툭 쳐주자 그의 손등을 쳐내버리고 몸을 돌렸다.

"도대체 왜 기분이 안 좋은 거야?"

한쪽에 앉아 있는 휘민을 보며 한강은 곰곰이 생각했다.

그냥 기분이 좋지 않은 게 아닌 듯했다. 어째 상태도 굉장히 나빠 보인다. 보통 때도 창백한 편이기는 했지만 지금은 거의 백지장 수준이었다. 약간씩 얼굴을 찌푸리는 게 아픈 것 같기도 하다.

아픈 건가? 파티 내내 웃고는 있지만 안색은 어두웠다. 어제 내가 너무 무리를 시켰나? 살짝 자책도 했다. 그러면서 사람들을 피해 휘민에게로 다가갔다.

"어?"

멈칫 섰다. 그가 채 휘민에게 도착하기 전에 개구쟁이 소년 같은 미소를 지을 줄 아는 녀석이 그녀의 어깨를 치며 곁에 앉은 것이다.

'저 녀석……'

한강과 동갑이라고는 도저히 생각할 수 없을 정도로 앳된 얼굴에 싱그러운 미소를 지을 줄 아는 그는 다름이 아닌 세현이었다. 안아주고 싶을 정도로 귀여운 얼굴과 곁에 있는 이라면 누구든 즐겁게 해줄 수 있는 언변을 가진 한세현.

세현은 장난스런 표정으로 무슨 이야기인가를 신나게 하자 휘민은 웃기에 바빠 보였다. 한강과 함께 있을 때는 웃는 건 고사하고 아무런 이유도 없이 화만 내던 그 성휘민이 세현의 말에 웃음을 터뜨리고 있었다.

다정하게 어깨를 기대고 앉아 이야기꽃을 피우며 웃는 둘을 보고 있으려니…… 창자가 뒤틀리는 듯했다.

울컥 화가 치밀고 당장 달려가 둘 사이를 떼어놓고 싶었다. 그리고는 사촌 중에서 가장 좋아한다고 해도 과언이 아닌 세현의 얼굴을 한 대 치고 싶었다.

휘민을 어깨를 마구 흔들며 누구와도 이야기하지 말라고 하고 싶었다. 누구에게도 웃음을 주지 말라고 하고 싶었다. 미소도, 웃음도, 화도, 그 어떤 감정도 다른 이에게는 주지 말라고 하고 싶었다. 심지어 미움이나 분노조차도 다른 이에게는 주지 말라고, 그렇게 말하고 싶었다.

"하하하!"

웃음소리가 한강이 서 있는 곳까지 들려왔다.

시끌시끌한 곳인데도 유독 휘민의 웃음소리가 귓가를 파고든다. 세현의 장난스런 웃음소리가 귀에 거슬린다. 뿌득, 이가 갈렸다. 정말…… 죽여 버리고 싶다. 세현을 목 졸라 죽이고 싶었다.

"헉."

순간 든 생각에 한강은 깜짝 놀랐다.

다른 사람도 아니고, 사촌을 죽이고 싶다고? 그것도 세현을? 집에 와서 빈대로 붙어 있어도 오히려 좋아했으면 좋아했지 한 번도 싫다고 생각하지 않았던 그 사촌을 죽이고 싶다고? 아무리 한순간이라지만 어떻게……

한강은 그런 자신의 생각에 충격을 받았다. 그런데 그보다 더 놀라운 것은 정말 미치게도 그런 자신에게 경악하면서도 저렇게 웃고 있는 것을 보면 죽이고 싶다는 생각이 자꾸만 든다는 것이었다.

“하…… 하하…….”

한강은 어처구니없다는 듯이 허탈한 웃음을 터뜨렸다. 미친 거다. 이 정도면 확실히, 미친 것이다. 분명히.

미친 데는 약도 없다고 했다.

다른 건 몰라도 단 한 명으로 인해 참모습을 잃어서는 안 된다고 생각했다. 고작 단 한 사람 때문에. 가족도 아니고, 아내라고는 하지만 실제로는 아무 사이도 아닌데 그런 사람으로 인해 원래의 모습을 잃을 수는 없다고 생각했다.

한강이라는 한 인간의 일상, 삶, 정체성, 그리고 감정.

그 모든 것이 만난 지 채 두 달도 안 된, 갑자기 그의 삶으로 뛰어든 성휘민이라는 여자로 인해 휘둘려져서는 안 되었다. 결코 그래서는 안 되는 것이었다.

한강은 그렇게 생각했다.

결혼하고 며칠간 본 모습을 잃기는 했지만 그것은 단순히 욕구불만에서 비롯된 것이었다. 그리고 또 한 여자가 자신에 대해 오해하고 있는 것에 대한 단순한 분노였다.

순수한 호의를 호의로 받아들이지 않는, 그러면서도 전혀 이해할 수 없는 소리만 늘어놓는 것에 대한 분노.

그것은 그 이상도 이하도 아니었다. 물론 평소에는 분노 자체를 드러내지 않았기에 처음으로 있었던 행동이었지만 어쨌든 그런 이유였을 뿐이다. 적어도 한강은 그렇게 생각하고, 또 그렇게 믿고 있었다. 그런데 지금의 이 모습은 뭔가? 지금 느끼는 감정은 대체 무엇인가? 이 생소하고 이해할 수 없는 감정은 대체 어디에서 비롯된 것인가!

'단순한 것이 아니야.'

이것은 결코 그런 게 아니었다. 그런 것이…… 아니었다.

아무런 이유도 없이. 단지 휘민과 이야기를 하고, 그녀를 웃게 만들고, 그녀와 어깨를 나란히 하고 앉아 있다는 이유로. 아무리 생각해도 말도 안 되는 이유로. 누가 들어도 이해할 수 없다고 할 그런 이유로!

평소 그렇게나 좋아했던 사촌을 죽이고 싶다는 생각까지 했다는 것은 한강에게 충분히 충격이었다. 아주 잠깐이라도 그런 생각을 했다는 것이 그를 경악하게 만들고 혼을 빼놓았다.

그런데 그 생각이 아직까지도 가라앉지 않고 머리 속을 점령하고 있다니. 정말 죽이고 싶다는 생각을 하다니. 계속 그런 생각을 하고 죄책감을 느끼면서도 지금까지도 그 마음을 버리지 않고 있다니!

한강은 바로 몸을 돌렸다.

더 이상은 그곳에 서 있을 수가 없었다. 더 이상은…… 세현과 휘민의 모습을 볼 수가 없었다.

보고 있으면 그저 생각으로 끝날 것을 직접 실현해 버릴 것만 같았다. 들고 있던 와인 잔을 던지고 달려가 세현의 목을 조를 것만 같았다. 휘민을 흔들어대며 누구와도 말하지 말라고 소리칠 것 같았다. 세현이 단순히 휘민의 기분을 달래주기 위해 장난을 거는 것일 뿐 그 어떤 사심도 들어 있지 않다는 것을 알면서도 한 대 쳐버리고 싶었다. 그랬기에 한강은 떨어지지 않는 걸음을 겨우 떼어 저택 안으로 들어가 버렸다.

그의 머리 속에는 한 가지 생각밖에 없었다.

'안 보면 그만이다. 안 보면 그만이야.'

그러면 이런 황당한 감정은 느끼지 않을 수 있을 거다. 그는 잘 수 있는 방이 서재뿐이라고 해도 방을 옮겨야겠다고 중얼거리며 계단을 올라갔다.

뒤에서 세진이 부르는 소리가 들렸지만 무시했다. 한강이라는 인물은 어려운 일일수록 부딪치고 보는 휘민과 달리 어떤 정리되지 않은 상황, 황당한 상황이 다가오면 피해 버리는 성격이었다. 그의 마음은 아주 단편적이라 해도 자신의 잔인한 본성을 마주할 수 없었다.

그는 의외로 섬세한 심성의 소유자였다.

휘민은 한강이 자신을 피한다는 것을 알아챘다.

어제저녁부터 시작해서 채 하루도 지나지 않았지만 그녀의 예민한 감각은 그것을 놓치지 않았다. 아니, 사실은 한강이기에 자신을 피한다는 사실을 알아챌 수 있었다. 그녀가 관심도 갖지 않는 사람이라면 아마 이렇게 금방 알아차리지 못했을 것이다.

시험을 망친 탓에 어제는 기분이 좋지 않았다. 그런 데다 세진과 건배를 해가면서 술을 마시던 한강이 자신에게로 오다 말고 몸을 돌려 바로 저택 안으로 들어가 버린 것을 보자 기분이 급속도로 하강했다. 정말 재미있다는 듯이 세현의 장난에 맞장구를 쳐주며 웃기는 했지만 전혀 기쁘지 않았다. 오히려 기분이 더욱 나빠지기만 했다. 그리고 그것은 파티가 대충 정리되고 난 후 방문을 열었을 때 최고조를 달렸다.

텅 빈 방 안.

싸늘한 정적이 넓은 방 안을 휘몰아치고 있었다. 마치 처음부터 아무도 없었던 것처럼. 퇴근도 그리 빠르다고는 할 수 없었는데 일이 바쁜 건가? 회사가 잘 돌아가니 홍보실장도 일이 많은 모양이지?

휘민은 이해했다.

아마도 정말 바빠서 그럴 거라고. 아침에 잠에서 깨어나 식당으로 나왔을 때, 한강이 서재에서 잔 것 같다고 말하는 진하린 여사의 말에 휘민은 더욱 확신했다. 아마도 바빴던 모양이라고, 그래서 방에 오지 않았던 거라고. 그렇게 생각했고, 또 생각하려 노력했다.

왜인지 한강이 자신과 같은 방을 쓰는 것이 싫어 그럴 수도 있다는 생각이 들었지만 황홀했던 지난밤을 떠올리며 아니라고 스스로를 세뇌했다. 하지만 식사가 끝나고 여섯 시 삼십 분이 채 되지도 않았는데 한강이 바쁘다며 먼저 회사로 가버렸을 때 느꼈다. 한강이 일부러 자신을 피하고 있다는 것을.

"잘되었어. 차라리 잘된 거야……."

저택을 나서며 홀로 중얼거려 보지만 솔직히 왜 한강이 자신을 피할까 하는 분노와 앞으로 며칠간은 또 보지 못하는 것은 아닌가 하는 아쉬움이 더 컸다.

휘민은 입술을 세게 깨물어 그 생각을 머리 속에서 지웠다. 하지만 유감스럽게도 그것은 결코 지워지지 않았다.

sex
/appeal.

『첫 싸움은 중학교에 들어가서였다. 보통 아이들은 자라면서 많이 싸운다. 그런데 나는 그전까지 싸움이라곤 몰랐다. 그렇다고 내가 착하다거나 참을성이 많은 아이는 아니다. 가끔 싸움을 거는 애들도 있었다. 그런데도 싸우지 않았던 것은 내 또래라는 것들이 하나같이 유치해서 그 장단에 놀아주고 싶지 않았기 때문이다. 중학교에 들어가 싸웠던 것은 엄마에게 생일선물로 받은 시계가 부서져서였다. 그렇지 않았다면 나는 아마 성인이 될 동안 단 한 번도 싸우지 않았을 터였다. 아빠를 닮아 힘이 센 터라 처음에는 내가 몇 대 더 때려줬다. 하지만 후에 애들이 몰려들어 정신없이 맞았다. 집에 돌아가자 아빠도, 엄마도 깜짝 놀라셨다. 엄마는 싸움을 했다고 크게 야단을 치셨고, 아빠는 구급약을 챙겨와 약을 바른다고 정신이 없으셨다. 다 이유가 있었는데……. 무작정 야단을 치는 엄마가 야속했다. 그날밤, 엄마가 내 방에 들어와 자는 척하는 날 보며 우셨다. '차라리 때리고 오지…… 왜 맞고 와서…….' 엄마는 내가 맞고 온 게 마음 아팠던 모양이다. 나도 마음이 아팠다. 그래서 다음날부터 태권도장에 다녔다. 그리고 정확히 세 달 후. 그 녀석들을 흠씬 두들겨 패주었다. 엄마, 나 잘했지?』

제9장

아픔

그날 휘민이 귀가하자 세 여사는 한강이 돌아오기를 기다려 선언하듯 말했다. 한강과 휘민의 결혼 축하 기념 파티가 앞으로 일주일간 더 지속될 것이라고. 아직까지도 끊이질 않는 친척들의 방문을 거절할 수는 없지 않냐는 것이 그 이유였다.

무슨 나쁜 일에 대한 것도 아니고 엄연히 좋은 일을 축하해주기 위해 방문하는 손님들인데, 그것도 엄연히 친척들인데 어찌 그들을 그냥 내쫓을 수 있겠느냐. 사람 된 도리로 어찌 그런 악독한 짓을 할 수 있냐고 덧붙이면서 세 여사는 열변을 토했다.

그럼 그 의견을 반대하면 사람이 아니게 되는 건가?

전날 저녁부터 시작해서 그날 저녁까지 서로를 한 번도 보지 못한 한강과 휘민은 난처한 표정을 지으며 서로의 얼굴을 쳐다보았지만 딱히 나서서 반대를 하지는 않았다.

한강은 세 여사의 결정을 상당히 불만스러워하는 듯했다. 하지만 그 자리에서 대놓고 뭐라 하지는 않았다. 약하게 반대를 하기는 했지만 끝까지 자신의 주장을 우기지는 않았다. 그리고 휘민은 솔직히 난처한 표정을 지어내기는 했지만 세 여사의 말에 모처럼 기분이 좋아졌다.

그것은 끝나야 할 파티가 지속됨에 따라 본가에서 머물게 되면 그동안에는 지금까지와 마찬가지로 한강이 그들의 집에 있을 때처럼 여자들을 만나기 위해 외박을 하는 일은 없을 거라고 생각했기 때문이다. 하지만 한편으로 한강이 정말 불만이라는 표정을 짓고 또 강력하지는 않았지만 어쨌거나 반대라는 것을 하자 우울해지기도 했다.

같이 있는 게 그리도 싫은 건가? 침대도 없는 서재에서 잘 만큼 싫고, 아침에는 미리 식사를 하고, 아홉 시 출근이라는 사람이 여섯 시 삼십 분도 되지 않아 혼자서 가버릴 만큼 그렇게 싫은 건가? 단지 파티를 일주일간 더한다는 것뿐인데 저렇게까지 인상을 쓸 만큼 싫은 걸까?

휘민의 생각으로 한강은 그녀와 사랑을 나누는 것을 싫어하지 않았다. 아니, 오히려 좋아했다고 생각했다. 그랬으니 그리도 안고 또 안았던 것 아닌가? 그래놓고 지금은 왜 저렇게까지 싫어하는 걸까? 사랑을 나눌 수는 있는데 같이 있는 것은 싫다는 걸까?

아무리 생각해 봐도 도통 한강의 마음을 읽을 수 없었다. 하지만 확실한 것은 한강이 세 여사의 말에 무척 기분 나쁘다는 표정을 지었다는 것이고 그로 인해 그녀의 기분이 저조해졌다는 것이었다.

그녀는 울상을 지을 수밖에 없었다.

'저 남자는 정말 싫은 거야. 나와 있는 것이 싫고, 밤에 다른 여자들을 만나지 못하는 것이…… 싫은 거야!'

그게 왜 화를 내야 하는 일인지 알 수 없지만 휘민은 화가 났다.

예상외로 시험 결과가 일찍 나왔다.

사흘간의 파티 후 다시 일주일간의 파티가 시작된 지 이틀째 되던 날이었다. 성적표를 받아 든 순간 눈앞이 캄캄해졌다.

1568등!

지금까지 중에서 최악의 점수였다.

솔직히 아무리 몸이 안 좋았어도 100등 안에는 들리라 생각했다. 그동안 쌓아온 실력이 있는데 아무렴 좀 아프다고 100등보다 더 떨어졌을까 했다. 그런데…….

꿈이 있었다. 고등학교를 졸업하고 좋은 성적으로 장학금을 받으며 대학을 다니고 아르바이트를 해서 생활비를 마련하는,

그래서 꼭 원하는 것을 이루겠다는 그런 꿈. 그런데 그 꿈이 와 르르 무너지고 있었다. 차근차근 쌓아올린 꿈이 한순간에 무너 지는 소리가 귓가를 울렸다.

앞이 하얗게 변했다. 그리고 동시에 몸이 기우는 것을 느꼈 다.

“아…….”

휘민은 그 짧은 신음을 끝으로 눈을 감아버렸다.

시릴 만큼 차가운 바닥이 뺨에 닿았다. 하지만 그녀는 그것도 느끼지 못했다.

다시 깨어난 곳은 양호실이었다.

휘민이 경련을 일으키기까지 하더라며 담임과 양호 선생님의 걱정이 대단했다. 그러더니 기어코 반장을 불러 집까지 데려다 주게 했다. 굉장히 귀찮았지만 거절할 기운도 없었다.

“안 가?”

휘민이 한쪽 눈썹을 치켜올리며 물었다. 반장은 난처한 듯 웃 다가 말했다.

“아직 집에 도착하지 않았는데?”

“다 왔어. 가.”

“하지만 선생님께서 집까지 데려다 주라고 하셨어. 못 들었 어?”

반장은 끝까지 돌아가지 않았다. 귀찮았다. 휘민은 따라오든 말든 상관하지 않고 본가로 향했다. 대문에 이르러 고개를 돌리니 여전히 따라오고 있었다.

"진짜 다 왔어. 이제 가."

반장이 까마득할 정도로 높은 담을 보았다.

"여기?"

"응."

"와~ 엄청 부자네? 이런 집에서 살고."

휘민은 아무 말도 하지 않았다. 정말 차갑다. 조금의 틈도 없어. 반장은 아쉬워하며 말했다.

"그럼 갈게. 참, 내일 학교 가는 길에 데리러 올까?"

"아니."

휘민은 딱 잘라 거절했다. 반장은 얼굴을 붉히곤 머리를 긁적였다.

"그럼…… 갈게. 빨리 들어가."

걱정스레 한 말에도 휘민은 대답 대신 초인종을 눌렀다. 그리고는 문이 열리기가 무섭게 안으로 들어가 버렸다. 반장은 아쉽다는 듯이 보다 몸을 돌렸다.

반장이 가버린 반대 편 쪽 골목에서 훤칠한 키의 남자가 그 모습을 지켜보고 있다 천천히 몸을 돌렸다. 핏기가 가실 만큼 주먹을 쥐었다.

"젠장……."

굳게 닫혀 있던 입이 벌어지며 낮은 욕설이 튀어나왔다. 곧이어 암흑을 내리누르는 발걸음 소리가 골목을 울렸다.

꽈앙! 꽝! 꽝!

강유는 샤워를 하다 말고 밖으로 튀어나왔다. 샤워 가운을 대충 걸친 그는 밖에서부터 들리는 소리에 잔뜩 인상을 쓸 수밖에 없었다.

"대체 어떤 미친놈이야! 무식하게시리. 볼일이 있으면 초인종을 누르면 될 것을 어디 남의 집 문을 축구공 차듯 해!"

그는 머리카락을 대충 수건으로 닦으며 현관까지 뛰어갔다.

"어떤 놈이야!"

좋은 말이 나올 리 없다. 한껏 짜증을 내며 소리치지만 대답은 들려오지 않았다. 강유가 아는 한도 내에 저렇게 남의 집 문을 발로 찰 만큼 무식한 인간은 없었다. 아마도 누군가가 늦은 밤 장난 삼아 문을 발로 찼거나 술에 취해 지나가다가 찬 것일 뿐이리라 생각했다.

강유는 바로 몸을 돌렸다. 한 번 소리쳤으니 더 이상 이런 장난질은 하지 않겠지. 그러다가 멈칫했다.

'설마······.'

생각해 보니 요즘 들어 이상한 행동을 하는 녀석이 있긴 있었다. 평소에는 묘하게 여유로워 화를 돋우더니 어느 순간부터 이상한 행동만 골라서 하는 녀석. 그 녀석이라면 이처럼 문을 발로 걷어찰 수도 있을 것 같았다.

강유는 설마 하며 인터폰을 다시 켰다.

"한강?"

혹시나 해서 물은 것뿐이었다. 그런데 뜻밖에도 예상이 맞아떨어진 듯 밖에서 말소리가 들려왔다.

[문 열어.]

"……강이냐?"

강유는 믿을 수 없어 다시 물었다. 그가 아는 한강은 지금까지의 경험으로 볼 때 갈 데가 없으면 호텔로 갔으면 갔지, 자신의 집으로 오지는 않았던 것이다.

[문 열어!]

조금 전보다 소리가 더 큰 것이 화가 난 모양이었다. 이 녀석은 화나면 회사에까지 가서 화풀이를 하는 녀석인데……. 예전에는 안 그랬지만 요즘은 그런 적이 워낙 많아 혹시 안 열어주면 내일 회사에서 난리를 치지나 않을까 하는 생각에 강유는 얼른 문을 열었다. 그러자 이상할 정도로 차분한 모습의 한강이 보였다.

"뭐야? 취해서 난동을 부리는 줄 알았더니……."

험악하게까지 들리던 음성과는 달리 멀쩡한 모습에 알코올 냄새도 전혀 나지 않는 한강을 마주하자 강유가 안심하고 투덜거렸다. 상태도 괜찮은 녀석이 왜 찾아온 거야? 강유는 툭 하니 쏘았다.

"왜 왔어?"

"비켜."

대답할 생각은 하지 않고 바로 안으로 들어가는 한강. 그는 걸치고 있던 정장 상의를 대충 벗어 던지고 소파에 드러누웠다.

"뭐야, 무슨 일이야!"

강유가 한강이 던진 옷을 집어 들고 소리쳤다. 하지만 한강은 들은 척도 안 하고 눈을 감아버렸다. 그러면서 딱 한 마디 했다.

"당분간 신세 좀 지자."

강유가 눈을 동그랗게 떴다.

"뭐?"

"……."

"신세? 무슨 신세를 져? 한강, 너 미쳤냐? 어디 아파? 무슨 일이야? 지난번처럼 또 집 나왔어? 이번에는 파티다 뭐다 해서 본가에서 지낸다면서 왜 또 나왔어? 집에서 지내는 거 아니면 상관없잖아. 왜 나왔냐고!"

강유가 소리쳤지만 한강은 들은 척도 안 했다. 강유는 미간을 찌푸리며 한강에게로 가서 그를 잡아끌었다.

"왜 여기 있겠다는 거야? 미쳤냐? 나 불편하게 만들어서 쫓아내고 너 혼자서 내 집 독차지하려는 속셈이냐? 왜 이래? 응? 너 호텔 가야지. 돈이 없는 것도 아니면서 왜 내 집엘 쳐들어와? 당장 나가!"

버럭버럭 소리를 지르자 그제야 불상인마냥 못 들은 척하던 한강이 반쯤 실눈을 떴다. 귀찮다는 표정으로 강유를 쳐다보더니 툭 하니 말했다.

"싫다. 돈 줄게, 네가 호텔로 가라."

그러면서 주섬주섬 지갑을 꺼내더니 휙 하고 던진다. '들고 가고 싶은 만큼 들고 가라. 얼마를 들고 가든 상관 안 한다. 뭐 귀찮으면 지갑째로 다 들고 가든지' 라고 중얼거리면서. 그 지갑만 해도 꽤 많은 돈이 들어 있음을 모르지 않는 강유이건만 그는 날아오는 지갑을 받자마자 지체하지 않고 바로 한강에게 던지며 소리쳤다.

"내가 거지냐? 뭘 던져! 그딴거 필요없으니까 당장 나가!"

"……."

"안 나가? 안 나가?!"

한강이 대답하지 않자 강유는 발로 한강의 옆구리를 찔렀다.

"이래도 안 나가? 안 나가?"

쿡쿡. 한강도 처음에는 반응도 없더니만 계속해서 찌르자 손으로 강유의 발을 치우려고 했다. 강유는 요리조리 피해가며 한강의 옆구리를 찔러댔다. 자는 척하던 한강이었지만 더 이상 못 참겠는지 벌떡 자리에서 일어났다.

"잠 좀 자자, 좀!"

말하는 폼이 누가 주인이고 누가 손님인지 모를 정도다.

강유는 기가 차다는 표정으로 한강을 보았다. 그래, 이런 놈이었지. 이십육 년간이나 이런 놈이었는데 지금에 와서 달라졌을 리가 없지. 강유는 코웃음치다가 발을 들어 그의 허리를 걸어찼다.

“자려면 네 집에 가서 자!”

강유는 냉정했다. 한강은 흐트러진 머리카락을 쓸어 넘기고 말했다.

“나 호텔 가기 싫어. 술 마시기도 싫고, 숙취는 더 싫어. 회사에서 짜증내는 것도 싫고, 뭐든 다 싫어! 그러니까 신세 좀 지자고.”

“무슨 소리야?”

하나도 알아듣지 못하고 묻자 한강은 푸욱 한숨을 내쉬고 설명했다.

“호텔에 가게 되면 밑에 바도 있고, 룸에도 개인 바가 있어서 술을 마시게 된단 말이야. 그러면 당연히 다음날은 숙취로 고생하겠지. 그러면 또 기분이 나빠서 회사에서 짜증을 내게 될 테고, 그럼 또다시 기분이 나빠져서 술을 마시고 계속 악순환이 반복된다고. 나 그거 싫어. 너도 내가 회사에서 짜증내는 거 싫어하잖아. 그러니까 우리 좋게좋게 살자. 응?”

“아, 그러니까 네 집으로 가라니까! 누가 호텔로 가래?”

강유가 짜증을 내자 더 이상 참지 못하겠다는 듯이 한강도 맞고함을 질렀다.

“누군 집에 가기 싫어서 이러는 줄 알아? 지금은 못 가겠으니까 이러는 거잖아! 나도 가고 싶어, 가고 싶다고! 근데 지금 가면 무슨 큰일을 저지를 것만 같단 말이야. 사람이라도 죽일 거 같아. 나도 내 자신을 모르겠고, 내가 무슨 짓을 저지를 지도 모

르겠어! 그래서 친구 신세 좀 지자는 건데 그게 그렇게 싫냐? 그
렇게 싫어?”

잔뜩 일그러진 얼굴로 소리치는 한강의 얼굴은 정말 무슨 고
충이 있는 듯했다. 강유는 순간 멍해졌다.

“너…… 무슨 일 있었냐?”

강유의 음성이 낮아지자 한강은 씩씩대다 말고 강유를 쳐다
보았다. 집으로 들어올 때만 해도 담담해 보이던 얼굴이 잔뜩
일그러져 있었다. 화가 난 듯도 하다가 자조적인 빛을 띠기도
하다가 경멸 비슷한 빛도 띠다가 뒤에는 체념 비슷한 빛도 띠었
다.

“그만 하자. 이제…… 그만 하자. 나 피곤하다.”

한강은 고개를 저으며 그렇게 말하고 일어나더니 침실로 들
어가 문을 걸어 잠가 버렸다.

타앙.

문 닫히는 소리가 유달리 크게 들렸다.

“어? 어딜 들어가? 야, 야야! 알았어. 내 집에서 지내는 거 봐
줄 테니까 나와! 야! 한강! 침실은 내가 써야지. 내가 주인인 거
잊었어? 당장 나와! 야! 야! 너 미쳤어? 당장 나와! 야! 한강!!”

순간 멍하니 있다 뒤늦게 상황을 파악한 강유가 깜짝 놀라
소리쳤지만 안에서는 아무런 소리도 들려오지 않았다. 강유의
집은 호화 오피스텔이기는 했지만 침실은 하나밖에 없었다. 지
금까지 단 한 번도 바닥에서 자본 적이 없는 강유는 크게 화를

냈다.

그는 얼른 주위를 두리번거렸다.

"빌어먹을. 열쇠! 열쇠!"

후다닥, 미친 듯이 뛰어다니며 열쇠를 찾아봤지만 평소 열쇠 관리를 제대로 해두지 않은 탓에 아무리 찾아도 이놈에 열쇠가 보이지가 않았다. 결국 강유는 빠드득 이를 갈 수밖에 없었다.

휘민은 방 안을 서성였다.

또 시작이다. 얼마간 괜찮다 했더니 또……. 분명 이번에도 다른 여자들을 만나느라 오지 않는 거겠지? 그전에 피할 때부터 알아봤어야 했는데. 일부러 피하던 것, 서재에서 잠을 자던 것, 아침에 먼저 가버렸던 것까지. 그것은 아마도 다른 여자들을 만나며 휘민을 보기가 난처해서였을 것이다.

휘민은 꾹 입술을 깨물었다.

한강. 바람둥이, 카사노바, 난봉꾼! 이럴 줄 알았다. 얼마나 버티나 했지. 제 버릇 개 못 준다더니 딱 그 꼴이다. 나쁜 인간. 결혼한 지 얼마나 됐다고. 이제 겨우 두 달이다. 아무리 계약 결혼이라도 첫날부터 시작해서 한 달이 다 되도록 집에는 오지도 않더니 이럴 수 있는 거야? 그때는 그러라고 한 게 있어서 참았지만 이제는 안 된다.

차라리 계속해서 그 태도를 고수했다면 이렇지는 않았을 거다. 왜 좋아하는 척, 진짜 아내라도 되는 것처럼 잘해주다가 이

266 애닳기

런 식으로 뒤통수를 치는 거야? 처음부터 하나만 할 것이지 왜 좋아하는 것처럼 굴었다가 다시…….

휘민은 피가 맺힌 입술을 다시금 깨물었다.

'싫어! 정말…… 정말 싫어!'

미칠 듯이 화가 났다. 밤이 늦었는데도 돌아오지 않는 한강에게 화가 났고, 이렇게 화를 내는 자신에게도 화가 났다. 그렇게 휘민은 정신없이 방 안을 서성이며 화를 냈다. 그러다 창 쪽으로 고개를 돌렸다. 어느새 날이 밝아오고 있었다.

"아침?"

휘민의 음성이 황당함으로 물들었다.

스스로도 알 수 없는 감정에 안절부절못하며 긴긴 밤을 뜬눈으로 새고 만 것이다. 벌써 새벽이라니. 시간이 별로 흐른 것 같지도 않았는데……. 휘민은 허탈함에 푸욱 한숨을 내쉬며 등교할 준비를 했다.

방과 후, 그녀는 본가가 아닌 집으로 향했다.

오늘 저녁이면 근 십 일간이나 이어져 오던 파티가 끝이 난다. 그러면 내일부터는 집에서 지내야 할 테니 미리 청소라도 해둬야겠다고 생각했다. 워낙 바쁘고 일이 많아 본가로 간 후로 집에 온 적이 없었던 것을 생각해 보면 꽤나 지저분해져 있을 듯했다.

그런 생각에 열쇠로 문을 열고 들어갔다. 그런데 그때 아무도 없을 것이라 생각했던 집 안에서 누군가의 말소리가 들려오자 멈칫했다.

'누구지?'

휘민은 고개를 갸웃하며 안으로 들어가다 순간 도둑이 아닌가 싶어 움찔했지만 어딘가 익숙한 목소리에 의문이 들었다. 분명 이 음성은……?

걱정은커녕 오히려 왠지 모를 기대감이 점점 차 오르기 시작했다. 혹시 그가? 하지만 이 시간에 웬일로? 고개를 갸웃하며 모퉁이를 돌아 안쪽을 보자, 정말 한강이 서 있었다. 그의 회사 동료이자 오래된 벗 강유와 함께였다.

'어?'

소리쳐 한강을 불러 어제는 뭘 했는지, 왜 집에 안 왔는지를 물어보려 했던 휘민은 그만 입을 닫아버렸다.

어째 둘 사이의 분위기가 좋아 보이지 않았다. 무슨 일 때문인지는 모르겠으나 잔뜩 화가 난 듯 보이는 강유가 씩씩대며 담담한 표정으로 창밖으로 시선을 두고 있는 한강을 향해 소리를 지르고 있었다. 그리고 한강은…… 무척 피곤해 보였고, 또 어딘가 이상해 보였다.

"너, 너 진짜 이런 식으로 나올 거야?! 좀 좋아진다 싶었더니 왜 또 이래? 회사 사람들이 하루 종일 네 녀석 눈치만 봐야 해? 어? 도대체 뭐가 불만이야? 뭐가!!"

“······.”

“뭐라고 말 좀 해봐! 야! 한강!”

“나 귀 안 먹었다. 내 이름이 한강인 줄도 알고.”

“말하라고 하잖아! 뭐가 불만인지, 도대체 뭐가 그리도 마음에 안 들어서 이러는 건지 한번 말해 보라고! 왜? 또 자른다고 하려고? 입 닥치라고 하려고? 흥! 어디 한번 해봐. 이번에 또 자른다고 하면 내가 사표 쓰고 나가 버릴 테니까.”

“내가 언제 자른다고 했다고 그래.”

“엉뚱한 소리 그만 하고, 얼른 말해! 왜 하루 종일 그 모양인지!”

강유의 음성이 집 안을 울리고 있었다. 온 동네가 그의 음성에 다 떠나갈 정도였다. 그에 반해 한강의 음성은 낮고 조용했다.

“내가 뭘?”

“내가 뭘? 지금 내가 뭘이라고 했냐?”

“그게 뭐?”

“허참, 기가 막혀서······. 지금 그런 말이 나와? 내가 뭘이라고? 어떻게 뻔뻔스럽게 그런 말을 해! 몰라? 네가 오늘 무슨 짓을 했는지 몰라? 너 오늘 하루 종일 회사 사람들에게 화풀이해 댔잖아! 그러면서 그런 말을 해? 도대체 너 왜 그러는 거야? 왜!”

한강이 무덤덤한 시선이 강유에게로 가 박혔다.

“내가 언제 화풀이를 했어?”

“했잖아! 오늘 하루 종일!”

“……”

“어제 분명히 화풀이 안 한다고 해놓고 이런 식으로 나올 수 있는 거냐!”

“……화풀이 안 한다고 한 적 없는데?”

“그랬잖아!!”

안 그랬다고 하면 끝까지 우길 것 같았다. 탁자에 반쯤 기대어 앉아서 그를 보던 한강은 더 이상 말하기 싫다는 표정으로 손을 흔들었다.

“시끄럽다. 피곤하니까 그만 하자, 이런 재미없는 짓.”

“재미없는 짓?”

“그래.”

어처구니없다는 시선에도 불구하고 태연스레 고개를 끄덕인 한강은 탁자에 기대고 있던 몸을 뗐다. 그리고는 강유를 스쳐 문으로 향했다.

재미없는 짓? 이게 재미없는 짓이라고? 거의 대부분이 사람들이 한강의 말 한마디에 기절하고 넘어가고 있는 상황인데 그게 아무렇지도 않아? 피곤하다는 말로 대충 넘어갈 수 있는 문제인 거냐? 이게?

강유는 화를 참지 못하고 스쳐 지나가는 한강의 팔을 잡아챘다. 손에 저절로 힘이 들어갔다. 하지만 한강은 아무렇지도 않은지 무덤덤한 시선으로 강유를 보았다.

"왜?"

"너⋯⋯."

잔뜩 따질 준비를 하던 강유는 잠시 말을 잃었다.

한강의 모습이 이상할 정도로 지쳐 보였다. 도대체 무슨 일이 있었던 거야? 단순히 자기 기분 내키는 대로 하는 게 마음에 안 들어 뭐라 하려고 했는데 어째 그냥 두는 게 더 나을 것 같아 보였다. 하지만 강유는 그냥 넘어가지 않았다. 그러기에는 오늘 한강이 회사에서 저지른 죄가 너무 심했다.

아침부터 소리소리 질러대며 단 십 분도 조용하게 있지 못하고 고함이나 질러댄 탓에 심장이 약한 여직원들은 쓰러지기 일보 직전까지 갔다. 한강의 음성이 들릴라 치면 모두 흠칫흠칫 떨기나 하고 어떤 사람들은 일부러 아픈 척을 해서 조퇴를 하는가 하면 한강에게 야단을 맞은 직원 중 몇은 사직하겠다고 하며 울기까지 했다.

강유와 준환에게로 몰려가 호소를 하는 이가 반이었고, 조퇴를 한 이가 나머지 반의 반이었으며, 애써 견디지만 곧 쓰러질 것 같아 보이던 이가 그 나머지였다.

어젯밤에는 갑자기 쳐들어와 침실까지 빼앗더니 직원들에게는 하루 종일 화풀이만 하고, 그것으로도 모자라 점심 시간조차 주지 않고 일만 해대느라 거의 모든 사람의 진을 빼놓은 한강.

그러니 어찌 가만히 있을 수 있으랴.

강유는 무슨 일이 있어도 한강이 왜 화를 내는 건지, 무슨 일이 있었던 건지 모두 알아내야겠다고 다짐했다. 최소한 그것만이라도 알아야 한다고 생각했다. 사실 그건 당연한 권리였다. 한강의 화풀이에 당한 것에 대한 보상이자 권리!

강유가 다그쳤다.

"빨리 말하라고 했다? 뭐냐고, 이러는 이유가 도대체 뭐냐고! 얼른 말해! 이유없이 당하는 게 얼마나 화가 나는 건 줄 알……."

"없어."

말을 뚝 끊으며 하는 말에 강유는 황당하다는 표정을 감출 줄 몰랐다. 그가 버럭 소리쳤다.

"없기는 뭐가 없어! 무슨 이유라도 있을 거 아냐? 당장 말해!"

"몰라."

다그치지만 한강은 고개를 저었다.

솔직히 정말 모르겠다. 술도 마시지 않았다. 당연히 숙취도 없었다. 그런데 대체 왜 이렇게 화가 나는 건지 이유를 모르겠다. 정말 알 수가 없었다. 그래서 솔직하게 모른다고 했다.

이상하게 걸리는 일이 있기는 했다. 그리고 그게 다름 아닌 휘민 때문이라는 것을 알고는 있었지만 한강은 처음의 입장을 고수했다. 이 정도 되면 강유가 물러나리라는 것을 아는 탓이다. 하지만 예상과는 달리 그는 한강의 대답을 그냥 넘기지 않았다.

강유가 한강의 어깨를 흔들었다.

"정말 이딴 식으로 나올래? 몰라? 뭘? 뭘 몰라?"

"……."

"너 예전에 안 이랬잖아. 화도 잘 안 냈지만 화가 나도 회사 사람들에게 화풀이하는 녀석 아니었잖아. 근데 왜 이러냐고. 이유가 뭐야? 왜 여유 만땅의 한강이 이 꼴이 된 거냐고!"

그걸 알면 이런 짓을 하겠냐고. 한강은 푹 한숨을 내쉬었다.

"그냥 좀 가주면 안 되냐?"

강유는 냉정했다.

"안 돼!"

"……꼭 이유를 들어야겠다고?"

강하게 나가는 게 통하지 않자 일부러 약한 척했지만 역시 통하지 않았다. 강유는 한 치의 망설임도 없이 고개를 끄덕였다.

"당연하지!"

그게 당연할 일인가? 원래 친구끼리는 가끔 이런저런 일도 묻어줄 줄 알고, 그래야 하는 건데.

한강은 머리카락을 뒤로 쓸어 올리며 다시 한숨을 내쉬었다. 요즘 들어 정말 한숨을 자주 쉰다. 오늘은 특히나. 하지만 한숨을 쉬지 않을 수가 없었다. 그는 멍하니 창밖을 내려다보았다. 어둠이 짙게 깔려 있었다.

그는 담담한 음성으로 말했다.

"이유를 꼭 들어야겠다면…… 미안한데, 정말 몰라. 그 이유가 뭔지, 내가 왜 이 꼴이 되었는지 아무리 생각해도 모르겠어. 확실한 건 지금의 나는 '한강'이 아니라는 것 정도다. 예전의 그 태평하고 자기 잘난 줄만 알던 그 한강이 아니라는 거. 그거밖에 모른다, 나."

"야, 한강……."

한강은 웃어버렸다.

"하하. 생각할수록 웃기는군. 정말 추해. 시간이 지날수록 괴물이 되어가는 느낌이야. 속에서부터 썩어서 결국에는 흉측한 괴물의 모습으로 변할 것만 같아."

"도대체 왜?"

한강이 이런 식으로 나올 줄은 몰랐던 듯 강유는 멍해졌다. 무슨 소리를 하는 거야?

어느새 한강은 강유가 바로 앞에 있다는 것도 잊고 정신없이 중얼대고 있었다. 한강은 입 안에 맴도는 것을 마구 풀어놓고 나면 머리가 맑아지지나 않을까 하는 마음에 순서도 뒤섞이고 누가 들어도 알아듣지 못할 말들을 늘어놓았다.

"생각해 보니 나 정말 옹졸한 놈이더라. 나도 몰랐는데. 웃기지 않냐? 천하의 한강이, 자기 딴에는 최고로 마음 넓고, 최고로 부드럽고, 최고로 유쾌한 녀석이라 생각했는데 그게 아니었던 거야. 진짜 웃겨."

"……."

"있지. 정말…… 난 다른 건 다 상관없는데. 시간 하나만은 빨리 지나갔으면 좋겠다."

"그게 무슨……."

"돈이 들어도 좋고, 어떤 대가가 필요하다 해도 좋으니까 딱 사 개월만. 많이도 안 바라. 딱 사 개월만 빨리 갔으면 좋겠다. 그러면 예전의 나로 돌아갈 수 있을 것 같은데, 추하게 변해가는 내 모습을 보지 않을 수 있을 것 같은데, 그렇게만 되면 예전의 밝고 긍정적인 한강이 될 수 있을 것 같은데……."

그는 자조적인 미소를 띠었다.

"정말 엉망진창이지. 후회가 돼서 미칠 것 같다. 정말…… 후회막심이야."

절레절레 고개를 저으며 하는 말에 강유가 물었다.

"뭐가?"

모르겠다, 저 녀석이 지금 무슨 말을 하는 건지. 뭐가 그렇게 후회막심이라는 건지. 하지만 짐작이 가는 것은 있었다. 혹시…… 휘민과 관계된 것은 아닐까? 그녀 때문에 이리 들쑥날쑥하는 것 아닐까?

생각해 보면 한강의 상태가 이상해지기 시작한 것도 휘민과 결혼을 하고부터였다. 정말 그런 건가? 그런 생각을 하는데 한강의 음성이 계속해서 들려왔다.

"만나지 말 걸. 그때…… 차 세우지 말고 그냥 갈 걸. 그런 어처구니없는 말 같은 거, 그거 듣지 말 걸. 별것도 아니었을 텐데 할 수 있으면 해보라고 할 걸. 절대…… 안 한다고 할 걸. 그랬으면 이렇지는 않을 텐데…….”

“강아?”

“이미 지나간 일로 후회해 봤자 소용없다는 건 안다. 그러니까 딱 사 개월만…… 정신없이 가버렸으면 좋겠다. 그러면 괜찮아질 텐데…….”

낮게 중얼거리며 그렇게 말하지만 한강의 마음은 그렇지 않았다.

과연 사 개월 후가 되면 예전의 자신이 될 수 있을까? 순간 한강은 설혹 사 개월이 지나고, 휘민과의 사이가 남남이 된다 해도 절대 예전의 모습은 될 수 없을 거라고, 문득 그런 생각이 들었다. 그것은 이성적인 판단이라기보다는 감정적인 판단이었다. 하지만 스스로도 거의 단정에 가까운 확신을 하게 만드는 그런 판단이었다. 게다가 사 개월이 후딱 지나가고 휘민과 남남이 되어버리면…… 견딜 수 없을 것만 같은 그런 생각까지 들었다.

충격이었다. 휘민으로 인해 자신의 모습을 잃는다는 것도 놀랍지만 그런 휘민과 헤어지는 게 견딜 수가 없어? 그는 놀라고, 또 경악했다.

‘말도 안 돼!’

정말 말도 안 된다. 예전의 모습을 찾을 수 없어? 그 긍정적이고 밝고 활달한 그 한강이 될 수 없어? 단순히 성휘민, 그 여자가 없다는 이유로? 그녀가 없으면 견딜 수 없어?

믿을 수 없었다.

그는 마구 머리를 흔들었다. 절대 있을 수 없는 일이라 생각하며. 성휘민이 뭐라고. 고작해야 반년간의 계약 결혼 상대자일 뿐이다. 그게 어떻다고. 지금까지 다른 여자를 만나보지 못한 것도 아니고, 바보도 아닌데 그게 뭐가 어떻다고. 여자와 사귀다가 헤어지는 것 정도야 지금까지도 많이 겪지 않았던가. 결코 큰일은 아니다. 그래, 그럴 거다.

'하지만……'

한강은 고개를 흔들었다.

휘민은 지금까지 만나왔던 그 많은 여자들과 분명 달랐다. 그녀는 그런 평범한 여자들이 아니다. 다른 사람에게는 어떨지 모르겠으나 적어도 한강에게는 그랬다. 한강은 휘민과 있을 때면 다른 여자들과 있을 때 느끼지 못하는 감정을 느끼곤 했었다. 그리고 그녀와 사랑을 나눌 때면…… 죽을 것처럼 황홀했다. 그런 여자가 그런 가벼운 상대일 리 없지 않은가.

사 개월만 빨리 가길 바란다고 하면서도 아직까지 진실을 알려주지 않는 것만 해도 그랬다. 사실 마음속 깊은 곳에서는 사 개월이 사 년 같고 사십 년 같기를 바라는 걸지도 모른다는 생각까지 들었다. 이런 마음으로 그녀를 만나기 전으로 돌아갈 수 있을 거라 생각하다니. 이미 마음이라는 것이 변해 버려 그럴 수 없는 것을……

'돌아갈 수 없어. 결코…… 돌아갈 수 없어!'

한강은 확실히 깨달았다. 휘민이 자신의 모습을 완벽하게 바꾸어놓았다는 것을. 그리고 영원히 원래대로 돌아가지 못하게 만들었다는 것을. 그게 휘민이다. 그게…….

쾅!

갑자기 문소리가 났다. 한강과 강유가 동시에 문 쪽을 보았다.

"어?"

"무슨……."

문을 열어뒀던 모양이다. 그런데 이상하게도 누군가가 있었던 것만 같은 느낌이 들었다. 하지만 그들은 아무것도 발견하지 못했다. 역시 문을 열어뒀던가 보다.

멍하니 문만 바라보고 있던 한강은 조금의 시간이 흐른 후, 한숨을 내쉬었다. 문소리가 났던 것도 잊고 어느새 다시 자신만의 생각에 빠져들었다. 그러다 천천히 강유를 돌아보았다. 그리고 문득 깨달은 듯 말했다.

"강유야…… 강유야."

"왜?"

화가 나 있던 강유는 시큰둥하게 받았다. 한강은 피식 웃어보였다. 그리고 낮게 중얼거렸다.

"내가…… 아무래도 내가 그 여자를 꽤…… 좋아하는 모양이야."

"그 여자? 네 아내?"

"내 아내?"

"아냐? 그새 다른 여자를 사귀었냐?"

"아니…… 후후. 맞아, 내 아내."

한강은 웃어버렸다. 그러자 강유가 황당하다는 듯이 말했다.

"바보 아냐?"

"뭐?"

"그걸 이제 알았냐?"

"넌 언제 알았는데?"

"너 결혼하겠다는 소리를 들었을 때부터."

한강은 멍해졌다.

알고 있었다고? 자신은 지금에야 깨달은 것을? 다른 사람들에게는 다 보이던 것이 혹시 자신에게만 보이지 않았던 것은 아닐까 하는 생각이 들었다. 한강은 웃고 말았다. 그리고 그 순간 강유는 속으로 생각했다. 지금 한강이 벌이는 행태가 황당하다고 생각하며.

'꽤가 아니라 아주 많이 좋아하는 거다, 저 바보. 둔한 놈은 이런 때에도 자기 마음을 깨닫지 못하는군. 쯧.'

강유는 고개를 저으며 혀를 찼다.

"만나지 말 걸. 그때…… 차 세우지 말고 그냥 갈 걸. 그런 어처구니없는 말 같은 거, 그거 듣지 말 걸. 별것도 아니었을 텐데

할 수 있으면 해보라고 할 걸. 절대…… 안 한다고 할 걸. 그랬
으면 이렇지는 않을 텐데……."

"이미 지나간 일로 후회해 봤자 소용없다는 건 안다. 그러니
까, 딱 사 개월만…… 정신없이 가버렸으면 좋겠다. 그러면 괜
찮아질 텐데……."

"헉헉!"

정신없이 뛰던 걸음이 느려지다 어느 순간 뚝 하고 멎었다.
휘민은 천천히 숨을 고르며 본가로 걸어갔다. 머리 속에서 별별
생각이 다 떠돌아다니고 있었다. 그녀는 길게 한숨을 내쉬다가
픽 웃어버렸다.

"그랬었군."

공기를 가르는 소리가 이상하게 거슬린다. 분명히 자신의 음
성이었지만 지금은 그것도 의식하지 못할 정도였다.

그러니까 한강은 지금까지 계속 후회를 하고 있었던 거다.

협박으로 이 사태까지 온 것을 후회하고, 또 후회했겠지. 물
론 협박을 한 것은 자신이었다. 한성그룹이라는 대단한 집안의
일원이었으니 넘어갈 수밖에 없었을 거다. 그래, 그런 것이었
어. 일반적으로…… 그게 맞다. 그렇겠지. 협박을 한 당사자를
좋아할 리가 없지. 그런데 지금까지 도대체 무슨 착각을 하고
있었던 거지? 단지 조금 잘해줬다는 것 하나로…….

"하, 하하……."

허탈한 웃음만 터져 나왔다.

왜 이렇게 화가 나는지 모르겠다. 그냥 그러려니 해버리면 되는데. 그게 당연한 것이기도 하고, 상관없는 일이기도 한데 도대체 왜 이렇게 화가 나는 거야? 이렇게 정신도 못 차릴 정도로 멍해지는 이유는 대체 뭐야? 도대체 왜? 이유가 뭐야!

머리 속이 너무 어지러웠다.

휘민은 고개를 흔들었다. 이 황당한 감정이 어디에서 생기는 건지 도통 알 수가 없었다. 아무런 이유도 없이 화가 나고 무작정 짜증만 부리고 신경질만 내는 것은 마치…… 마치…….

'서, 설마……!'

휘민은 갑자기 깨달은 사실에 깜짝 놀랐다.

당혹스럽기도 하고 이해하기도 힘들었다. 아니야. 이건…… 그런 게 아닐 거야! 몇 번이나 고개를 흔들던 휘민은 본가로 달려갔다.

기다리고 말고 할 것도 없다. 바로 집으로 돌아가야겠어. 본가에서의 파티가 끝나고 나면 결혼식 직후 때처럼 한강은 집으로 오지 않을 테고 그럼 만날 일도 없을 거다. 지금에야 무슨 볼일이 있어 들른 것일 테고 그녀를 좋아하지 않는 그이니 분명 집으로 돌아갈 때쯤이면 사라지고 없을 테지. 그리고 그 뒤에는 오지 않을 것이다. 그래, 만나지 말자. 사 개월 동안만. 그가 그렇게도 원하는 사 개월 동안만 버티자. 그러면 되는 거다. 지금 느끼는 감정은 결코 그녀가 생각하는 그것이 아니다. 분명히 그럴 거다. 그러니까 사 개월만…… 사 개월만 견디자.

아마도…… 꽤 좋아하는 것 같다. 누구를?

성휘민, 말 한마디 없이 혼자서 집으로 돌아가 버린 그 여자를.

누가?

내가, 천하의 한강이.

피식, 한강은 웃어버렸다.

지금 뭐 하자는 건지 모르겠다. 스스로에게 묻고 대답하기를 벌써 한 시간째다. 그것도 같은 질문에 같은 대답만 되풀이하는.

'좋아한다' 라는 것. 한강에게는 결코 가벼운 것이 아니었다.

지금까지 가족을 제외한 누군가에게 마음을 내준 적이 없었다. 물론 강유는 달랐지만 그런 일은 지극히 드물었다. 또한 이성은 처음이었다. 그렇기에 한강은 그것을 깨닫게 되자 가만히 있을 수가 없었다. 하루도 그 상대를 보지 않고는 마음이 진정되지 않았다.

그날부터 한강은 하루도 빼놓지 않고 출퇴근을 집에서 했다.

그는 휘민에게 자신이 태어나 처음으로 이성을 좋아하게 되었다고 허심탄회하게 털어놓고 이야기를 나누고 싶었다. 자신을 조금이라도 마음에 두고 있는지, 혹시라도 세현을 좋아하는 것은 아닌지, 그때 그 남자는 누구였는지 묻고 싶었다.

때로는 휘민에게 달려가 안고 키스하고 싶었고, 때로는 늦은 밤 그녀의 침실로 들어가 사랑을 나누고 싶기도 했다. 어떤 때는 이런 감정이 착각에서 온 것은 아닐까 의심이 들었고 세현이 아니더라도 다른 누군가를 좋아하는 건 아닌가 물어보고 싶었다.

하지만 그는 그 어떤 것도 이루지 못했다. 무슨 일 때문인지 휘민이 그에게 잔뜩 화가 나 있었던 것이다.

조금만 가까이 가도 매섭게 노려보니 안고 싶어도, 키스하고 싶어도 할 수가 없었고 사랑을 나누는 것은 꿈도 꿀 수 없었다. 그냥 이야기를 하려고 해도 휘민은 들은 척도 하지 않았고 한강이 뭔가를 시도하려고 할 때마다 무슨 끔찍한 것이라도 대하는 것마냥 치를 떨며 물러나기 일쑤였다.

도통 그 이유를 알 수 없었던 한강은 처음에는 왜 그러냐고 이유를 묻곤 했다. 그럴 때마다 휘민은 앞으로 사 개월만 참으라는 둥, 그동안 고생이 많았다는 둥, 앞으로는 알아서 피해주겠다는 둥, 자신도 그다지 달갑지는 않았다는 둥의 한강으로서는 알아들을 수 없는 말만 해댔다.

가까이 가는 것만으로도 싫은 건가? 그전에는 그렇지 않았잖아?

휘민의 뜻 모를 태도에 한강은 많은 고민을 해야 했고 그가 내린 결론은 지금 휘민의 심기가 좋지 않다는 것이었다.

그럴 때는 한 걸음 물러나 있어주는 것이 상책.

그 뒤로 한강은 의식적으로 휘민을 피했다. 잘되었다는 듯이, 휘민은 그런 한강의 태도에 조금도 신경 쓰지 않았다. 그것이 어째서인지 한강의 기분을 상하게 했고 초조하게 만들었지만 한강은 곧 휘민이 괜찮아지면 대화를 나누어야겠다고 생각하며 꾹 참았다. 하지만 일이 이런 식으로 진행되자 그들은 한강의 뜻과는 달리 며칠간이나 대화를 나눌 수 없었다. 그에 따라 집 안에 사람이 있음에도 그곳은 항상 정적에 휩싸이곤 했다.

'도대체…… 무슨 일이야!'

아무리 생각해 봐도 이해할 수 없었던 한강은 그녀가 크게 화를 내며 또 무슨 이상한 소리를 할까 저어되어 차마 다시 묻지는 못하고 혼자서 끙끙댔다. 차라리 며칠간 서로의 얼굴을 보지 않는 게 좋은 방법일 것 같다는 생각도 들었다. 하지만 또 그렇게 할 수는 없어 그는 그답지 않게 매일같이 집으로 들어와 휘민의 눈치를 살폈다.

신기한 것은 그렇게 화를 내는 것을 보면 휘민은 한강이 보기 싫은 모양이었는데도 수업을 마치면 즉시 집으로 들어온다는 것이었다.

그날도 마찬가지였다.

아침이 되어 거실로 나오다 마주쳤다. 한강이 뭐라 말하려고 할 때 휘민이 휙 몸을 돌려 다시 방으로 들어가 버렸다. 그리고 그 후는 평소와 조금도 다름이 없었다. 여느 때처럼 휘민은 서둘러 준비를 하고 바로 나가 버렸다. 그 시각이 여섯 시였다. 요즘 들어 유독 빨리 등교를 하던 것을 생각하면 그리 이른 시각은 아니었다.

쾅!

한강은 현관문이 닫히는 소리가 들리기 무섭게 급히 계단을 뛰어올라 가 이층 서재로 달려갔다. 두껍게 쳐진 커튼을 걷어 골목 밖을 보았다.

좌라라락—

커튼이 젖혀지며 휘민이 골목을 벗어나고 있는 모습이 창을 통해 비춰졌다.

멍한 눈으로 그 모습을 한참 동안 지켜보기만 하는 한강.

요즘 그의 아침은 거의 매일이 이랬다. 무심한 척, 휘민이 나가는 모습을 보지도 않고 있다가 현관문이 닫히는 즉시 서재로 뛰어올라 와 골목 저편으로 사라지는 휘민의 모습을 지켜보는 것. 그것은 한강을 한없이 초라하게 만들었다.

이게 뭐 하는 짓인지 모르겠다. 무슨 스토커라도 되는 것처럼. 그 생각에 한강은 허탈한 웃음을 터뜨리지 않을 수 없었다.

"점점 미쳐 가는구나, 한강."

그는 머리를 흔들었다. 그 탓에 머리카락이 아무렇게나 앞으로 흘러내려 왔지만 신경 쓰지 않았다.

왜 이렇게 되어버린 건지 모르겠다. 그냥 이야기를 나누고 싶었던 것뿐인데 어째서 휘민은 그렇게 싫어하는 걸까? 그전까지는 그렇지 않았는데…… 왜 이제 와서 그렇게 싫어하는 티를 내는 걸까? 그런데 나는 또 왜 그것에 신경을 쓰는 걸까? 좋아한다는 감정이, 이렇게도 자괴감을 몰고 오는 것이었던 건가?

"쿡."

웃지 않을 수가 없었다.

상대가 싫어하는 기미만 보여도 신경을 끊어버리던 한강이었다. 어떻게 보면 그 성격에 맞지 않다 생각될 만큼 그럴 때만은 냉랭했었다. 그런데 그런 그가 이런 식으로 싫다는 티를 팍팍 내는 상대를 두고 미련을 버리지 못하는 모습이라니…….

자못 추하게까지 여겨졌다. 그는 자조적으로 웃다가 금세 언제 웃었냐는 듯이 얼굴을 굳혔다.

꽈앙.

힘을 주어 창틀을 내려졌다. 꾹 깨물고 있던 입술이 열렸다.

"……빌어먹을."

뚜벅뚜벅.

휘민은 우뚝 걸음을 멈추었다. 담담해 보이던 얼굴에 의문이 들어차기 시작했다.

"이상해."

확실히 이상하다. 그렇게 싫다면서 사 개월만 빨리 갔으면 좋겠다고 했던 한강이 매일매일 집으로 퇴근한다는 것은 아무리 생각해도 이상했다. 그것도 본가에서도 일곱 시 전에는 들어온 적이 없는 사람이 여섯 시가 되기도 전에 들어오는가 하면 아무리 늦어도 열두 시를 넘기지 않으니 어찌 이상하다고 하지 않을 수 있겠는가.

게다가 이 한강이라는 남자는 그것으로도 만족하지 못하고 계속해서 휘민에게 말을 걸려는 등의 전혀 이해할 수 없는 행동을 함으로써 그녀에게 더욱 의문을 선사하고 있었다.

그리고 또 이상한 점.

그것은 다름이 아닌 휘민 자신에게 있었다. 그녀는 스스로의 마음을 알 수가 없었다. 학교에 있을 때면 오늘 한강이 집으로 올까, 오지 않을까를 생각하며 초조해했다. 그리고 집으로 들어가 한강이 있었을 때, 안도감과 동시에 짜증이 같이 이는 것도 이상했다.

그가 말을 걸 때는 화를 내며 말하고 싶지 않다는 티를 팍팍 내면서도, 그가 포기하고 가버리면 서운함을 느끼는 것도 이상했다. 문소리만 나도 저절로 고개를 돌리는 것도 이상했고, 같은 공간에 한강이 있을 때는 유독 예민해지는 감각도 어색하고 이상하게 느껴졌다.

정말 모든 게 이상하다.

그 탓인지 이유를 알 수 없는 짜증이 일었고 감정이 기복이 굉장히 심했다. 휘민은 얼굴을 찡그리며 몸을 돌려 지금까지 자신이 걸어왔던 길을 돌아보았다. 휙 소리 나게 다시 몸을 돌리고 가방을 고쳐 멨다.

"괜찮아."

그녀는 낮게 중얼거렸다.

그래, 괜찮다. 아무것도 아니야. 휘민은 스스로에게 그 같은 말을 몇 번이나 중얼거리며 걸어갔다.

sex
appeal.

「난 타고난 건강 체질이었다. 엄마는 쓰러져 본 적도 있다던데 난 아빠를 닮아 한 번도 쓰러진 적이 없다. 곤란한 상황이 닥치면 역시 아빠를 닮아서인지 무작정 회피하고 싶어진다. 그런데도 워낙 건강하다 보니 혼절하는 일은 없었다. 내가 불만스레 말하자 아빠는 이렇게 말씀하셨다. '그럼 달리기 연습을 하는 게 어때? 웬 달리기? '달리기 연습을 해서 피하고 싶은 상황이 닥치면 도망을 가는 거야. 어때?' 어떻기는 뭐가 어때? 당연히 말도 안 되지.」

제10장

혼절

한참을 침대 위에서 누워 있었다.

몸이 천근만근이다. 고개만 들어 시계를 보았다. 열 시. 피곤했던 모양이다. 다섯 시만 되면 일어나던 그녀가 무려 다섯 시간씩이나 더 잔 것을 보면. 오늘은 학교 가기도 다 틀렸다. 하긴 하루 정도 빠지는 것도 나쁘지는 않지. 신경을 쓴다고 쓰지만 요즘은 공부에 전력을 다할 수가 없었다. 사실 귀찮다는 생각까지 들곤 했다. 휘민은 짧게 한숨을 내쉬고 일어나 밖으로 나갔다. 거실 소파에는 한강이 신문을 펴 들고 앉아 있었다.

'어?

휘민은 거실에 있는 벽걸이 시계를 보았다.

잘못 봤나 했지만 분명 열 시다. 어떻게 지금까지 집에 있는 걸까? 이미 출근을 하고도 남을 시간인데?

'뭐, 쉬는 날인가 보지.'

한강이 회사에서 얼마나 바쁜 인물이며 한성그룹 자체가 다른 기업과는 달리 빨간 날이 아니면 쉬지 않는다는 것을 모르는 휘민은 그렇게 생각하고 주방으로 향했다.

요즘 휘민은 계속해서 토하고 있었다. 그러다 보니 속이 허했다. 오늘은 작정을 하고서라도 뭔가를 먹어야 할 것 같았다. 토해도 먹고, 또 토해도 먹으면 되겠지. 설마 하니 먹는 족족 다 토하기야 하겠어?

휘민은 그렇게 결심하고 냉장고 문을 열었다. 그러자 소위 말하는 냉장고 냄새가 확 들이닥치며 후각을 자극했다. 원래부터 후각이 예민했던 휘민이지만 오늘은 유독 더 심하게 냄새를 느껴 속에서부터 올라오는 구토를 참느라 안간힘을 써야 했다.

운도 없지. 며칠 만에 단단히 각오하고 연 냉장고인데, 냄새는 냄새대로 속을 흔들어놓고 안에는 어떻게 된 게 식욕을 당기는 것이 아무것도 없을 수가 있지? 진짜 너무해.

휘민은 울상이 될 수밖에 없었다. 뭔가 먹지 않으면 진짜 죽을지도 모르는데…….

'후우.'

그녀는 절로 터져 나오는 한숨을 겨우 삼켰다.

다섯 시가 지나고, 여섯 시가 지나고, 일곱 시가 지나도 나타나지 않는 휘민의 모습에 걱정이 되기는 하는데 차마 침실로 들어가 보지는 못하고 회사에도 가지 못한 채 거실에서 안절부절못하며 앉아 있던 한강은 벽걸이 시계가 열 시가 되었음을 알리자 결국 참지 못하고 그녀의 침실로 들어가려고 했다. 하지만 또 혹시라도 휘민이 깨어 있으면 어쩌나 싶어 안으로 들어가지 못하고 망설여야 했다.

"아아, 어쩌지?"

한참을 망설이던 한강은 순간 멈칫했다.

'잠깐! 내가…… 원래 이렇게 소심했던가?'

그는 잠시 고민해야 했다.

정말 알 수 없는 것이 그는 누가 뭐래도 사교성도 좋고 밝다 못해 어떻게 보면 능글맞다고까지 할 수 있을 정도의 성격이었다. 그런데 그것이 지금은 조금도 도움을 주지 못하고 있었다.

'말도 안 돼. 절대 소심하지 않아!'

속으로 그렇게 소리치며 손잡이에 손을 갖다 댔다. 하지만 그러다가도 다시 손을 거둘 수밖에 없었다. 망설여졌던 것이다. 소심한가? 고개를 갸웃했다.

'아니야!'

다시 손을 손잡이에 가져갔다. 하지만 또다시 주춤.

한강은 손잡이 쪽으로 손을 내밀었다가 거두는 행동을 반복할 수밖에 없었다. 스스로 소심하지 않다 중얼거리면서도 망설이는 자신이 무척 황당하고 충격적이었다.

그는 이를 악 물었다.

"에라, 모르겠다. 우선 들어가고 보자!"

한강은 소리치듯 말하고 손잡이를 잡았다.

그때였다. 갑자기 안에서 부스럭대는 소리가 나더니 발걸음 소리가 이어졌다. 그는 얼른 뛰어가 소파에 앉았다. 그리고는 신문을 허겁지겁 집어 들었다.

뚜르르. 뚜르르.

"우왓!"

'아, 이럴 때 뭐야?'

휴대폰이 울리자 얼른 배터리를 뽑아버린 그는 자신이 든 신문이 거꾸로 들려 있자 허둥지둥 신문을 바로 들어 착 펼쳤다.

그때 문이 열리고 휘민이 나타났다. 그녀는 힐끗 한강을 보곤 부엌으로 향했다. 하도 안 나오기에 강도라도 든 건가 싶었는데 그건 아니었던 모양이다. 그런데…….

'뭐야? 왜 저렇게 마른 거야?'

냉장고 문을 여는 손목은 채 한 줌도 되지 않을 듯했고 금방이라도 쓰러질 듯 약해 보였다. 어느새 신문이 떨어지는 것도 느끼지 못하고 한강은 인상을 썼다.

'무슨 일이 있었던 건가?'

너무 야위었다. 왜 그동안 알아채지 못했을까? 저렇게 말랐는데. 원래도 마른 체형이었지만 저 정도는 아니었다. 지금은 건드리기만 해도 쓰러질 것 같았다. 그러고 보니 지금까지 아침을 먹는 것을 본 적이 없었다. 원래 아침을 안 먹는 건가 보다 했더니 그게 아니었던 건가? 도대체 어떻게 된 거야? 정말 어디 아픈 거 아냐?

한강은 걱정이 되어 견딜 수 없었다.

생각 같아서는 바로 달려가 어디 아픈 것은 아니냐고 묻고 싶었지만 소심함에 그렇게 하지는 못하고 지나가는 말을 가장해 말했다.

"어디 아픈 거 아냐? 병원에라도 가보지 그래?"

담담하게 말하지만 한강의 음성에서 초조함이 묻어났다.

냉장고만 보고 있던 휘민의 고개가 옆으로 돌아갔다. 역시 말랐다. 눈도 퀭해 보이고 볼도 홀쭉하다. 진짜 아픈가 보다.

한강은 자신도 모르게 입술을 깨물었다. 하지만 그런 그의 태도를 전혀 느낄 수 없었던 휘민은 저절로 눈살이 찌푸려지는 것을 느꼈다.

뭐야? 지금까지 단 한 번도 신경 써준 적이 없던 사람이 갑자기 왜 저러는 거야? 평소에도 관심을 가져 주는 사람이면 말도 안 한다. 그렇게 자신에게 관심없음을 노골적으로 드러내던 사람이 남이 아프든 말든 무슨 상관이야?

잠시 한강을 노려보다가 입을 연 휘민의 음성은 한없이 퉁명스러웠다.

"무슨 상관이에요? 우리 말 안 하기로 한 거 아니에요? 신경

끄시죠?"

휘민은 대뜸 그렇게 말하더니 손에 힘을 줘 꽝 소리 나게 냉장고 문을 닫고는 자신의 방으로 들어가 버렸다.

한강은 순간 멍해졌다.

"우리가 말 안 하기로 했었나? 도대체 언제? 왜?"

그는 고개를 갸웃할 수밖에 없었다.

말을 하지 않은 채 며칠씩이나 지나긴 했지만 그는 단지 휘민이 화가 난 듯 보여 말을 붙일 수 없었던 것뿐이다. 단지 그것뿐이었는데 언제 그녀와 말을 하지 않기로 한 것인지 왜 신경을 쓰면 안 되는 건지 알 수가 없었다.

요즘 한강은 고민이 많았다.

휘민에게 병원에 한번 가보라는 말을 했다가 무슨 상관이냐며 신경 쓰지 말라는 말만 주구장창 들었다. 뭐가 그렇게 기분이 나쁜 건지 그냥 병원에 가라는 소리밖에 안 했는데 마구 화를 내던 것을 생각하면…… 더 이상은 못하겠다.

휘민의 말마따나 신경 딱 끊고 회사 일에나 전념하고 싶은데 하루가 다르게 말라가는 그녀를 보고 있으려니 그럴 수가 없었다.

도대체 뭐가 문제야?

정말 묻고 싶었다. 하루도 빠지지 않고 집에 들어가는 것으로도 모자라 매일 아침 일어나면 봐야 하는 얼굴이 한강이다 보니 스트레스가 쌓여 그런 거냐고, 보기 싫은 얼굴을 보고 있으려니 화는 치미는데 참으려니 견딜 수 없어서 그런 거냐고 묻고 싶었다. 하지만 차마 휘민의 입에서 '그래요'라는 소리가 나올까 봐 두려워 물을 수 없었다.

한참을 고민하던 그는 무작정 학교로 찾아갔다. 그쪽에 일이 있어 나온 것처럼 해서 휘민을 태우고 볼일이 있는 것처럼 해서 병원으로 데려갔다. 온 김에 진찰 좀 받자고 하면 싫더라도 받을 거라 생각했다. 그런데 휘민의 행동도 자신의 예상과 달랐다. 그녀는 왜 진찰을 받아야 하냐고 물으며 한강이 병원에 볼일이 있는 거라면 자신은 그냥 버스를 타고 가겠다고 했다. 그렇게 말하면서 정말 차에서 내리기까지 했다. 부러질 듯 가는 다리를 보니 혹시 병원 안까지 걸어 들어가는 게 싫어서 그러나 하는 생각이 들었다. 아니면 병원 특유의 소독약 냄새가 싫거나.

그런 생각에 이번에는 의사를 집으로 불렀다.

건강검진을 받는 척하며 하는 김에 같이 받자고 했다. 그러자 휘민은 자신이 무슨 전염병에라도 걸린 줄 아냐며 화를 냈다.

결코 그런 뜻이 아니었는데…….

놀란 한강은 더 이상 진찰을 받아보라는 말을 하지 않아야겠다고 다짐했다. 하지만 그것도 며칠 가지 않았다. 신경 써서 살펴보니 아침이 되면 토하는 듯했고 언제나 반짝이던 눈동자는 흐릿하게 죽어 있었다. 잠도 유독 많아진 것이 어딘가 아프다는 게 여실히 드러났다. 그런데 어찌 가만히 있을 수 있을까.

결국 한강은 휘민을 억지로 끌고 병원에 가기에 이르렀다.

내리려 하지 않는 휘민을 억지로 차에서 끌어내는데 갑자기 그녀가 울음을 터뜨렸다. 병원 앞 주차장 바닥에 주저앉아 우는 휘민의 모습에 한강은 당황했다.

최음제를 먹고 모르는 남자와 사랑을 나누었다는 것을 확인했을 때조차 흘리지 않는 눈물을 흘리는 것에 놀랐고 한번 울기 시작하자 봇물이라도 터진 듯 그치지 않는 것에 놀랐다.

그는 어찌할 줄을 몰라 했다.

지나가는 사람들이 이상하게 쳐다보는 것은 상관없다. 그는 오로지 휘민이 왜 우는지 이해할 수가 없었고 어떻게든 울음을 그치게 하고 싶었다. 그는 어떻게든 휘민을 달래려 애를 썼다.

하지만 휘민은 그런 그의 마음도 몰라주고 거의 한 시간가량을 정신없이 울어댔다. 그리고 그 뒤 한 시간가량을 목이 쉬어 울었고, 또 한 시간가량을 탈진해 흐느꼈으며, 마지막 한 시간가량은 숨도 제대로 쉬지 못하겠는지 숨을 골랐다. 그리고는 그대로 기절하다시피 한강의 품에 안겨 잠들었다.

그날 한강은 십년감수하는 줄 알았다.

그렇다 보니 그 뒤로는 병원의 'ㅂ'자도 꺼낼 수 없었다. 하지만 걱정이 되어 가만히 있을 수가 없었다. 이런저런 계획을 세워 어떻게든 병원으로 데려가려 했지만 그럴 때마다 휘민은 울음을 터뜨렸다. 마치 시간이 퇴행해 서너 살짜리 아이가 되어

버린 양 바닥에 주저앉아 울어버리는데 무슨 수를 쓸 수 있겠느냐 말이다.

지금까지 수도 없이 보아온 것이 여자의 눈물이었고 남자의 허풍만큼이나 믿지 않는 것이 여자의 눈물이라는 것이었지만 한강은 도저히 이 성휘민이라는 여자의 눈물에는 강해질 수가 없었다.

그는 휘민에게 꼼짝도 못하는 자신을 이해할 수가 없었다.

그전까지는 걱정이 되기도 했지만 못된 말, 차가운 말 잘만 할 수 있었는데 이제는 그럴 수 없었다.

그는 매일매일 교문 앞까지 마중을 나갔다. 그러느라 퇴근도 한두 시간씩 앞당겨서 하곤 했다. 일벌레라도 된 듯 죽어라 일만 할 때는 언제고 직권을 남용해 가면서 출퇴근을 자기 마음대로 하는 것에 대해 사람들이 수군거렸지만 그는 상관하지 않았다. 그저 휘민이 혹시라도 일찍 하교하지나 않을까 싶어 어떻게 하면 조금 더 빨리 퇴근을 할까, 그 생각밖에는 없었다.

학교에는 이미 소문이 다 난 상태였다. 학생들은 한강의 차만 보고도 누가 나타났는지 알아볼 정도였고 어떤 때는 구경이라도 하려는 듯 휘민이 나오기 전부터 우르르 몰려나와 지켜보고 있기도 했다. 학교 선생님들과 수위들도 처음에는 그를 무척이나 경계했지만 신분을 밝히고 나서는 약간은 묘한 눈동자로 주시를 할 뿐, 특별한 제재는 없었다. 하지만 휘민은 짜증을 내며 오지 말라고 했다.

휘민의 말이라면 쩔쩔매기까지 하는 한강이지만 그것만은 들어주지 않았다. 혹시라도 자신이 없는 곳에서 잘못되지나 않을까 걱정이 되어 그냥 있을 수가 없었다. 그렇게 그는 그때부터 지금까지 단 하루도 빼지 않고 휘민의 등하교를 책임지고 해주고 있었다. 그리고 그것은 오늘도 크게 다르지 않았다.

점점 웅성이는 소리가 커져 간다. 고개를 드니 멀찍이에서 휘민이 모습을 드러내고 있었다. 오늘도 여전히 아름다운 얼굴이다. 한강을 보자마자 잔뜩 인상을 찌푸리는 것만 빼면.

그가 손을 흔들자 휘민의 미간이 더욱 찌푸려졌다. 하지만 그는 그저 웃기만 했다. 얼굴을 찌푸리면서도 그를 향해 걸어오는 휘민. 처음 마중 왔을 때는 저항하더니 이제는 그런 모습은 찾을 수 없었다. 이것도 발전한 거지, 한편으로는.

한강은 그런 생각을 하며 씨익 웃었다.

그때였다. 휘민의 모습이 순간 흔들렸다. 마치 흔들리는 카메라를 통해 보고 있는 것처럼. 그리고…….

서서히 바닥을 향해 추락하는 것이 보였다.

털썩.

익숙지 않은 소리. 그리고 결코 익숙해질 수 없는 소리.

시끌벅적한 곳, 등하교의 교문 앞에서 일어나는 소음 속에서도 귀는 휘민이 쓰러지는 소리를 감지해 냈다.

한강은 숨을 멈췄다.

툭, 쥐고 있던 담배가 바닥으로 떨어지고 순간 다리에 힘이 빠졌다. 사람들이 몰려들고 있었다.

꿈? 아니면 환상?

그 생각이 먼저 들었다. 한강은 세차게 고개를 저었다. 아니다. 이것은 결코 꿈같은 것이 아니다. 환상도, 환시도 아니었고, 눈이 어떻게 된 것도 아니었다. 지금 휘민이 쓰러진 거다.

"휘민?"

딱딱하게 굳어 있던 입이 열리고 음성이 흘러나왔다.

서서히 정신이 들었다. 하굣길. 휘민을 마중 나왔다. 그런데 그녀가 쓰러졌다. 그래, 그런 것이다. 한강은 지금 상황을 확실히 인지했다. 그리고 그것을 확인하자마자 한강은 그대로 바닥을 박차고 뛰어갔다.

"휘민아, 성휘민!!"

평소에는 제대로 불러보지도 못했던 이름을 목이 터져라 부르면서.

어느새 몰려든 사람들로 인해 안으로 들어갈 수가 없었다.

"비켜! 비켜!!"

한강은 짜증스레 사람들을 밀치고 안으로 비집고 들어갔다. 그리고 보았다. 창백한 안색으로 쓰러져 있는 휘민을.

쿵.

심장이 내려앉는다. 뚝 하고 심장이…… 떨어져 바닥으로 딩구는 소리가 귓가를 내리쳤다. 휘민의 모습은 마치 죽은 사람을 보는 듯했다. 덜컥, 겁이 난 한강은 얼른 휘민의 코에 손가락을 갖다 댔다.

"후우."

다행히도 미약하지만 숨은 쉬고 있었다.

괜찮아. 아무 일도 아닐 거야. 한강은 크게 안도하는 자신을 느끼며 급히 휘민을 안았다.

"그렇게 무작정 안을 것이 아니라 우선 응급차부터 불러서……."

"시끄러워!"

웬 교사로 보이는 사람이 다가와 제지하려 하자 한강은 휘민을 안은 팔에 힘을 주어 교사를 밀쳐 버리고 무작정 차로 향했다. 그리고는 웅성이는 사람들을 뒤로하고 휘민을 차에 태우고 자신도 탔다.

"아! 이제…… 어떻게 하지?"

그의 품에서 벗어났기에 쓰러진 거다.

무조건 내 옆에 있어야 해. 그런 단순한 생각으로 휘민을 차에 태운 한강은 순간 머리 속이 새하얗게 되며 안절부절못했다. 한시가 급한데 이게 무슨 짓이란 말인가! 스스로가 한심해 강에라도 가서 빠져 죽고 싶었지만 휘민이 생각나 그렇게 하지도 못하고 초조하게 주위만 둘러보았다. 그러던 중 아무렇게나 던져 놓은 휴대폰이 눈에 들어왔다.

"그래, 휴대폰!"

한강은 희색을 띠며 얼른 휴대폰을 집어 들었다. 그런데 이게 웬일인가! 수전증에 걸린 듯 덜덜 떨려 폴더를 제대로 열 수가 없는 것이 아닌가! 게다가 손바닥은 땀에 흥건하게 젖어 있기까지 했다.

"윽, 젠장!"

한강은 험한 소리를 내뱉으며 땀에 젖은 손을 바지에 문질렀다. 그런 뒤 길게 심호흡을 하고 다시 휴대폰을 집었다. 하지만 떨림이 멈추지 않아 잠시 휴대폰과 씨름을 한 후에야 겨우 열 수 있었다. 그런데…….

"아우, 젠장. 정말 미치겠네."

그는 머리를 벅벅 긁었다. 빌어먹게도 휴대폰 폴더를 겨우 열었더니 이번에는 아는 전화번호가 하나도 생각나지 않았다.

'어쩌지? 이제 어쩌지?'

마음이 다급했다. 그런데 갑자기 휴대폰에서 신호음이 들렸다.

"어?"

고개를 내려 들고 있던 휴대폰을 봤다. 숫자 5를 누르고 있는 엄지가 보였다. 화가 난 나머지 손에 힘이 들어간 모양이었다. 한강은 생각할 것도 없이 휴대폰을 귀에 댔다. 몇 번 더 신호음이 가고 반대 편에서 '왜?' 하는 소리가 들려왔다.

한강은 얼른 휴대폰을 들고 말하기 시작했다.

"미칠 것 같아. 큰일났어. 휘민이…… 휘민이……. 아, 이 근처 병원이 어디에 있지? 지금 아무것도 생각이 안 나서 어떻게 해야 될지 모르겠다고. 도대체 왜……. 혹시 무슨 병이라도 있었던 걸까? 아무리 제대로 안 먹었다고 해도 갑자기 쓰러지다니…… 지금 당장 가야 하는데. 손 떨려서 미칠 것 같아. 젠장. 이럴 줄 알았다면 아무리 울어도 병원에 데려가는 거였는데. 진짜 후회돼서 미치겠어."

그는 빠르게 머리를 쓸어 올리며 스스로도 알 수 없는 말들을 정신없이 떠들어댔다. 그러자 휴대폰 반대 편에서 조금은 서늘하고, 또 조금은 부드러운 남자의 음성이 들려왔다.

[잠깐! 강아, 좀 차분히, 차분히 말해. 지금 무슨 소리를 하는 거야?]

한강은 얼떨떨해졌다.

"세진 형?"

[그래, 강아. 나다. 대체 무슨 일이야?]

단축번호 5번이 세진인 모양이다. 한강은 좀 더 안심하고 말했다.

"그러니까 휘민이 쓰러졌어. 그래, 쓰러진 거야. 그냥 좀 피곤해서 쓰러진 거야. 아무리 요즘 들어 많이 마른다고는 하지만 다른 이유가 있을 리 없어. 병 같은 거 없겠지? 아무 일도 아니겠지? 응? 형, 그냥 잠자는 것뿐이겠지? 젠장, 대답 좀 해!"

차분하게 말한다는 것이 뒤로 갈수록 흥분을 하더니 결국에는 소리까지 치는 한강이었다. 세진은 중구난방으로 떠들어대는 한강의 말을 머리 속으로 정리하며 듣다가 말했다.

[듣고 있어.]

어째서 그렇게 차분한 건데! 어째서! 한강은 버럭, 소리라도 지르고 싶은 것을 참으며 물었다.

"여기, 휘민의 학교 근처에 병원이 어디에 있는지 알지? 좀 가르쳐 줘."

세진은 고개를 저었다.

어떻게 자신이 그 근처의 병원 위치를 안단 말인가. 한 번밖에 듣지 못한 휘민의 학교가 어딘지 기억나는 것도 머리가 좋으니 가능한 거다. 정말 세상 천지에 억지도 이런 억지가 없을 거라고 생각했다. 하지만 지금 한강의 음성으로 듣건대 많이 흥분한 듯하니 거기까지 생각을 못했을 수도 있겠다고 생각하며 인터넷 검색을 했다. 그리고 대충 병원 위치를 설명해 주었다. 설명을 끝내자 한강이 확인했다.

"사거리에서 좌회전?"

[그래.]

"그리고 직진하면 바로 나오는 거지?"

[그렇지.]

뚝.

대답이 들려오기 무섭게 한강은 폴더를 닫으며 뒤로 던져 버리고 차를 출발시켰다. 그에게는 한시가 급했다.

제대로 정신을 못 차리고 있다가 우회전해야 하는 상황에서 직진해 버린 한강은 잠시 헤맨 후에 병원으로 도착할 수 있었다.

병원에 도착하기 무섭게 차 키를 뽑을 생각은 하지노 않고 허둥지둥 휘민을 안고 뛰기 시작했다. 얼마 뛰지도 않았는데 긴장한 탓인지 온몸이 식은땀으로 땀범벅이었다. 그는 처음 와보는 병원의 응급실이 어디에 붙었는지도 모르면서 어떻게 도착했는지도 모른 채 퍼뜩 주위를 둘러보았다.

'의사. 의사. 의사!'

눈이 어떻게 되었는지, 아니면 환자들 사이에 가려진 건지 의사가 보이지 않았다. 그는 다급해 좀 더 안으로 들어가려 했다.

"잠깐만요. 더 이상 들어가시면 안 됩니다. 환자는 거기 눕히세요."

의사인지 간호사인지 모를 사람이 한쪽에 빈 침대를 가리키며 말했다. 의사인가? 속으로 갸웃하던 것도 잠시, 그 사람의 말을 알아들은 한강은 잔뜩 얼굴을 구겼다.

"사람이 다 죽어가는데 어떻게 그냥 눕혀? 당장 그녀부터 봐!"

"이봐요."

"치료하라고!"

그는 평소의 매너라거나 여유로움 같은 것은 모두 잃고 소리를 질렀다. 주위 사람들이 쳐다보는 게 느껴졌지만 신경 쓰지 않았다. 그러자 웬 간호사가 다가와 휘민을 살펴보는 듯했다. 한강은 얼른 안고 있던 휘민을 근처 침대에 눕혔다.

"음."

한강을 힐끗 쳐다본 간호사는 휘민의 눈을 뒤집어보더니 가 버렸다.

한강은 화가 났다. 사람이 죽어가는데 어떻게 저렇게 태평할 수 있는지 모르겠다. 만약…… 만약 그녀가 잘못되기라도 하면 그는 죽을 것만 같은데, 어떻게 저들은…….

한강은 참지 못하고 소리를 질렀다.

“왜 치료하지 않는 거야! 깨어나게 하란 말이야!”

간호사가 의사를 부르러 간 것인지도 모른다. 하지만 그는 그 잠깐도 견디지 못했다.

사람들이 와 말릴 때까지 한강은 목이 터져라 소리를 질렀다. 머리카락이 아무렇게나 흐트러지고 경찰을 부르라는 소리까지 들렸지만 아랑곳하지 않았다. 그는 의사가 와 휘민을 먼저 본다 고 하고 검사실인지 진료실인지 모를 곳으로 데려가며 우선 서 류를 작성해야 한다는 말에 그제야 물러났다.

일 분이 한 시간 같고, 열 시간 같고, 하루 같았다.

그는 초조함을 감추지 못하고 복도를 서성였다. 휘민은 검사 실로 들어간 후였다. 그는 꾹꾹 입술을 깨물었다. 그러다 갑자 기 멈추어 섰다. 더 이상은 참지 못하겠다.

“도대체 어떻게 되어가는 거야!”

안 되겠어. 들어가 봐야지. 아니, 들어가야 해! 그렇게 생각하 고 바로 안으로 들어가려 했다. 그때였다.

"강아!"

긴장으로 딱딱하게 굳어 있던 그의 고개가 돌려졌다.

"아!"

"어떻게 된 거야? 휘민이 갑자기 쓰러지다니."

"어머니……."

복도의 왼쪽으로 속속 가족들이 모습을 드러내기 시작했다.

부모님을 시작해 백모와 숙모까지 있었고 세현도 끼어 있었다. 한강은 가족들의 모습을 보자 적잖이 안심이 되는 것을 느꼈다.

긴장으로 굳어 있던 어깨가 느껴졌다. 앙다문 입술에 패인 자국이 느껴졌다. 꽉 쥔 손이 저릿저릿하니 굳어가는 것이 느껴졌다. 다리가 부들부들 떨리고 있다는 것이 느껴졌다.

"하아……."

그는 길게 한숨을 내쉬었다.

걱정스런 표정으로 어떻게 된 일이냐고 묻는 가족들을 본 후에야 모든 것이 느껴졌다.

털썩.

온몸을 지배하고 있던 긴장이라는 것이 한순간 쑤욱 하고 빠져나가는 것을 느끼며 다리가 풀려 버렸다.

"강아!"

"지금 네 꼴이……."

갑자기 주저앉아 버리는 한강을 본 가족들은 모두 놀랐다.

한강은 몇 번이나 억지로 일어나려 했지만 되지 않았다. 얼른 세현이 다가와 부축을 해주었다.

"괜찮아?"

한강은 간신히 고개를 끄덕였다. 그러자 진하린 여사가 심각한 표정으로 물었다.

"심각한 거니?"

"……네?"

한 박자 늦은 반응.

아직도 상황에 적응하지 못하는 듯한 모습이다. 옆에 있던 한윤후 화백이 아내의 말을 보충 설명했다.

"휘민이 심각한 상태냐고 묻는 거다."

"그래. 심각한 거야?"

엉망으로 흐트러진 한강의 모습은 흡사 정신병자를 보는 것 같았다.

지금까지 한강이 언제 저런 식으로 흐트러진 모습을 보여준 적이 있었던가? 절대 아니다. 그런데 그 한강이 저러니 모두들 휘민의 상태가 심각한 것이라 생각했다.

그것을 모르는 한강은 멍한 표정으로 가족들을 둘러보았다.

'무슨 소리를 하는 거야?'

그는 당연히 그들의 물음을 이해하지 못했다. 만약 평소였다면 분위기만으로 알아차렸겠지만 지금은 평소의 한강이 아니었다. 그는 그저 한쪽 팔은 세현에게 맡긴 채 멍하니 복도에 앉아 한참 동안 심호흡을 할 뿐이었다.

"우선, 화장실로 좀 가자."

"응?"

세현의 음성이 들리자 고개를 돌렸다.

세현의 얼굴이 걱정스러움으로 가득하다. 한강은 멍하니 '왜?' 라고 중얼거렸다. 그러자 세현이 손을 들어 그의 이마를 훔치고는 눈앞에 디밀었다.

"자."

세현의 손에 물기가 묻어 있다. 물? 아, 땀이구나. 한강은 소매로 이마를 닦았다.

"좀 씻는 게 좋을 것 같은데."

"됐어."

한강은 고개를 흔들었다.

휘민이 언제 나올지 모른다. 그런데 한가하게 씻고 있을 수는 없지. 그는 세현이 몇 번이나 권했지만 고집스레 고개를 흔들었다.

고집불통 같으니. 세현은 인상을 쓰며 말했다.

"검사할 때 시간 좀 걸리는 거 몰라? 들어간 지 얼마 안 됐다면서. 나오려면 한참은 멀었을 거다. 그리고 뭘 모르는 모양인데 지금 네 꼴 정말 우스워. 휘민 씨가 네 모습을 보면 뭐라고 하겠어? 나오다가 보기 싫어서 도로 들어가 버릴지도 몰라."

"……."

"씻을 거지?"

그렇게 더러운가? 만약 그렇다면 어쩜…… 정말 도로 들어가 버릴지도 모른다. 요즘 들어 자주 우는 휘민은 그냥 울어버릴지도 모르겠다. 그러면 안 되지. 그래, 씻어야겠어. 속으로 그렇게 중얼거리며 손으로 무릎을 짚으며 일어나려 했다. 하지만 잘되지 않았다. 세현은 얼른 한강을 부축했다. 한강은 비틀대며 화장실로 향했다.

"다 씻으면 나와."

세현은 화장실 앞에 있는 의자에 앉으며 그렇게 말했다. 한강은 고개조차 끄덕이지 않고 바로 안으로 들어갔다.

쏴아—

들어서기 무섭게 수도꼭지부터 튼 그는 두 손으로 세면대를 짚고 심호흡을 했다. 아직까지도 떨림이 멈추지 않고 있었다. 밑으로 추락한 심장이 아직 제자리로 돌아오지 않고 있었다.

그는 몇 번 머리를 흔들고 고개를 들었다.

"……."

그는 한숨이 튀어나오려는 것을 겨우 참았다.

정말 한심하군. 이게 무슨 꼴이냐, 한강. 정말…… 이상하다고.

한강은 속으로 그렇게 중얼거렸다. 거울에 비친 모습은 정말 엉망진창이었다. 아무렇게나 흐트러진 머리, 땀인지 눈물인지 얼룩진 얼굴, 피가 새어나오는 입술까지. 언제였던가. 초등학교

시절 반 친구와 티격태격하며 싸움을 한 후로 이런 식으로 흐트러지기는 처음이었다.

한심한 모습으로 멍하니 거울만 쳐다보는 모습.

정말 이상하다. 하지만 그럼에도 부끄럽지 않았다. 그것보다는 휘민이 만약 잘못된다면 견딜 수 없을 것 같았다. 휘민만 무사하다면 이보다 더 추한 모습을 할 수도 있을 것 같았다.

한강은 그렇게 생각했다.

만약…… 휘민이 잘못된다면 지금보다 더한 모습으로 매일을 살아가게 될 것이라고. 그리고 그때서야 느꼈다! 누구보다도 휘민을 사랑한다는 것을. 자신이 사랑이라는 것에 빠졌다는 것을!

"내가? 내가…… 내가……."

다 씻고 돌아가니 세진이 도착해 있었다.

분명 가족들에게 알린 사람은 다름 아닌 그일 텐데 자신은 제일 늦게 오다니. 한강이 눈을 가늘게 뜨며 한소리 하려고 하는데 검사실 문이 열리며 의사가 나왔다.

한강은 다른 생각 할 겨를 없이 바로 그 의사에게 뛰어갔다.

"검사는, 검사는 끝났습니까?"

한강이 물음과 동시에 의자에 앉아 있던 가족들까지 전부 일어나 몰려들자 그 모습을 본 의사는 가타부타 아무런 말도 없이 그들을 지나쳐 복도를 걸어가기 시작했다.

"이봐요! 검사가 어떻게 되었냐고……."

"진료실로 가서 이야기하도록 합시다."

의사의 말에 한강이 왜 진료실까지 가야 하냐고 다시 따져 물으려 하자 가족들이 막았다. 그들은 일제히 줄을 지어 의사의 뒤를 따라갔다.

꽤나 넓은 진료실에 도착하자 의사는 환자와 관계된 몇 명만 들어오라고 했다. 가족들은 모두 관계된다는 말을 하며 안으로 들어갔다. 그러자 넓게만 보이던 진료실이 무척이나 좁아 보였지만 의사는 아무 말 하지 않았다. 그저 가족들을 훑어보더니 끝으로 한강까지 보고는 이해할 수 없다는 표정을 지었다.

어떻게 봐도 저명인사 아닌 사람이 없다. 옷차림만 봐도 대단해 보이는 집안의 사람들. 그런데 환자를 저렇게 될 때까지 그냥 두다니. 그 상황이 도통 이해가 가지 않은 의사는 그들을 보며 고개를 흔들 뿐이었다.

"어디가 많이 안 좋습니까?"

세진이 나서서 묻자 한강이 그를 노려보았다.

옛말에 말이 씨가 되는 법이라 했다. 그런데 어디 함부로 안 좋다는 말을 입에 올리는 거야? 한강이 잔뜩 화난 표정으로 그를 노려보는데 의사가 입을 열었다.

"영양실조입니다."

그의 말에 모두 경악했다.

"영양실조?!"

"맙소사. 영양실조라니!"

“말도 안 돼!”

휙, 순간 모두의 고개가 한강에게로 돌아갔다. 휘민이 영양실조가 된 데는 전적으로 한강의 잘못이라 생각한 것이다.

그렇게 그들이 일제히 질책의 시선으로 노려보지만, 한강은 그것도 느끼지 못했다. 그의 얼굴은 이미 창백하게 질려 있었다. 그 누구보다도 더 충격을 받은 모습이다. 그 모습에 가족들은 차마 타박을 주지는 못했다. 그때 한강의 머리 속에는 의사의 말에 메아리치고 있었다. 영양실조. 영양실조라는 소리가. 그곳은 잠시 침묵에 휩싸였다.

그때 의사가 주위를 둘러보며 말했다.

“그런데 환자 분과의 관계가 어떻게 됩니까?”

“네?”

“환자 분이…….”

한강이 얼른 말했다.

“제 아내입니다.”

의사의 표정이 미묘하게 변했다.

“하지만 교복을 입고 있던데…….”

“의료보험증 안 보셨습니까? 년도 계산해 보면 스물한 살이라는 것을 알 수 있었을 텐데요?”

휘민의 상태는 말해 주지 않고 엉뚱한 소리만 하는 것에 화가 나 날카롭게 소리치자 의사는 그랬었나? 하는 표정을 짓다 고개를 끄덕였다.

"죄송합니다. 그것까지는 못 봐서……."

"그래서, 제 아내는 어떻습니까? 심각한 겁니까?"

의사는 잠시 생각하다 말했다.

"심각하다라…… 글쎄요, 심각하다면 심각한 것일지도 모르지요. 아무리 입덧이 심하다고 해도 아무것도 섭취하지 않으면 위험합니다. 뭐든 조금씩은 먹어줘야죠. 이런 식으로 하다가는 산모와 태아, 모두 위험해질 수 있습니다. 그러니 산모가 평소 좋아하던 것을 억지로라도 권해 섭취하도록 하십시오. 그런 것 정도는 잘 아실 분들이……."

열심히 설명을 하지만 아무도 그 뒷말은 듣지 않고 있었다.

"입덧?"

"산모? 누가?"

"태아?"

의사가 한 말을 다시 생각해 보던 그들은 다시 한 번 경악했다.

"설마…… 임신??"

세현이 눈을 동그랗게 떴다.

"강아, 왜 그 사실을 말하지 않았니?"

진하린 여사가 퍼뜩 한강을 보며 물었다.

"이런 경사스런 일을 왜 숨겨?"

김은우 여사가 살풋 웃더니 한강의 옆구리를 쿡 찔렀다.

"이렇게 좋은 일을 왜 안 알리고 있어!"

하연주 여사가 웃는 얼굴로 질책하듯 말했다.

그렇게 모두 부산이었다. 조금 전 질책의 시선과는 또 다른 시선으로 한강을 보며 한 마디씩 하는 가족들. 하지만 그들보다 더 놀란 사람은 다름 아닌 한강이었다. 그는 모두들 자신에게 따지듯 하자 소리쳤다. 만면에 퍼진 기쁨은 감추지 못하고.

"나도, 나도 몰랐다구요!"

그는 한달음에 의사에게로 가 확인했다.

"정말입니까? 정말…… 임신입니까? 휘민이, 내 아내가 진짜 아이를 가진 겁니까?"

"모르셨습니까?"

의사는 얼떨떨한 표정이었다. 그들이 그 사실을 모르고 있을 줄은 몰랐다. 하지만 한강은 그 말을 들은 척도 하지 않고 재촉했다.

"대답이나 해요! 확실합니까? 확실히 임신이에요?"

"삼 주가 좀 넘었습니다. 확실합니다."

"아아."

그는 의사에게서 최종 확인까지 받자 그대로 날아갈 것만 같았다. 그 순간 세상에서 가장 큰 선물을 받은 것 같은 감격을 느꼈다. 심각한 병이 아닐까 마음을 졸였는데 휘민이 자신의 아이를 가졌다니!

생각만 해도 기쁘다. 이런 기쁨은 지금까지 한 번도 느끼지 못했던 것 같다. 그는 기뻐서 어쩔 줄을 몰라 했다. 그리고 그때

의사의 말을 들은 가족들은 제각기 이런저런 말을 나누기에 바빴다.

"삼 주가 조금 넘어?"

진하린 여사가 눈을 동그랗게 뜨자 김은우 여사가 손가락으로 꼽기 시작했다.

"어디 보자, 삼 주라면 대충 우리가 자리를 마련해 줬던 때즈음 같은데……."

"그렇지요? 그럼 우리한테 고맙다고 해야 하는 거 아닌가요?"

"그러게. 고맙다고 해야지. 얼마나 열심히 둘을 붙여주려고 노력을 했는데."

"강아?"

김은우 여사와 진하린 여사가 말을 주고받으며 한강을 봤지만 그때까지도 한강은 기쁨 속에서 헤어나오지 못한 상태였다.

『내 첫 변화는 귀걸이였다. 자고 일어났더니 귀가 뚫려 있었다. 처음에는 모르고 있다 벽에 부딪히고 알았다. 아팠다. 뚫고 싶은 생각도 없었다. 게다가 난 남자인데……. 화가 나서 따지니 아빠는 시치미를 떼셨다. ‘민이, 귀 뚫었어? 난 몰랐는데?’ 분명 주범은 아빠다. 엄마는 이런 유치한 짓 안 한다. 하지만 그냥 넘어가 줬다. 얼마 가지 않아 두 번째 변화가 일어났다. 자고 일어났더니 머리가 노랗게 염색이 되어 있었던 것이다. 내가 한 번 자면 업어가도 모를 정도로 잔다는 것을 알고 저지른 범행이 분명했다. 이번에는 그냥 넘어갈 수 없다 생각하고 따졌다. 당연히 아빠는 또 시치미를 떼셨다. ‘난 몰라. 내가 뭐하러 그런 귀찮은 짓을 하겠어? 염색한 머리가 싫어서 내 머리도 염색 안 하는데’ 결국 난 내 방에 카메라를 설치했다. 번거롭게 매번 테이프를 갈아야 했지만 꼭 증거를 잡고 말겠다는 생각에 끝까지 포기하지 않았다. 그리고 세 번째 변화가 일어났다. 자고 일어났더니 손톱, 발톱에 매니큐어가 칠해져 있었다. 이번에는 증거물까지 들이대고 따져야겠다고 생각하고 테이프를 빼 재생시켰다. 화면에서 엄마가 내 손톱, 발톱에 매니큐어를 칠하고 계셨다.』

제11장

변화

맨 처음으로 든 생각은 머리가 아프다는 것이었다.

어둠 속을 헤매던 정신이 조금씩 돌아오기 시작하고 어느 정도 주위를 인식할 수 있게 되자 휘민은 천천히 눈을 떴다. 그러다가 다시 감아버렸다. 누군가가 망치로 머리를 마구 두드려 댄 것만 같았다.

"으음……."

휘민은 신음하며 두통이 가라앉길 기다렸다. 그런데 그때 웬 발자국 소리가 들려왔다.

누가 있었던 건가?

휘민은 마른침을 삼키고 눈을 떴다. 그러자 몇 명의 사람들이 눈앞에서 어른거리고 있었다. 그들은 휘민을 보자 자기들끼리 말을 하기 시작했다.

"어? 깨어났다!"

"어디? 어디?"

"진짜네. 어서 가서 강이 불러와라. 빨리!"

"아, 네."

"넌 여기 있어. 내가 갔다 오지."

"응."

주위가 부산스러웠다. 중구난방으로 떠들어대다 문이 닫히는 소리가 났다. 곧 점차적으로 멀어지는 발자국 소리도 났다. 휘민은 짧게 한숨을 내쉬고 상체를 일으켰다.

"아……."

팔에 힘이 들어가지 않아 숨을 들이키며 힘을 주자 진하린 여사가 다가왔다.

"일어나려고?"

"아아, 네."

휘민이 고개를 끄덕이자 진하린 여사는 휘민을 일으켜 베개로 등을 받쳐 주었다. 그녀의 도움으로 앉은 휘민은 길게 한숨을 내쉬었다.

온몸에 힘이 하나도 없었다. 왜 이렇게 나른하지? 왜 이렇게 힘이 없는 거야? 이건 마치 며칠 동안 물 한 모금 못 마신 사람 같잖아. 아…… 잠깐! 그런데 여긴 어디지?

잠시 숨을 고르던 휘민은 눈을 굴려 주위를 보았다. 병원 특유의 소독약 냄새가 희미하게 코끝을 스치고 지나갔다.

병원이라는 것을 깨닫게 되자 곧 휘민은 다른 생각을 했다.

왜 여기에 왔지? 무슨 이유로? 내가 모르는 무슨 일이 있었던 건가? 아무리 생각해 보아도 기억나지 않았다. 휘민은 인상을 썼다. 뭐지? 그녀는 한참 고민을 했다. 그러다가 문득 뭔가에 생각이 미쳤다. 비몽사몽 간에 걸어가다 중간에 정신을 잃었던 것을.

"흠."

휘민은 낮게 탄성을 내지르며 주억거렸다. 그리고 그때 그녀의 표정을 살피고 있던 가족들은 휘민이 낮게 신음하자 한꺼번에 말을 걸었다.

"왜? 어디 아파?"

"괜찮아? 어때? 몸이 안 좋아?"

"어때요? 속은 괜찮아요?"

휘민은 대답을 할 수가 없었다. 누구의 물음부터 대답해 줘야 할지 망설여졌다. 잠시 머뭇거리는데 하연주 여사가 끼어들었다.

"여기 병원 냄새 별로지? 나도 별로더라. 퇴원시켜 줄까? 집에 갈래? 너희 그 작은 집 말고 본가에 말이다. 한 며칠 푹 쉬면 괜찮아질 것 같은데……."

"그래, 그게 좋겠다. 본가로 가서 며칠 지내자. 이참에 먹고 싶은 거 있으면 다 해줄 테니까 말하도록 하고. 지금은 뭐 먹고 싶은 것 없니?"

"왜 없겠어요? 그동안 제대로 먹지도 못했던 것 같던데. 말해 봐. 뭐 먹고 싶어?"

휘민은 정신이 하나도 없었다.

저들이 왜 저러는 건지 이해를 할 수 없었다. 왜 저렇게 웃는 거지? 어째서 그렇게 쳐다보는 거야? 눈에서 불이라도 뿜어낼 것처럼. 부담스럽다. 무슨 일이라도 벌어진 건가? 도대체 왜?!

궁금증에 참지 못한 휘민이 막 입을 열어 물어보려고 할 때였다.

달칵.

문이 열리며 양손에 뭔가를 잔뜩 든 한강이 안으로 들어왔다.

"깨어났다면서요?"

"응."

세현이 웃으며 달려가 한강을 맞았다. 한강의 뒤로 그를 데리러 갔었던 세진이 눈에 들어왔다. 그는 한강의 어깨에 팔을 얹어 끌어당기며 세현을 보고 장난스레 말했다.

"이 녀석, 내 말이 다 끝나지도 않았는데 뛰어가 버리는 거 있지? 정말 대책없다니까. 걱정이 돼서 어떻게 먹을 걸 사러 갔는 지도 모를 정도야."

키득대며 말하자 세현이 눈을 빛내며 한강을 쳐다보았다. 세진의 말에 세현의 시선과 더불어 가족들의 시선까지 일제히 자신에게로 향하자 순간 한강의 얼굴이 붉어졌다.

그는 약간은 거친 손길로 어깨에 걸쳐진 세진의 팔을 치우며 말했다.

"뭐야? 도대체 무슨 헛소리를 하려고 그렇게 쳐다보는 거야? 다들 뭐예요? 내 얼굴 처음 봐요? 뭐, 더 얻어먹을 거 있다고 여기에 우르르 모여 있는 거예요? 야, 한세현! 다들 모시고 나가. 형도 나가고!"

한강이 세진의 등을 떠밀며 말하자 가족들의 표정이 짓궂게 변했다. 다른 사람도 아니고 저 한강이 얼굴을 붉힌다는 게 어디 흔한 일인가 이 말이다. 그들은 호기라도 잡은 듯 한강을 놀리고자 했다.

"아이구! 지금까지 키워준 게 누군데 애가 벌써부터 괄시를 하네? 자기 짝이 있으니 이제 이 어미는 뒷전이라 이거지? 응? 한강!"

진하린 여사가 소리치자 한강의 얼굴이 일그러졌다. 아까부터 그러더니 어머니라는 사람이 나서서 놀리면 어쩌자는 거야?

한강은 신경질적으로 머리를 쓸었다.

"그런 거 아니에요. 그냥, 그동안 제대로 못 쉬셨을 테니 이번 기회에 푹 쉬시라고……."

"이제 늙었으니 집에 처박혀 있으라는 말이야?"

"어, 어머니, 제가 언제 그런 말을 했다고……."

당치도 않은 말에 변명을 하는데 하연주 여사가 끼어들어 그의 말을 잘라 버렸다.

"그 뜻이 그 뜻이지. 형님, 이제 보니 아들 잘못 키운 거 같아요."

"그런 거 같지?"

진하린 여사가 맞장구를 치는데 김은우 여사가 나서서 두 여사의 어깨를 툭툭 쳤다.

"그만들 놀려. 이럴 때는 다 그런 법이잖아? 우리가 이해해 줘야지. 안 그래?"

"꼭 이해해 줘야 해요?"

"당연하지."

"호호호. 그럼 이번만 특별히 그냥 넘어가기로 하죠 뭐."

김은우 여사의 말에 하연주 여사가 웃으며 자리를 털고 일어나고 진하린 여사가 가방을 챙겨 들었다. 세진은 이미 한강에게 떠밀려 병실 밖까지 나가 있는 상태였고 세현은 웃으며 김은우 여사의 팔에 팔짱을 끼고 밖으로 나갈 채비를 했다.

한강은 겨우 안도의 한숨을 내쉴 수 있었다.

"이제 다들 가겠군."

낮게 중얼거리는데 가족들은 그렇게 할 마음이 없는지 나가다 말고 휘민에게로 다가갔다.

"안 가요?"

한강이 소리치자 진하린 여사가 피식 웃더니 말했다.

"잠깐만, 할 말은 하고 가야 하잖니."

그렇게 말하며 그녀는 휘민에게로 고개를 돌렸다.

"얘야, 지금은 몸이 안 좋겠지만 그때는 다 그런 법이니 그러려니 하고. 마음 편히 먹어라. 무슨 일이든 조심하고. 알겠니?"

"아, 네."

휘민은 얼떨결에 고개를 끄덕였다. 그러자 하연주 여사가 말했다.

"다시 한 번 말하지만 축하해~"

무슨 소리야? 축하라니? 고개를 갸웃하는데 세현이 끼어들었다.

"몸조심하세요!"

"하하. 뭐든 필요한 게 있으면 이 녀석 기다리지 말고 언제든 전화하세요. 그럼 언제든지 달려오겠습니다."

세진이 웃으며 한강의 옆구리를 쿡 찌르고는 그렇게 말했다. 뒤이어 김은우 여사와 한윤후 화백도 한 마디씩 했다.

"지금 생각이 나지 않나 본데 먹고 싶은 게 있으면 뭐든 말해. 언제든지 만들어올 테니. 알겠지?"

"몸조리 잘해라, 지금이 가장 중요하니."

휘민으로서는 도저히 알아들을 수 없는 소리들을 한 그들은 한강의 어깨를 툭툭 치며 '좋겠어!' 나 '잘해' 등의 말을 하고는 사라졌다. 당연한 소리겠지만 휘민은 그저 어리둥절할 뿐이었다.

'뭐야? 도대체 무슨 소리를 하는 거야?'

전혀 알아들을 수 없는 소리뿐이다. 몸조심하라는 말은 알아듣겠다. 쓰러졌으니 조심해야겠지. 하지만 그때는 다 그런 법이라니? 그때? 무슨 때를 말하는 거지? 수험생이라서 하는 말인가? 게다가 뭘 축하한단 말이야? 쓰러진 것을? 아픈 것을?

참 어처구니없다는 생각을 하며 눈살을 찌푸릴 때였다.

짜증스런 표정을 짓던 것도 잠시, 가족들이 축하한다는 말을 할 때는 바보라도 된 듯 헤실헤실 웃고 있던 한강이 채 웃음기가 다 가시지 않은 얼굴을 하고 침대 옆으로 다가왔다.

"몸은? 좀 어때?"

휘민은 짧게 한숨을 쉬고 대답했다.

"음, 괜찮아요."

빈말이 아니라 푹 자고 난 덕분인지 정말 몸이 많이 좋아진 느낌이었다. 휘민은 대충 그런 생각을 하며 고개를 끄덕였다. 하지만 한강은 그렇게 생각하지 않는 듯했다. 휘민의 대답에 전혀 동의하지 않는지 이상한 표정을 지었던 것이다.

"그래? 괜찮단 말이지?"

휘민이 한 말을 그대로 되받으며 중얼거리는 억양이 상당히 이상했다. 괜찮지 않기를 바란다는 뜻인가? 억양이 이상한 것이 기분 나빴지만 화를 낼 기운이 없어 휘민은 그냥 고개를 끄덕였다.

"네."

기다리고 있었는지 그녀의 대답이 떨어지기 무섭게 벌컥 화

를 내는 한강. 그동안 가만히 있느라 입이 근질근질했던지 그는
바로 두두두, 정신없이 잔소리를 늘어놓기 시작했다.

"괜찮아요? 괜찮기는 뭐가 괜찮아! 진짜 괜찮은 게 어떤 건
줄 모르는 거야? 그래서 괜찮다는 말을 하는 거냐고! 넌 하나도
괜찮지 않아. 알겠어? 내 이럴 줄 알았지. 그렇게 아무것도 안
먹겠다고 우기고 병원에도 가지 않겠다고 하더니 꼴이 이게 뭐
냐 말이지. 봐! 결국은 이렇게 쓰러지고 말았잖아. 지금 몇 시간
동안 정신을 못 차리고 있었는지 알기는 해? 장장 이틀이야. 이
틀! 47시간! 2820분! 169200초! 어떻게 그 긴긴 시간 동안 잘
수 있어? 어떻게 그렇게 둔해! 어떻게 그렇게 자기 몸을 몰라!"

마구 소리치던 한강은 조금 있다가 어이없다는 표정을 지었
다. 그리고는 그렇게 잔소리를 하고도 끝나지 않았는지 말을 이
었다.

"영양실조? 영양실조오? 하! 요즘 세상이 어떤 세상인데, 영
양실조오? 그 말을 들었을 때 내가 얼마나 황당했는지 알아? 쪽
팔리게 영양실조가 뭐야! 다른 거창한 병이면 말도 안 해. 의사
가 날 어떻게 생각했겠어? 그래도 명색이 보호자인데 아내가 영
양실조라니. 그동안 내가 병원에서 얼굴을 들고 다닐 수가 없었
다는 걸 알기는 해? 응? 할 말 있으면 해봐. 어떻게 사람이……
어휴. 그만 하고 말지. 그만 하고 말아."

실컷 쏘아대 놓고는 마치 어쩔 수 없이 그만 한다는 식으로
말하며 한참 동안 이어진 잔소리를 끝내는 한강이었다.

워낙 많은 말을 해 머리 속에 입력이 안 될 정도인데 그만 하는 거라고? 정말 웃기지도 않다. 저렇게 정신없이 쏘아대는 것을 보면 그동안 입이 근질근질해서 어떻게 참고 있었는지 신기할 정도였다.

'무슨 남자가…….'

학교에서도 저런 식의 잔소리는 들은 적이 없던 그녀였다. 그 아버지라는 사람이야 혼자서 온갖 욕을 다 해가며 때렸을 뿐, 지금처럼 잔소리를 하지는 않았었다. 그런데 다 커서 이런 식으로 잔소리를 듣게 될 줄이야!

휘민은 잔뜩 얼굴을 찌푸렸다.

예로부터 수다는 여자들의 특권이랬다. 그런데 어떻게 된 게 남자가 저리도 말이 많은 건지 모르겠다. 바가지는 여자들이 긁는 거지 남자들이 긁는 게 아니란 말이다. 그런데 더 웃긴 건 잔소리는 잔소리인데 어째 놀리는 듯한 느낌이 강하다는 것이었다.

게다가 저 얼굴은 뭔가? 잔소리를 하는 사람의 얼굴이 환하게 펴져 있다니. 거기다 잔소리가 아닌 칭찬이라도 해주는 것처럼 밝은 어조라니! 마치 한 편의 희극을 보고 있는 듯한 느낌까지 들었다. 정말 알다가도 모를 사람이다, 저 한강이라는 사람은.

휘민은 그렇게 생각하며 머리를 흔들었다.

그때 한강은 그만 하겠다고 해놓고는 다시 뭔가가 북받쳐 오

르는지 침대 위에 올려놓은 봉지에서 이것저것 꺼내기 시작하
며 뭐라뭐라 조금 전 퍼부은 잔소리를 이었다.

"사람이 말이야, 자기 몸은 자기가 알아서 해야지. 어떻게 그
렇게 물러. 내가 병원에 가자는 소리를 안 했다면 또 말도 안
해. 그렇게 가자고 하는데도 안 가겠다고 떼를 쓰더니 거봐, 결
국 이렇게 됐잖아. 이게 다 자업자득이라니까. 자고로 어른 말
을 잘 들으면 자다가도 떡이 나온다고 했는데 그렇게 말을 안
듣더니, 쯧쯧."

나이 차이가 몇 살이나 난다고 어른이네 뭐네 하는 거야? 정
말 지치지도 않는 모양이었다. 휘민은 한강의 잔소리를 한쪽 귀
로 흘려들으며 그의 손에 의해 침대 위에서 모습을 드러내기 시
작한 것에 시선을 옮겼다.

순간 휘민의 입이 떠억, 벌어졌다. 한강이 꺼낸 것은 대부분
이 음식이었는데 한 몇 달 치 먹을 양을 가져온 듯했다. 그리고
한강은 그 순간에도 끊임없이 뭐라뭐라 잔소리를 했다.

"많이 먹어야 한다니까. 먹는 게 남는 거라는 말도 있잖아?
그러니 뭐든 먹으려고 노력해야지. 자, 이건 푸딩. 그리고 이건
케이크. 너무 많으면 느끼할 것 같아서 한 조각만 샀어. 맛있게
생겨서 파인애플도 샀고 음…… 이건 독일 수제 소시지. 그리고
이건 초밥, 이건 이태리제 버진 올리브로만 맛을 낸 스파게티.
여기 유명 이탈리아 식당의 피자와 파스타도 있어. 자, 어떤 것
부터 먹을래? 조금씩 다 먹어볼래?"

한강은 작은 탁자에 음식을 잔뜩 올려주며 재촉했다.

그가 한 마디씩 할 때마다 질린 표정을 짓던 휘민은 고개를 내려 잔뜩 펼쳐진 음식을 봤다. 조금 전까지만 해도 괜찮던 속이 울렁이는 느낌이 들었다. 냄새 때문인가? 휘민은 눈살을 찌푸리며 그것을 물렸다. 그리고 물었다.

"영양실조라구요?"

"응."

휘민이 음식을 물리자 뭔가 뚱한 표정이던 한강이 그녀의 물음에 짐짓 미간을 찌푸리며 심각한 표정으로 고개를 끄덕였다.

'영양실조라⋯⋯.'

생각해 보면 그럴 수도 있겠다 싶었다. 벌써 며칠째 제대로 먹지 못했으니. 예전에는 아파도 악착같이 먹곤 했는데 요 근래는 그렇게 하지도 못했다. 그러니 영양실조에 걸렸다고 해도 하등 이상할 것이 없었다.

휘민이 고개를 끄덕이는데 한강이 계속해서 음식을 권했다.

"왜 물리는 거야? 이게 입에 안 맞는 거야? 화이트 와인 농어찜도 있고, S호텔 중식당 불도장도 있는데⋯⋯ 뭐 먹고 싶은 게 따로 있는 거야? 그럼 말해, 내가 사다 줄 테니."

"아니, 됐어요."

휘민의 찌푸려진 이마가 보이긴 했지만 한강은 이대로 물러날 수 없었다. 이틀째 링거만 맞고 있는데 음식물 같은 걸 섭취하지 않았다가 또 쓰러지면 어떻게 하려고.

"음식이 너무 자극적이라서 그래? 그럼 죽이라도 사 올까? 그래, 그게 낫겠지? 사실 며칠 동안 음식도 못 먹은 상태에서 이런 것들을 먹기는 좀 그렇지. 그럼 당장 사가지고……."

"우욱."

조금 전부터 속이 좋지 않았는데 죽 이야기를 하자 휘민은 더 이상 참지 못하고 화장실로 뛰어갔다. 그리고는 더 이상 토할 것도 없을 정도로 토했다. 그런 휘민의 뒤에서 한강은 어떻게 하지도 못하고 그저 안타까운 눈길만을 줄 뿐이었다.

'도대체 어떻게 해야 하는 거야!'

이런 상황에서는 어떻게 해야 하는지 그는 알지 못했다.

"그러니까…… 백모님께 말해서 자주 병원으로 들러달라고 해줘. 휘민이 혼자 있잖아. 안 그래도 왜 입원해 있어야 하냐고 난리인데 내가 없으면 분명 퇴원해 버릴 거야. 그러니 어머니나 백모님, 숙모님이 와서 지켜달라고 해줘. 노는 김에 병원에서 휘민과 같이 있어주면 좀 좋아? 숙모님께는 이수에게 말해서 부탁할 테니까, 백모님께는 형이 좀 말해 줘. 내 말 무슨 뜻인지 알아들었지?"

무슨 생각을 하는 건지 멍하니 앉아 있던 한강이 자신이 들어오기 무섭게 말을 쏟아내자 세진은 입가에 작은 미소를 매달았다.

시간은 금이라며 다른 건 몰라도 그냥 가만히 시간을 보내는 짓은 죽어도 못하는 저 한강이 멍한 표정으로 앉아 있는 것으로도 모자라 저렇게 허둥대는 모습이라니. 평소의 단정하던 그의 모습을 생각하면 휴대폰을 꺼내 사진이라도 찍어두고 싶을 정도였다. 강유가 특이한 일이 터졌다며 부르더니 확실히 재미있는 구경이긴 했다.

그런 생각에 세진은 상당히 유쾌해졌지만 그런 속마음과는 달리 조금은 빈정대듯 말했다.

"이수에게까지 뭐라고 말하려고? 숙모님도 끼어서 번갈아가며 병실 좀 지켜달라고 하려고?"

그 말에 한강의 얼굴이 찌푸려졌다.

당연히 그런 뜻으로 말하기는 했지만 세진의 말을 들으니 이상했다. 딸뻘의 며느리를 위해 병원에 들르라고 하는 것은, 거기다가 한 명으로도 모자라 세 명씩 왔다 갔다 하라는 것은……. 하지만 한강은 그런 생각을 한쪽으로 밀어내며 뻔뻔하게 세진의 말을 받아쳤다.

"그게 어때서? 그녀는 환자야. 아프잖아!"

"환자는 무슨. 누가 그런 걸 두고 환자라고 하냐? 그건 여자라면 누구나 겪는 거야. 아이를 낳지 않은 여자는 빼고."

"휘민은 보통 임산부하고 다르잖아! 담당의도 입원을 권유할 정도로 몸이 약한 여자라고!"

"하긴 입덧이 좀 심하긴 하지. 그래도 결국 임신한 것일 뿐, 심각한 병은 아니잖아? 그런데 그런 제수씨를 위해 어머니와 숙모님들이 직접 병원으로 출퇴근해야 하는 거냐는 거지, 내 말은."

어차피 들어줄 거면서 어지간히도 따지고 덤벼드는군. 분명 어머니나 백모, 숙모들이 좋아할 거라는 것을 모르지도 않으면서. 한강은 인상을 쓰다 자리에서 일어났다. 벌써 네 시가 다 되어가고 있었다.

'벌써 시간이…… 병원으로 가야지.'

퇴근 시간까지 두 시간이 넘게 남았음에도 그는 태연스레 그렇게 중얼거리고는 세진을 보았다.

"하여튼 쓸데없이 따지지 말고 말씀 좀 드려줘."

"뭐야? 어디 가려고?"

한강이 나갈 채비를 하자 장난을 치던 것도 잠시, 세진이 의아한 표정으로 물었다. 한강은 벽걸이 시계를 턱으로 가리키며 말했다.

"시간 다 됐잖아. 퇴근해야지."

세진은 기가 막혔다.

"지금 네 시도 안 되었어. 바보냐, 한강?"

한강은 멈칫했다. 그러다 대답했다.

"나도 알아. 그러니까…… 그러니까…… 아, 그래! 거래처에 들렀다가 퇴근할 거야."

지어낸 티가 역력했다.

그걸 누가 믿어? 하는 짓이 딱 이대로 퇴근해서 병원으로 갈 거라는 걸 광고하고 있는데. 그것은 눈치 빠른 세진이 아니더라도 알 수 있는 것이었다. 그런데 저런 눈에 뻔히 보이는 거짓말이라니 웃기지도 않는다. 한강의 행동에 기가 막힌 세진이었지만 그냥 넘어가기로 했다. 그것보다는 오히려 다른 것에 생각이 미쳤다.

"그런데 제수씨게 임신했다는 사실은 언제 알려줄 거야? 말하지 말라고 했다면서?"

방금 어머니께 들은 말을 상기시키며 묻자 거래처에 들렀다 간다고 하면서 서류는 하나도 챙기지 않고 대충 책상 정리만 하면서 퇴근 준비를 하던 한강이 멈칫했다.

"뭐?"

"임신한 거, 그거 안 알릴 거냐고. 이번에 제수씨 입원시키면서 쓰러진 김에 무슨 문제 없나 검사해 보자고 거짓말했잖아, 너."

한강은 잠시 침묵했다.

저건…… 아마도 알릴 생각이 없다는 거겠지? 그러니 가족들의 입단속을 한 것일 테고. 하지만 도대체 무슨 이유로? 한강의 생각을 이해할 수 없었던 세진은 당사자에게 사실을 말하지 않는다는 것에 황당함을 감추지 않고 말했다.

"뭐야, 바보 녀석. 그런 건 당사자에게 말해야 하는 거야. 심각한 병도 아닌데 뭘 숨겨? 검사 받는 거라고 했으니 어쩌면 제수씨는 자기가 무슨 병에 걸려서 그런 거라고 생각하고 있을지도 몰라. 그러니까 빨리 말해! 누구보다 사실을 알아야 되는 사람은 제수씨인 걸 모르지도 않는 녀석이 도대체……."

"알아."

"근데 왜 숨겨?"

"난……."

한강은 머뭇거리다 한숨을 내쉬며 말했다.

"난 그녀가 오해하는 것이 싫어."

"오해?"

세진이 말을 알아듣지 못해 되묻자 한강은 고개를 끄덕였다.

"그래, 오해."

잠시 뜸을 들이다 다시금 한숨을 쉬는 한강. 그는 고개를 들어 세진을 보며 입을 열었다.

"그녀가 임신을 함으로 인해 일어난 일들. 가령 학교에서 갑자기 쓰러진 것 같은 그런 일들이 그녀에 대한 내 사랑을 확인시켜 주었어. 내 스스로도 깨닫지 못하고 있던 것을 그 일들이 가르쳐 줬지. 그것에 대해서는 아직 태어나진 않았지만 우리 아기에게 정말 고맙게 생각해. 하지만! 아기는 단순히 내가 내 마음을 깨닫는 계기가 되었을 뿐, 사랑의 이유는 아니야. 아기가 생겼다는 것에 대해서는 너무 기쁘고 세상에서 가장 소중한 선물을 얻은 것 같지만 그것으로 인해 내가 성휘민이라는 여자를 사랑하게 된 것은 아니라는 말이야. 난 멍청하게도 지금까지는 까맣게 모르고 있다가 이제야 알게 된 내 마음을 그대로 그녀에게 보여주고 싶어. 어떤 포장도 없이. 그녀가 날 좋아하든 싫어하든 그것을 떠나서 처음으로 고백이라는 것이 해보고 싶어졌어. 그런데 그녀가 아기 때문에 내 태도가 바뀌었다고 오해를 하도록 둘 수는 없어. 최소한, 정말 최소한!"

한강은 손을 들어 자신의 가슴께를 가리켰다.

"내 이…… 터져 나갈 듯 심장을 꽉 메운 것들을 그녀에게 모두 보여준 후에, 그러고 난 다음에 아기에 대해 말했으면 하는 것뿐이야. 그래서 숨기는 것뿐이라고. 결단코 다른 이유는 없어."

그렇게 말하며 한강은 자신이 고백을 할 때까지 휘민이 임신한 사실을 알고 있는 사람들의 입단속을 부탁한다고 말했다. 간곡하게. 처음으로 한강의 입에서 그 소리를 들은 세진은 어쩔 수 없다는 듯이 고개를 끄덕였다.

휘민이 병원에 입원한 후로 한강은 확실히 변했다.

전에도 평소의 한강이라고는 생각지 못할 만큼 이상한 모습을 많이 보여줬지만 휘민의 입원 후로 아예 다른 방향으로 변해버렸다. 웃었다가 화를 냈다가를 반복할 때는 언제고, 이제는 하루 종일 멍한 모습이었다. 그냥 멍하기만 하면 다행이지. 문제는 그걸로 그치지 않는다는 데 있었다.

"야! 한강!"

꽝!

강유의 외침에 이어 벌컥 문이 열리는데도 한강은 고개조차 들지 않았다. 그러자 강유는 며칠간 그래 왔듯이 의례 그럴 줄 알았다는 표정으로 다가와 책상 위에 서류를 던졌다.

탁 소리와 함께 황색 철이 된 서류가 책상으로 떨어졌다. 강유는 신경질적으로 머리를 쓸며 소리쳤다.

“야! 이거 뭐야?”

“뭐가?”

관심없다는 투. 화가 치민 강유는 버럭 소리쳤다.

“이거! 이거!!”

뭐야? 왜 저렇게 흥분을 하는 건데?

강유의 태도를 이상하다는 듯이 본 한강은 책상 위에 던져진 서류를 끌어당겨 봤다.

“뭐?”

서류를 보고도 모르겠는지 다시 묻는 한강. 그러자 강유는 더욱 인상을 썼다. 똘똘하던 녀석이 아주 바보가 되어버렸어!

강유는 지금 한강이 보고 있는 서류의 윗부분을 짚으며 소리쳤다.

“이거, 이거! 안 보여? 이대로 계약하면 얼마나 큰 손해가 나는데! 너 제정신이야? 어떻게 이런 걸 그냥 넘어가? 최종적으로 네가 검토한 거라서 그냥 넘어가려다가 이거 발견하고 얼마나 놀랐는 줄 알아? 너 어떻게……”

화를 내며 따지다 한강이 지금까지 보고 있던 서류로 시선이

간 강유는 할 말을 잃었다. 멍한 표정으로 서류를 보던 강유는 더 이상 참지 못하고 버럭버럭 소리를 지르기 시작했다.

"야! 뭐야? 너! 이거 계산이 틀렸잖아! 계산기가 없는 것도 아닌데 어떻게 이런 걸 틀려! 어려운 것도 아니고 그냥 곱셈인데! 너 미쳤어?!"

"응? 무슨 소리를…… 아, 틀렸구나."

조금 전까지는 몰랐던 듯, 강유의 말을 듣고서 그것을 깨달은 한강은 서류를 끌어당겨 숫자를 지우고는 다시 계산했다. 그것은 한강이나 강유 정도 되면 특별히 계산기가 필요없는 두 자리 곱셈이었다.

"음…… 이러면 되나?"

대충 계산하고 고개를 드는 한강. 강유는 열이 뻗쳐오름을 느꼈다.

"65X12가 780이지 778이냐? 5X2가 8이야? 엉? 이 바보 멍청아!"

한강은 아, 했다.

"맞다. 5X2는 10이었지?"

그러면서 한강은 화이트로 쓱쓱, 778이라 쓰여진 것에서 중간 7을 지우고 8뒤에 0을 달았다.

"이러면 되지?"

더 이상은 화를 낼 힘도 없다. 강유는 푸욱 한숨을 내쉬었다.

"가라, 그냥 좀 가! 방해만 되면서 왜 있어!"

"……가도 돼?"

슬쩍 눈치를 보며 말하는 한강의 모습에 강유는 고개를 젓고 말았다.

"그래, 가라, 가!"

강유가 소리치자 조금 전까지만 해도 지겨워 죽겠다는 표정으로 서류를 들여다보던 한강이 벌떡 일어나 재킷을 잡아챘다. 그리고는 바로 날듯이 사무실을 튀어나갔다.

"그럼 먼저 퇴근한다!"

"바보 녀석, 이건 퇴근이 아니라 조퇴다! 이제 겨우 점심 시간 지났단 말이야!"

한강의 뒷모습을 보며 강유는 그렇게 소리를 질렀고, 지금까지 그들의 모습을 지켜보고 있던 홍보실 직원들은 절레절레 고개를 저었다.

"우리 실장님, 왜 저렇게 되셨지?"

"모르지. 정말 요즘은 아주 밥 먹듯이 실수를 하신다니까."

"무슨! 그냥 밥 먹듯이 하면 다행이지. 그래도 밥은 하루에 세 번밖에 안 먹잖아. 이번 실수가 오늘만도 벌써 아홉 번째라고. 어떻게 일 시작한 지 세 시간도 안 되었는데 아홉 번씩이나 실수를 하는지…… 한 번만 더하면 열 번이야, 열 번!"

"여지껏 실수라고는 모르던 분이…… 신기해."

"그러게."

당연히 한강은 그 소리를 듣지 못했다.

한강이 엉터리로 검사했던 서류를 계약하는 날이 되었다.

아침부터 홍보실은 바빴다. 워낙 큰 건인만큼 만반의 준비를 하는 모습이었다.

이번에는 한강 역시 다르지 않아 퇴근을 가장한 조퇴를 하지도 못하고 계속해서 사무실에 잡혀 서류와 씨름을 해야 했다. 그래도 빨리 끝내면 보내주지 않을까 싶어 참으로 열심히 했다. 그런데 강유는 전혀 그럴 생각이 없어 보였다. 점심 시간이 되자 한강의 사무실로 찾아왔던 것이다.

"밥 먹으러 가자."

톡톡.

책상을 두드리며 강유가 말했다. 그 뜻은 점심 시간 후에도 회사에 있으라는 말이었다. 한강의 얼굴이 일그러졌다. 아침 내내 서류 때문에 시달렸는데 또 해야 하는 건가? 보통 때는 잘 보내주더니 오늘은 왜?

한강은 입술을 툭 내밀며 말했다.

"그냥 지금 퇴근하면 안 돼? 밥은 병원에서 먹어도 되는데……."

강유는 어이없다는 표정을 지었다.

진짜 저거 한강 맞아? 다른 사람이 한강의 탈을 뒤집어쓴 거 아냐? 진짜 저 인간이 홍보실장 한강이냐고! 소리라도 지르고 싶은 것을 참으며 강유는 짐짓 심각한 표정으로 고개를 저었다.

"미안하지만 오늘은 안 돼! 아침부터 홍보실 전체가 왜 긴장 상태였는지 잊었어? 두 시간 후에 브랜드 건 계약해야지."

"시간을 좀 바꾸지 않고."

시간 조정을 하지 않았다고 투덜대는 모습에 강유는 다시금 치미는 화를 참지 못했다.

"야! 진짜 이런 식으로 나올래?"

강유가 정색을 하고 나오자 한강은 불만이 많았지만 입을 다물었다. 그리고는 강유의 화를 풀어주려는 듯 살짝 눈웃음치며 말했다.

"가자."

"어딜?"

"밥 먹으러 가자며?"

한강은 퉁명스럽게 대답하는 강유를 잡아끌고 밖으로 나갔다. 오늘은 아무래도 병원에 빨리 갈 수는 없을 것 같다고 생각하며.

'운도 없지. 왜 하필이면 계약이 오늘이야?'

그것이 못내 불만이었다.

"휘민은요?"

안으로 들어서며 묻자 진하린 여사는 화장실 쪽을 턱짓으로 가리켰다.

또 화장실에 가 있는 건가? 어느 정도 시일이 지나면 괜찮아진다고 하던데 왜 휘민은 안 그런지 모르겠다.

한강이 절레절레 고개를 젓는데 진하린 여사가 말했다.

"언제까지 숨길 거야? 계획이 있다니까 동참해 주고 있기는 한데…… 지금쯤이면 뭔가 이상하다는 것을 느낄걸? 아무리 입 덧이 심하고 몸이 약해 위험하다 해도 더 이상은 입원해 있기도 그렇잖니. 그 정도는 알지?"

"아, 네."

화장실 쪽을 보며 안타깝다는 시선을 거둘 줄 모르던 한강은 어머니의 말에 뜨끔했다. 될 수 있으면 이런 상태로 오래 가고 싶어하던 마음을 들켜 버린 듯했기에. 그리고 그때서야 깨달았 다, 이제 더 이상은 늦출 수 없다는 것을.

sex
/appeal.

「유치원에 들어가 좋아하게 된 여자애에게 좋아한다고 말하고 싶
었다. 하지만 부끄러워서 할 수가 없었다. 난 고민하다 아빠에게 말했
다. 그러자 아빠는 내 머리를 사정없이 쓰다듬더니 은근한 어조로 말
하셨다. '아빠가 좋은 고백 방법 하나 알려줄까?' 솔깃했다. 하지만
이야기를 듣고는 괜히 들었다고 후회했다. 아빠는 아빠도 써먹었다는
무슨 이상한 공주 이야기를 해주었다. 매우 유치했다.」

제12장

고백

"**나** 갈까?"

휘민이 의아해하며 바라보자 한강이 설명했다.

"이 병원 시설이 참 잘되어 있거든. 이제 곧 있음 퇴원할 텐데 한 번쯤은 뒤쪽에 있는 공원에도 한번 가봐야 하지 않겠나 싶어 서. 갈래?"

담담한 어조였지만 그는 혹시라도 거절할까 봐 긴장했다. 안 그래도 답답하다고 생각하고 있던 휘민은 쉽게 승낙했다.

"네, 나가요."

"아, 가자!"

한강이 좋아하며 활짝 웃었다. 그게 어딘가 이상했지만 휘민은 별다른 의문 없이 밖으로 나갔다. 어둠으로 물들어가는 공원은 후텁지근함을 벗어버린 듯 시원했다. 언덕으로 올라가자 맞은편에서 바람이 불어왔다. 속이 정화되는 듯해 기분이 좋아졌다.

"와아."

휘민은 난간으로 걸어가 깊게 숨을 들이켰다. 눈을 감고 기분 좋게 청량한 공기를 만끽했다. 그 모습을 지켜보던 한강은 뒤늦게 난간에 기댔다. 길게 우거진 나무와 하나둘 켜지기 시작한 불빛을 보며 입술을 축였다. 그리고는 툭 내뱉듯 말했다.

"혹시 그 이야기 알아? 예전에 어떤 영화에서 나왔던 건데 어떤 병사가 공주를 사랑한 이야기."

"갑자기 무슨 뚱딴지같은 소리예요?"

휘민이 고개를 돌려 그를 봤다. 황당하다는 어조였지만 한강은 신경 쓰지 않았다. 그는 가볍게 웃고 말했다.

"후후. 옛날에 한 왕이 무도회를 열었대. 워낙에 큰 무도회여서일까? 나라 안의 미녀란 미녀들은 다 모여들었어. 그런데 왕의 호위병사가 지나가는 공주님을 봐버렸지. 공주님은 황홀할 정도로 미인이었고 병사는 그만 사랑에 빠져 버렸어. 하지만 병사는 그 공주님을 어찌할 수가 없었대. 객관적으로 따져도 공주님과 일개 병사의 신분 차이는 엄청나니까."

"그거 어디서 들어본 이야기 같은데요?"

한강은 피식 웃었다.

"워낙 유명한 영화니까. 근데 들어본 거라도, 그냥 들어봐. 다를지도 모르잖아?"

"좋아요. 그래서요?"

"그래서 공주님을 사랑하게 된 병사는 어느 날 기어이 공주님께 고백을 했대. 공주님 없이는 이제 살 수 없다고. 공주님은 일개 병사일 뿐이지만 그의 말에 감동을 받았어. 그래서 조건을 내걸었지. 백 일 밤낮을 발코니 밑에서 기다려 준다면, 그렇게 한다면 병사의 사랑을 받아들이겠다고."

한강은 짧게 한숨을 내쉬고 말을 이었다.

"병사는 쏜살같이 발코니 밑으로 내려갔어. 그리고 하루, 이틀, 열흘…… 매일을 기다리고 또 기다렸지. 공주님은 창문으로 줄곧 발코니 밑을 내려다봤어. 병사는 꿈쩍도 하지 않고 그냥 기다리기만 했지. 비가 와도, 눈이 와도, 바람이 불어도 기다렸고, 새가 머리 위에 똥을 싸고, 벌이 쏘아도 움직이지 않았어. 그리고 구십 일이 지나자……."

한강은 잠시 침묵했다. 휘민은 재촉하지 않고 기다렸다. 한강은 다시 하나의 불빛이 켜질 때가 되어서야 말을 이었다.

"……어느새 병사는 전신이 마비되고 탈진 상태에 이르렀어. 온몸은 하얗게 눈에 덮여갔지. 눈에서 눈물이 떨어졌어. 하지만 그는 눈물을 닦을 힘도 없었대. 제대로 앞을 볼 기력조차 없었던 거지. 공주님은 그런 병사를 지켜보기만 했어. 드디어 구십구 일째가 되었어. 그날, 그때까지 미동도 없던 병사가 일어났어. 그리고…… 의자를 들고 가버렸지."

"마지막 날에?"

"응, 마지막 날에. 왜 그랬는지 알아?"

영화를 본 기억은 있지만 그 부분은 기억나지 않는다. 저 이야기도 영화 이야기인가? 휘민은 고개를 저었다. 휘민을 보지도 않고 그녀가 고개를 저은 것을 안 듯 한강이 말했다.

"병사는 공주님이 약속을 지키지 못할 것을 두려워한 거야. 단 하루를 남기고 공주님의 창가를 떠난 이유는…… 목숨보다 소중한 사랑이 이루어지지 않았을 때, 그 실망감이 얼마나 무서운 아픔으로 다가올지, 얼마나 끔찍한 고통으로 되돌아올지 병사는 두려웠던 거야. 그래서 구십구 일이나 기다려 놓고도 마지막 하루를 견디지 못한 거지."

거기까지 말하고 난 뒤 한강은 갑자기 고개를 돌려 휘민을 봤다. 눈이 마주치자 휘민은 움찔했다. 가벼운 어조와는 달리 눈빛은 깊게 가라앉아 있었던 것이다. 한강이 말했다.

"나, 그 병사의 심정이 너무도 잘 이해가 돼. 너와 만난 후로는 그 병사의 이야기가 단 한 번도 뇌리에서 떠난 적이 없어. 내가…… 그러니까 내가…… 그 병사와 똑같은 심정이니까."

휘민은 말이 없었다. 한강이 말을 이었다.

"하지만 내가 만약 그 병사였다면 백 일까지 기다렸을 거야. 거절을 당해 처참하게 무너진다 하더라도, 기다렸을 거야. 그래서 말하는 거야."

그는 주머니를 뒤적이다 작은 상자를 꺼내 열었다.

"아!"

상자 안에는 영롱하게 반짝이는 반지가 있었다. 휘민이 놀라 쳐다보자 한강이 꿀꺽 침을 삼키고 말했다.

"받아주지 않을래?"

"……."

잠시 그곳에 침묵이 감돌았다.

휘민은 크게 떠진 눈동자를 주체하지 못했고, 한강은 그 모습을 가만히 지켜보기만 했다. 한참 후에 휘민이 겨우 입을 뗐다.

"지금…… 장난해요?"

한강은 피식 웃어버렸다.

"지금 내가 한 말이 장난으로 들려?"

"아닌가요?"

"전혀. 난 장난 같은 거 하지 않아. 이런 경우에는 더 더욱."

그 말에 휘민은 더듬거렸다.

"그럼…… 내가 잘못 들은 건가요? 그 말은 꼭……."

휘민의 말을 자르며 한강은 부드럽게 웃었다.

"지금 내가 프러포즈하는 것으로 들렸다면 넌 제대로 들은 거야."

휘민은 경악했다. 잘못 들은 게 아니라고? 그럴 리가 없다. 저 남자가 내게 프러포즈이라니……. 휘민은 장난스레 고개를 저었다.

“하지만 우리는 이미 결혼했는걸요?”

“난 이따위 계약 결혼을 말하는 게 아니라 진짜 결혼을 말하는 거야.”

한강은 시종 진지했다. 더 이상은 웃음으로 때울 수가 없었다. 휘민은 고개를 흔들었다.

“있을 수 없어요. 말도 안 돼.”

싫다던 사람이 갑자기 웬 프러포즈? 정말 말도 안 돼! 그렇게 중얼거리는데 한강의 얼굴이 순식간에 팍 하고 일그러졌다.

“뭐가 말이 안 된다는 거지? 내가 장난치는 걸로 보여?”

“그럼 아니란 말이에요? 웬 프러포즈? 설마 당신이…… 당신이 날 좋아한다는 것은 아니겠죠?”

“좋아하는 정도가 아니야! 난 널 사랑하고 있어!”

휘민의 입이 딱 벌어졌다.

“미쳤어. 정말 말도 안 돼!”

“미쳐? 미안하지만 지금 난 지극히 정상이야. 정신과 의사의 소견서가 필요하다면 기꺼이 떼어다 주지. 왜 말이 안 된다는 건지 모르겠군. 카사노바 바람둥이는 사랑도 하면 안 된다는 거야, 뭐야?!”

휘민의 거부하는 듯한 말에 한강이 흥분해 소리쳤다.

휘민은 눈을 가늘게 떴다. 한강의 태도가 꽤나 진지해 보이긴 했지만 그걸 그대로 믿기에는 지금까지 믿어왔던 것이 너무도 확고했다.

‘이러는 데는 분명 무슨 이유가 있을 거야.’

속으로 그렇게 중얼거리며 궁리하던 휘민은 곧 무슨 생각을 했는지 멈칫했다. 그러다가 망설이며 조심스럽게 물었다.

“혹시 내가 심각한 병에 걸린 건가요?”

“뭐?”

한강의 얼굴이 황당함으로 물들었지만 휘민은 고집스럽게 말했다.

“그렇지 않고서는 이럴 수 없어!”

휘민이 소리치자 한강은 어이가 없어졌다. 순간 말도 제대로 나오지 않았다.

“어떻게 그런……”

황당해하며 우물대자 휘민은 그것을 정곡이 찔려 당황한 것을 판단했다.

“어쩐지. 학교까지 쉬면서 입원해 검사를 하라고 할 때부터 이상하다고 했어! 하지만 설마 죽을병에 걸렸으리라고는……. 얼마나 남았죠? 암? 아니면 다른 듯도 보도 못한 불치병인가요? 뭐죠? 숨기지 말고 말해요!”

소설을 써도 정도가 있지 무슨 불치병이야? 한강은 고개를 흔들며 한숨을 쉬었다. 임신을 하면 심신이 불안정해진다더니 그 말이 딱 맞는 말 같았다. 평소 휘민의 모습을 보면 똑똑하고 영리하기 그지없었는데 저렇게 말도 안 되는 생각을 해내는 것을 보면 말이다. 그런 생각을 한 한강은 다시금 휘민을 달래기 시작했다.

"아니야, 그런 거. 죽을병 같은 거 걸리지 않았어. 그냥……."

"거짓말!"

휘민은 소리쳐 한강의 말을 끊어버렸다. 그리고 쏘아붙였다.

"거짓말이야! 그게 아니면 이런 소리 할 사람이 아니라는 것을 내가 잘 아는데! 싫어한다는 것을 이미 알고 있는데 사랑한다고 하다니. 날 동정이라도 하겠다는 거예요?!"

"아니라니까. 그게 아니라…… 잠깐! 싫어한다니? 누가?"

"당신이."

"누구를?"

멍하니 묻자 순간 화가 난 휘민은 빽 소리를 질렀다.

"나를!"

한강은 조금 전보다 더한 패닉에 빠지고 말았다.

"말도 안 돼. 누구한테 그런 소리를 들은 거지? 누가 그런 헛소리를……."

"헛소리는 무슨 헛소리란 말이에요? 당신이! 당신이 그날 직접 말했잖아요!"

"그날?"

"그래요, 그날!"

한강의 이 어처구니없는 연극을 끝내게 하기 위해 소리쳤지만 그는 휘민의 말을 알아듣지 못했다. 그의 고개가 옆으로 기울었다.

"그날이라니? 무슨 그날?"

평소 똑똑한 척은 혼자 다 하더니 왜 갑자기 둔해진 거야? 그날의 일은 생각만 해도 화가 났다. 짜증이 치민 휘민은 앞으로 넘어온 머리카락을 대충 뒤로 넘기며 퉁명스럽게 말했다.

"몰라서 물어요? 당신과 강유 씨가 집에 와서 동네방네 내가 싫다고 떠들어댄 그날을 말하는 거잖아요!"

"난 그런 적이 없는데?"

휘민은 한 치의 망설임도 없이 태연하게 아니라고 말하는 한강의 모습에 기가 막혔다.

"내 귀로 직접 듣지 않았다면 깜빡 속아 넘어갈 만한 연기군요. 네, 좋아요. 모르겠다면 기꺼이 상기시켜 드리죠. 그날…… 강유 씨에게 당신이 말했어요. 앞으로 사 개월만 빨리 가버렸으면 좋겠다고. 그 사 개월이 남아 있는 우리의 계약 기간이었죠. 그렇게 말하면서 뭐라 했는지도 기억나지 않겠죠? 그럼 그것도 기꺼이 알려주겠어요. 당신은 정확히 후회막심이라고, 그때 차를 세우지 말았어야 했다고, 계약 같은 거 하지 말았어야 했다고. 그렇게 말했어요. 그래도 기억 안 나요? 그렇게 말하며 이미 지나간 일이니 후회해 봤자 소용이 없으니 남은 사 개월이 정신없이 가버렸으면 좋겠다고 말했었잖아요. 당신이!!"

분을 이기기 힘들었는지 휘민은 잔뜩 일그러진 얼굴로 소리쳤다.

그 말에 그제야 그때의 일이 생각났다. 그래, 그런 적이 있었었지. 하지만 그건 결코 그런 뜻이 아니었어. 단지 괴로워서 그런 말을 했을 뿐. 게다가 거기에는 강유와 자신밖에 없었는데 어떻게 그 일을 알고 있는…… 아!

"설마…… 그때의 인기척은 너 때문이었나?"

그때 강유가 말을 하던 중간에 문소리를 들었던 것을 기억해내고 묻자 휘민이 입술을 깨물며 고개를 끄덕였다. 그렇다면 거기까지밖에 못 들었던 거군. 그러니 저런 오해를 하는 거겠지.

한강은 길게 한숨을 내쉬었다.

"정말 황당하군. 그건 정말 말도 안 되는 오해야! 넌 그때 강유와 내가 하는 이야기를 끝까지 듣고 갔어야 했어. 난 결코 네가 생각하는 그런 뜻으로 그 말을 한 게 아니었어."

한강은 머리를 쓸어 넘기고 말을 이었다.

"그때는 질투심에 휩싸인 내 자신이 싫어 푸념을 늘어놓았던 거야. 너무 화가 나서, 너로 인해 스스로를 다스리지 못하는 내 자신에게 화가 나서, 그리고 네가 그 이름도 모르는 웬 꼬맹이와 함께 있는 게 너무 싫어서. 내게는 냉정하기만 하던 네가 세현과는 웃으며 있는 것조차도 견디지 못할 만큼 난 옹졸하고 마음이 좁아. 그리고 그런 내 모습을 그때까지는 몰랐었기에…… 그런 내가 너무 추하게 느껴졌던 것뿐이라고. 그래서 강유에게 푸념 아닌 푸념을 늘어놓았지. 결국에는…… 내가 생각 이상으로 널 좋아하고 있었다는 것을 깨닫게 되었지만. 어쨌거나 결코 네가 싫어서 그런 게 아니란 말이야!"

휘민의 입이 벌어졌다.

"말도 안 돼……."

"정확한 사실이야."

확고하게 휘민의 말에 마침표를 찍은 한강은 약간 자조적으로 말했다.

"난 오히려 네가 나를 싫어한다고 생각했는데?"

"난 그런 말 한 적 없는데요?"

휘민이 눈살을 찌푸리며 말하자 한강은 약간은 씁쓸한 웃음을 머금으며 말했다.

"말로는 하지 않았지. 하지만 하는 행동이 그랬잖아? 항상 내가 다가가기만 해도 싫어했고 다른 여자에게 가라는 둥의 소리를 잘도 했으니."

"난……."

"아아, 말하지 않아도 돼. 나도 네가 날 좋아하지 않는 것 알고 있어. 하지만…… 괜찮아. 지금부터 누구보다 더 행복하게 해줄게. 날 사랑할 수 있도록 해주겠어. 그러니…… 앞으로도 나와 함께해 주겠어?"

"……."

휘민은 멍하니 한강의 얼굴을 쳐다보기만 했다.

담담한 표정이었다. 약간 씁쓸한 표정이었지만 평소와 그다지 다르지 않은 모습이었다. 하지만 휘민은 보았다. 한강의 눈동자가 일렁이는 것을, 굳게 다문 입술에 핏기가 가신 것을. 아래로 내려진 팔목에 핏줄이 도드라져 보일 만큼 주먹이 쥐어진 것을.

겉으로는 평온함을 가장하지만 그는 온몸으로 긴장하고 있었다.

저것은 아마도 진심이라는 것이겠지? 저렇게 긴장하고 평소의 모습을 잃어버린 것은 역시 진심이라는 것이겠지?

휘민은 기쁨을 느꼈다. 믿을 수 있을 것 같았다. 저 일렁이는 검은 눈동자를, 저 믿을 수 없으리만치 아름다운 얼굴을, 굳게 다문 입술을, 주먹 쥐어진 손을, 그리고…… 무엇보다도 뜨거운 심장을. 이제는 믿을 수 있을 것 같았다.

휘민의 미소를 보았던 것일까? 한강이 천천히 입을 열었다.

"내 진심을 믿을 수 있겠어?"

그의 음성이 가늘게 떨렸다. 휘민은 조금 더 짙은 미소를 지으며 작게 고개를 끄덕였다. 한강이 물었다.

"그럼, 내 마음을 받아준다는 뜻으로 받아들여도 돼?"

역시 고개를 끄덕였다.

"그럼, 그럼…… 그 반년의 계약 같은 것은 없던 것으로 해도 돼?"

이번에도 고개를 끄덕였다. 그러자 가늘게 떨리는 음성으로 연거푸 물었던 한강은 마지막으로 다시 확인하듯 물었다.

"말을…… 확실히 말을 해. 계약 같은 거, 없었던 것으로 해도 되는 거지?"

“네.”

휘민이 조그맣게 대답하자 한강은 순간적으로 가까이 다가가 휘민을 부둥켜안았다. 갑자기 몸이 앞으로 쏠리자 순간 깜짝 놀란 휘민은 곧 미소를 지었다.

한강은 신께 감사하다는 말을 중얼거리며 휘민을 안은 손에 힘을 주었다. 1차 관문은 통과했다. 그 앞에 더 어려운 관문이 남아 있었지만 시작이 좋으니 다 좋을 것이라 생각했다. 잠시 행복감에 젖어 임신 사실은 나중에 말해 줄까 하는 생각도 들었지만 얼른 그 생각을 밀어낸 한강은 놓기 싫은 듯 조금은 천천히 휘민을 안은 팔에 힘을 풀었다.

휘민의 눈과 마주한 한강은 잠시 망설였다.

어떻게 말해야 할까? 말재주가 뛰어나다고는 할 수 없는 한강이었다. 항상 딱딱한 말만 해왔다. 물론 적당히 여자들을 띄워준 적은 있지만 지금은 어떻게 된 게 그런 말들이 하나도 생각나지 않았다. 한강은 눈을 딱 감았다. 그냥 사실대로 말하는 게 최고의 방법이라 생각했다.

“사실 지금 넌 임신한 몸이야. 사 주 정도 되었는데…….”

뭐라 말해야 할지 몰라 잠시 망설이는 한강을 보며, 아니, 한강의 말이 무엇을 뜻하는지 깨달은 순간 휘민은 경악했다.

‘임신!’

이상할 정도로 힘이 없었다. 뭐든 먹으면 다 토했다. 힘든 일은 한 적도 없는데 피곤했다. 가만히 있어도 눈이 감겼다. 지금까지와는 다르다는 것을 깨닫고는 있었지만 임신을 했으리라고는 생각지도 않았었다. 그런데 임신이라니! 하지만 그보다 더 놀란 것은 자신이 임신한 것과 한강이 프러포즈를 한 것의 연관성을 깨달았을 때였다.

그녀는 자신도 모르게 덜덜 떨리는 손을 들어 이마를 짚었다.

"그럼, 이 모든 게 아기 때문에……."

깨달은 사실을 입으로 내뱉는 것은 생각 이상으로 힘든 일이었다. 그에 대한 마음이 평범한 것이었다면 이렇게 충격을 받지는 않았으리라. 생각해 보면 한강을 향한 마음이 예상 밖으로 깊었던 모양이다. 그런데 한강은 그녀의 마음은 알지도 못하면서 아기를 가졌다는 이유로 저런 마음에도 없는 프러포즈를 하다니…….

눈물이 다 났다. 그의 태도가 너무나도 진지해 진짜인 줄 알았다. 아니, 진짜였으면 했다. 그래서 믿었는데 사실은 모든 게 아기 때문이었다니. 순간 휘민은 온몸에서 힘이 빠지는 듯한 느낌에 비틀거렸다.

'나를 사랑하는 게 아니야. 단지 아기 때문에, 아기가 갖고 싶어서, 그래서…….'

앞을 흐릿하기 만들었던 눈물이 더 이상 고이지 못하고 볼을 타고 떨어져 내렸다. 속이 상했다. 그것이 한강이 아기 때문에 고백을 한 것 때문인지, 아니면 다른 이유가 있는 건지는 알 수 없었다.

너무 여려졌다. 원래의 그녀라면 이런 일에 울지 않는다. 오히려 분노할 거다. 놀렸다는 것에 분노하고 단지 아기 때문에 사람의 마음을 이용하는 한강에게 화를 낼 거다. 하지만 지금은 그게 안 되었다. 그저 한없이 슬플 뿐이었다. 휘민은 그만 엉엉, 소리 내어 울고 말았다.

그때 한강은 갑자기 울음을 터뜨리는 휘민으로 인해 어쩔 줄을 몰랐다. 휘민의 눈물에 특히 약한 면모를 보이던 것이 바로 한강이 아니었던가. 그는 깜짝 놀라 홍수라도 터진 것마냥 쉴 새 없이 볼을 타고 흘러내리는 휘민의 눈물을 소매로 닦아주기에 바빴다.

왜 울지? 역시 오해한 건가?

휘민이 어느 정도 오해를 할지도 모른다고 생각은 했었다. 하지만 오해하게 되면 화를 낼 줄 알았지 이런 식으로 울어버릴 줄은 몰랐다. 그는 당황해 소매를 축축하게 만들 만큼 쉼없이 울기만 하는 휘민을 달래기 위해 애를 썼다.

“지금 내가 단지 아기 때문에 네게 이러는 것이라 오해를 하는 모양인데 절대 아니야. 듣고 있어?”

휘민은 그저 울기만 했다. 한강은 초조해졌다.

“아기 때문이 아니라고……. 젠장, 아니야! 아기 같은 거 때문에 프러포즈를 한 게 아니야. 난 원래 아기 같은 거 좋아하지 않아. 그저 빽빽 울기만 하는 아기 같은 거 진짜 좋아하지 않는다고. 단지 우리의 아기라 기쁜 거야. 내 말 듣고 있지? 이건 진짜야. 그날 당신이 쓰러졌을 때 심장이 떨어져 나가는 줄 알았어. 혹시라도 잘못될까 정신을 차릴 수가 없었어. 나도 내가 꽤 냉정하고 이성적이라 생각했는데 아니었어. 당신이 쓰러지고 나니 앞이 캄캄해서 어떤 것도 할 수 없었어. 바보 같게도 병원 하나 제대로 찾지 못해 허둥댈 정도로 난 정말 널 사랑하고 있어. 아기 때문이 아니라……."

"흑…… 흑흑."

야윈 뺨 위로 흐르는 눈물이 너무나도 애처로웠다.

한강은 계속해서 휘민의 뺨을 닦아주고 한 손으로는 등을 쓸어주며 그녀를 달래려 애를 썼다. 그는 말했다, 믿어달라고. 다른 건 다 안 믿어도 좋으니 자신이 그녀를 사랑한다는 그것만 믿어달라고. 이번만은 진심이니 제발 한 번만 믿어달라고. 그는 계속해서 같은 말만 했다. 그래도 울음을 그치지 않는 휘민을 보며 한강은 어쩔 수 없이 결심했다. 이제는 모든 진실을 털어놓을 때라고.

꿀꺽, 침을 삼킨 그는 울음조차 힘겨운 휘민의 얼굴을 내려다보다 꼭 안았다. 사실을 알게 되었을 때 휘민이 어떤 태도를 취할지 몰랐다.

치를 떨며 그를 떠날지도 모른다. 모든 것을 숨기고만 있었던 그에게 분노하고 다시는 보지 말자는 말을 할지도 모른다. 하지만 그는 더 이상 숨기기 싫었다. 원래 사랑은 신뢰에서 비롯되는 것이라 믿는 한강이었으니.

그는 깊게 숨을 들이쉬고 말했다.

"전에 그런 적이 있었지? 탐정을 고용할 권리를 주겠다고. 고등학교를 졸업할 때까지 내 호적으로 옮겨와야 했던 이유, 그것에 대해 내가 물었을 때 말이야. 그런 적이 있었잖아. 그 후에 학교에서 어떤 남자를 보고 공포에 얼어붙어 있는 너를 보고 난 정말로 탐정을 고용했었어. 그때 알았지. 사실…… 우리가 서울로 온 날, 그날 네 아버지는 죽었어. 뒷골목의 건달패들이 최후가 그렇듯이 네 아버지도 그와 다를 바 없었지. 그때 난 탐정을 고용했었기에 네가 왜 나와 결혼을 하려고 하는지 알았어. 그런데 숨겼어. 결혼 전에 이미 알았기에 사실대로 네 아버지의 죽음에 대해 말한다면 결혼하지 않아도 된다는 것을 알았지만 숨겼어. 처음부터 이 결혼이 네게는 계약이었는지 몰라도 난 아니었단 말이야. 난 순전히 내 스스로가 너와 결혼하고 싶었기에 한 거였다고! 사실을 알게 되면 네가 날 떠날 것이라는 것을 알았기에 숨겼고. 그래서…… 그 후 질투로 너무 힘들었어. 난 진심이었으니까. 넌 아니었더라도, 나는 그랬으니까. 지금 내가 네게 한 말은 결코 거짓이 아니야, 아기 때문도 아니고. 다른 건 몰라도 그것 하나만은 알아야 해. 내 말…… 알아들었어?"

흥분한 듯 소리치던 한강의 음성이 뒤로 갈수록 잦아들었다. 차츰 낮아졌으며, 고개도 천천히 내려졌다. 모든 사실을 말한 지금 이 뒤에 휘민이 어떤 태도를 취할지는 대충 짐작이 갔다. 아마도 화를 내며 떠나겠지, 자신을 경멸할 테지. 완전히 인연

을 끊자고 할 것이다. 이혼은 말할 것도 없고. 처음부터 결혼이
아니었다고 말할 지도 모르지.

'다 끝났어.'

속에서 뭔가 울컥하고 올라왔지만 그는 눈을 감으며 참았다.

바보가 아니다. 보내줘야 할 때가 언제인지 알고 있었다. 마
음 같아서는 납치를 해서라도 옆에 두고 싶었지만 이제는 그럴
수도 없었다. 사랑의 크기라는 것이 너무나도 달랐다.

자기 자신보다 휘민을 더 사랑하지만 않았더라면 그렇게 했
을지도 모른다. 하지만 이제는 그럴 수도 없었다. 그녀의 눈물
을 보고 알았다. 괴로워하는 휘민을 보고 알았다. 휘민의 괴로
워하는 모습을 옆에서 보는 것이 얼마나 힘든 일인가를. 잡아두
는 것보다 오히려 보내는 것이 낫다는 것을. 휘민의 아픔은 결
코 타인의 아픔일 수 없었기에. 한강은 몇 번이나 눈을 감고 주
먹을 쥐었다.

한강의 고백을 들은 휘민은 뭔가 뭉클한 것이 가슴 한가득 들
어차는 것을 느꼈다.

지금까지 그 아버지라는 사람에게 어떤 사랑이나 애정을 느
낀 적은 단 한 번도 없었다. 약간 있던 애정도 한강을 처음 만난
날 모두 버렸다. 물론 그것은 아버지도 마찬가지였을 것이다.
그러했으니 엄연히 피로 이어진 딸을 매춘굴에 팔 생각을 한 것
이겠지.

그래서일까?

아버지의 죽음은 전혀 마음에 와 닿지 않았다. 신문이나 잡지에서 보는 타인의 소식을 들은 듯 담담했다. 오히려 그것보다는 한강이 사실을 숨기고 결혼했다는 것이 더 마음에 와 닿았다. 협박이나 계약에 의해서가 아닌 마음으로 결혼을 했다는 것이, 선택조차 할 수 없는 길이었기에 택한 것이라고 생각했던 것이 사실은 아니었음에도 그 길을 그대로 선택했다는 것에 기쁨을 느꼈다. 따뜻한 무언가가 마음 가득 채워지는 것을 느꼈다.

휘민은 엉엉, 소리 내어 울고 말았다. 단순히 혼자만의 감정이라 생각했는데 아니라고 생각하니 기뻤다. 그의 사랑을 느낄 수 있어 좋았다. 진짜 가족이 생긴다는 생각에 들떴다. 지금 이 순간이 너무 좋아 참을 수가 없었다. 휘민은 온몸에 힘이 하나도 없었지만 끊임없이 울고 또 울었다.

한강은 당황했다. 화를 낼 줄 알았더니 오히려 더 큰 소리로 울기만 한다. 강한 줄 알았더니 아니었다. 분노하고 뺨을 때릴 줄 알았더니, 가슴을 치며 소리를 지르고 쫓아낼 줄 알았더니 그것조차 못할 만큼 휘민은 약했다. 처음 알았던 휘민은 이렇지 않았는데 자신과 있으면서 한없이 약해져 버렸다는 생각에 가슴이 저려왔다.

처음부터 사실을 말했다면 이렇게 되지는 않았을 텐데…….

스스로에게 화가 났다. 자신이 휘민을 망친 거라 생각은 하면서도 예전의 행동에 대해 후회하지 않는 자신이 싫었다. 다시 그 순간으로 돌아간다 해도 사실을 숨겼을 거라는 생각이 그를 비참하게 했다.

도대체 언제부터 그녀를 사랑하게 되었던 것일까?

호감이라는 것은 처음부터 있었다. 그것이 단지 사랑을 나누는 것에만 국한된 것인지, 아니면 조금은 좋아하는 감정이었는지. 하지만 그때는 사랑이 아니었다. 이렇게 가슴이 미어질 듯한 사랑은 결단코 아니었다. 그런데 왜 이렇게 되어버린 것일까? 어째서 휘민을 이렇게 괴롭게 만드는 것일까? 휘민이 괴로워하는 근본적인 원인을 왜 하필이면 자신이 제공하고 있는 것일까?

순간 한강은 하늘로든 땅으로든 사라지고 싶었다.

'왜 이렇게까지 된 걸까? 도대체 어디서부터 잘못된 거지? 어디에서부터!'

한강은 자기혐오에 빠져 헤어나올 줄을 몰랐다. 그리고 그때였다. 휘민이 눈물로 얼룩진 얼굴을 들었다. 그리고는 너무 울어 쉬어버린 음성으로 말했다. 아주 낮게, 아주아주 낮게.

"사랑해요."

절망에 젖어 스스로를 원망하고 있던 한강의 눈이 휘둥그레졌다.

"뭐?"

"……"

"내, 내가 잘못 들은 것 같은데…… 뭘 한다고? 너……."

"당신은 제대로 들었어요."

말도 안 된다. 휘민이 나를?

믿을 수 없어 떨리는 음성으로 되묻는데 휘민은 대뜸 제대로 들었다고 말했다. 한강은 다시 물을 수밖에 없었다.

"내가 제대로 들었다고?"

고개를 끄덕이는 휘민을 보니 황당하다 못해 멍하다.

"제대로 들었다고…… 내가?"

"……."

"그렇다면, 네가…… 네가 날?"

믿을 수 없다는 듯이 몇 번이나 같은 물음을 던지자 휘민은 다시 우앙 하고 울어버렸다.

한강은 순간 벅차오르는 어떤 기쁨과 울어버리는 휘민에 대한 난처함 등 복합적인 감정으로 어쩔 줄 몰라 했다. 뒷머리를 긁다가 휘민에게로 손을 내밀었다가 다시 그 손을 거두기를 몇 번이나 반복하던 한강은 결국 아무런 말도 못하고 그저 휘민을 꼬옥 안을 뿐이었다.

"이번에는 진짜, 진짜 결혼식을 하도록 하자. 그런 멋없는 결혼식 말고. 정말 이상했잖아. 시끄럽기만 했고. 그리고…… 멋진 곳으로 신혼여행도 가고 아기 방도 우리 둘이서 예쁘게 만들자. 이런 상태라 공부는 많이…… 힘들겠지만 그래도 머리가 좋으니 잘해 나갈 수 있을 거야. 또, 아! 생각해 보니 우리 아기도 무척 머리가 좋겠는걸? 원래 아기들은 어머니의 두뇌를 닮는다고 하잖아? 그리고…… 그리고……."

한강은 횡설수설이었다. 휘민이 황당해하며 고개를 들었다.

그렁그렁 눈물이 맺혀 있는 데다 젖어 있는 뺨을 본 한강이 소리 내어 웃더니 눈물을 닦아주었다. 그리고 고개를 숙여 조심스레 키스를 했다. 그것은 조금은 짭짜름한, 하지만 그 어느 때보다 달콤한 키스였다.

sex appeal.

「'민아, 엄마 보고 싶지 않아? 보고 싶지? 그치? 보고 싶지?' 아빠가 아까부터 계속 같은 것만 물어댔다. 또 엄마가 보고 싶은 모양이다. 아침에 헤어져 놓고 그새를 못 참는다. 그럴 거면 왜 진학하겠다는 엄마의 말에 반대 한 번 안 했을까? 궁금했다. 나와 비슷한 생각을 한 모양인지 강유 삼촌이 아빠에게 물은 적이 있었다. 그러자 아빠는 매우 불만스런 표정으로 이렇게 말하셨다. '그야 나는 당연히 반대하고 싶은데 인재를 썩히면 안 된다나 뭐라나 하면서 반대하면 어디 야산에 묻어버리겠다잖아. 진짜…… 가족이 아니라 원수야, 원수!' 난 아무리 보고 싶어도 참는데, 아빠는 나보다 더 철이 없다. '솔직히 말해 봐. 엄마 보고 싶지? 그치? 우리 엄마 보러 갈까?' 철이 덜 든 아빠는 지금도 계속 묻고 있었다. 이 후에 상황은 쉽게 짐작이 갔다. 사실은 아빠가 혼자서 다 결정해 놓은 뒤 내게 묻고 있다는 것을 모를 정도로 난 바보가 아니었다.」

Epilogue

S대 경영학과 재무관리 수업 강의실.

아이를 낳자마자 공부에 매달려 그해에 바로 S대에 진학한 휘민은 흘러내려 온 머리를 뒤로 쓸어 넘기며 책에 시선을 고정했다.

"어머."

"훗."

누군가가 놀란 듯 작게 탄성을 터뜨렸다. 그 뒤로 또 누군가가 웃음소리를 냈다.

웃음은 전염성이 강하다. 그래서인지 작게 들리던 소리가 조금씩 커지더니 여기저기서 키득대기 시작했다. 어느새 교수의 음성도 그쳐져 있었다. 뭐야? 휘민은 책에 눈을 둔 채 얼굴을 찡그렸다. 그때 교수가 그녀를 불렀다.

"성휘민."

"네?"

고개를 드니 교수도 웃음을 참는 표정이었다. 그는 한 손으로 입을 막고 다른 손으로 창을 가리키고 있었다.

고개를 돌려 봤다. 하지만 아무것도 없었다. 휘민이 어리둥절하여 고개를 갸웃하는데 쏙, 밑에서 아기가 튀어나왔다. 까르륵, 아기의 웃는 소리가 들리는 것만 같았다. 아기는 나타났을 때와 마찬가지로 순식간에 사라졌다. 그렇게 아기는 나타났다 사라졌다를 반복했다.

어느새 휘민의 입가에 미소가 어렸다. 교수가 헛기침을 하며 말했다.

"더 이상은 수업도 안 되겠다. 오늘은 이만 접자. 그리고 성휘민? 아기 목 빠지겠다. 얼른 나가봐."

휘민은 얼굴을 붉히면서도 빠르게 가방을 챙겨 들었다. 헤어진 지 얼마 되지도 않았는데 까르륵대는 웃음소리가 너무도 듣고 싶었다.

따사로운 햇살 아래 분수대 앞 벤치에 자리를 잡았다.

민이가 손을 휘저으며 휘민에게로 가려 하자 한강은 씩 웃고 아이를 넘겨주었다. 휘민이 민이를 안아 들며 한강을 곱게 흘겨

보았다.

“매번 이게 무슨 짓이에요?”

해냈다는 표정으로 웃던 한강이 고개를 갸웃했다.

“응? 무슨 짓이냐니?”

“다른 사람들에게 방해가 되잖아요.”

“왜 방해가 되는데?”

“나 때문에 수업을 다 못했는데 그럼 방해가 안 되겠어요?”

“강의 듣는 사람도 별로 없던데 뭘. 이렇게 좋은 날 그런 빡빡한 수업이라니, 오히려 다들 좋아했을걸?”

하나하나 반박하는 게 여간 밉지 않았다.

“난 다 듣고 싶었어요. 당신은 날 방해한 거라구요. 알겠어요?”

쏘듯 말하자 그제야 한강은 조금 미안한 듯 움찔했다. 누가 듣지 말라고 했나? 중얼거리다 휘민이 쏘아보자 얼른 딴청을 피웠다. 그러다 휘민에게 안겨 행복한 웃음을 짓고 있는 아들을 보고 눈을 반짝였다.

“나도 이러고 싶지 않았어. 누군 여기까지 오고 싶었는 줄 알아? 민이가 하도 보채서 어쩔 수 없이 데려온 거야, 어쩔 수 없이.”

한강은 ‘어쩔 수 없이’ 를 강조했다. 휘민이 시큰둥하니 말했다.

“그거 그저께 써먹었던 변명이에요.”

그랬나? 그럼 뭐라고 하지? 눈을 굴리다 휘민의 이름을 따 한 민이라 이름 지은 아기의 엉덩이를 콕 찌르고 말했다.

"이 녀석 봐라? 집에 있을 땐 그렇게 울어대더니 지금은 기분 좋은지 웃기만 하네? 신기하다, 그치?"

"말 돌리지 마세요!"

"말을 돌리는 게 아니라…… 아, 그래. 민이가 자꾸 울어대서 엄마라도 보면 괜찮아질까 해서 데려온 거야."

"그건 어제 써먹었던 변명이구요."

머리도 좋지. 그걸 다 기억하고 있나?

한강은 불만스레 그녀를 보다 휘민이 민이의 엉덩이를 토닥이며 웃자 참지 못하고 휘민과 민이를 한꺼번에 끌어안았다.

"뭐, 뭐 하는 짓이에요?!"

휘민이 놀라 반항했지만 한강은 팔에 힘을 줘 놓아주지 않았다. 향긋한 그녀만의 향이 좋았고, 분향이 나는 아기 냄새도 좋았다. 깊이 숨을 들이쉬고 아쉬운 듯 놓아주며 웃었다.

"너무 예뻐서."

휘민이 얼굴을 붉혔다.

"진짜…… 왜 이렇게 뻔뻔해졌나 몰라."

타박하듯 말했지만 싫지는 않은 듯 새치름히 뜨는 눈동자가 좋았다. 그녀의 눈은 여전히 아름다웠다. 아무리 봐도 질리지 않을 만큼. 가만히 쳐다보자 휘민이 민이를 안은 채 살짝 뒤로 물러나며 물었다.

“왜 그래요? 내 얼굴에 뭐 묻었어요?”

“응.”

한강이 웃지도 않고 고개를 끄덕이자 휘민이 놀라 눈을 동그랗게 떴다. 그녀는 얼굴을 쓸며 물었다.

“뭐예요? 뭐가 묻었어요? 어디에?”

“여기…….”

손을 들어 엄지로 휘민의 눈꺼풀을 문지르자 휘민이 저도 모르게 눈을 감았다. 그러자 한강은 재빨리 쪽 소리 나게 휘민의 입술에 키스를 했다.

“진짜, 이 사람이…….”

휘민이 벌떡 자리에서 일어나 주위를 살피자 한강은 웃음을 터뜨렸다. 이 순간이 너무도 행복했다. 그때였다.

“휘민아!”

계단 쪽에서 누군가가 그녀를 불렀다. 휘민이 한강을 흘기다 고개를 돌리자 계단 중간쯤에 서 있던 웬 남자가 말했다.

“점심 시간인데 같이 식사할래?”

“아니, 됐어. 난 일행이 있어서.”

휘민이 민이를 들어 보이며 말하자 남자는 아쉽다는 표정으로 손을 흔들고 사라졌다. 그 모습을 지켜보던 한강이 자리에서 일어났다.

“누구야?”

그 음성은 조금 전까지 배를 잡고 웃어대던 사람이라고 믿을

수 없을 정도로 차가웠다. 휘민은 이상하다는 듯이 그를 보고
대답했다.

"친구예요."

"친구, 누구?"

"그냥 친구."

"이름이 뭔데?"

휘민이 한쪽 눈썹을 위로 치켜올렸다.

"그건 알아서 뭐 하게요?"

"그냥……."

한강은 중얼거리듯 말하다 눈살을 찌푸렸다.

"저런 놈들과 어울리는 건 자제하도록 해."

"저런 놈들? 무슨 말을 그렇게 해요? 내 친구인데."

"질이 좋아 보이지 않으니까 그러지."

"벌써 몇 달이나 같이 어울렸지만 난 모르겠던데요?"

한강이 눈을 가늘게 떴다.

"벌써 몇 달이나 같이 어울렸다고?"

"친구니까요."

"저런 녀석과는 친구 하지 마! 내가 용납 못해!"

"유치하게 왜 이래요? 내가 언제 당신 여자 친구에 대해 뭐라
한 적 있어요?"

"난 여자 친구가 없어."

"억울하면 만들든지요."

"여자랑 남자가 어떻게 친구가 돼? 다 흑심이 있는 거지. 저놈도 똑같아. 그러니까 앞으로 어울리지 마. 알겠어?"

"지금 나 웃기려고 일부러 이러는 거예요? 하나도 재미없으니 그만 해요. 화나려고 하니까."

"난 지금 화가 났어!"

"진짜…… 민이도 보는데 그만 해요!"

"이제 겨우 두 살 된 녀석이 뭘 알겠어? 하여튼 안 돼! 만나지 마!"

휘민은 화도 나지 않았다.

어쩌면 사람이 저렇게 유치한지 모르겠다. 이런 걸로 질투라니. 어이가 없다. 그러면서도 그게 싫지만은 않았다. 질투하는 한강은 민이만큼이나 귀여웠다.

휘민은 민이를 안고 뒤로 물러서며 야유했다.

"어유~ 유치해라. 유치해서 못 봐주겠네. 그치, 민아? 유치한 아빠랑은 못 놀겠다. 우리는 우리끼리 맛있는 점심 먹으러 가자."

휘민이 그렇게 말하곤 갑자기 벌떡 일어나 걸어가기 시작하자 순간 멈칫한 한강은 얼른 정신을 차리고 따라가며 경고하듯 말했다.

"말했어. 남자 친구인지 뭔지 어울리지 말라고. 정리하라고 분명히 말했어. 다 정리해!"

"……"

"남자랑 여자 사이에 친구가 어딨어? 다 정리해! 알았지?"

"……."

"알아들었냐구!"

"……."

"성휘민!!"

"민이 울겠다. 조용히 좀 해요. 시끄러워."

"야!"

꽥 소리쳤지만 휘민은 들은 척도 하지 않았다. 한강은 졸졸 따라다니며 휘민이 대답을 할 때까지 다그쳤다.

레스토랑에 도착해 식사를 하던 사람들이 다 쳐다보자 휘민은 한숨을 내쉬며 말했다.

"알았어요. 뭘 정리해야 하는지는 모르겠지만 다 정리할게요. 그러니까 좀 조용히 해요. 창피해서 어디 같이 다니겠어요?"

핀잔을 주었지만 들리지도 않는 모양이었다. 그는 단지 휘민이 알았다고 한 것만 생각하고 그제야 미소를 지었다.

『아빠는 심각한 의처증이다. 내가 왜 그렇게 엄마의 남자 친구들을 용납하지 못하냐고 물은 적이 있다. 그러자 아빠는 당연하다는 듯이 이렇게 말했다. ‘민이, 엄마 좋아? 싫어?’ 당연히 좋다. ‘얼마나 좋아?’ 하늘만큼, 땅만큼. ‘엄마보다 더 좋아하는 여자 있어?’ 없다. 난 엄마가 최고다. ‘봐. 세상 남자들이 모두 민이 같아. 다 엄마를 하늘만큼 땅만큼 좋아해. 그래서 혹시라도 그 남자들에게 갈까 봐 이 아빠가 이렇게 경계하는 거야. 알겠니?’ 모른다. 하지만 이해는 할 수 있을 것 같다. 엄마는 세상에서 제일 예쁘니까.』

『색기』

　쓰는 동안 굉장히 행복했던 글이지만 출간이 얽히면서 고생고생시켰던 글입니다.

　버리지도 못하고 보듬지도 못하고…… 정말 골치 아프게 하던 글이었습니다. 그런데 결국에는 이렇게 보듬어서 출간까지 하게 되네요.

　지금은 잘 기억도 나지 않는 오래전, 여러 출판사에서 제의를 하고 계약까지 가다가도 무산이 되기에 아, 이 글은 출간할 글이 아닌가 보다. 포기해야 되는 글인가 보다 하고 생각했더랬습니다. 운이라는 게 이렇게 안 따라주는데 출간해서 뭐 되겠냐 싶기도 했었습니다. 그랬는데 좋은 분들을 만나 기어코 냅니다.

　너무 오래 묵혀둔 글이라 아시던 분들도 잊으셨을지도 모르겠습니다. 하지만 제게는 정말 아끼는 글이고 정말 사랑하는 글입니다. 수정을 한다고 역시 절 속 썩였지만 그래도 버릴 수 없고 무한정 품에 안고 싶은, 그런 글입니다. 그렇기에 이렇게 여러분 앞에 글을 내놓으면서도 정신없이 떨립니다.

작가후기

어떻게 하면 제 마음이 조금이라도 전해질까요.

이 글을 읽어주시는 분들께라도 제가 꿈꾸는 사랑, 제가 그리는 사랑을 보여 드리고 싶은데 그것 역시 잘 전달이 될지 모르겠습니다.

아, 이 사람은 이런 사랑을 하고 싶어하는구나.

아, 이 사람은 이런 꿈을 꾸고 있구나.

이 정도만 알아주셔도 하늘을 날듯 기쁠 것 같습니다. 너무 큰 꿈인가요? 하지만 그래도 소원합니다. 조금이라도, 제 마음이 전달되기를.

그리고 가족들과 사랑하는 친구들, 독자 여러분들께 감사의 인사를 드립니다.

마지막으로 이 글을 읽으시는 분들.

모두 행복하시고 멋진 사랑 하시길 바랍니다.

—해인 드림.

『얼굴이 못생겨서 미안해』

얼굴이 못생긴 소은에겐 잘생긴 남자 친구, 준휘가 있다.

십 년 동안 먹여주고, 입혀주고, 챙겨주고, 같은 대학에,

군대 간 그를 위해 일 년 동안 휴학까지 했건만…….

예쁜 후배와 양다리도 모자라 소은에게

새로운 남자를 엮어주어

떼어내려는 계획을 세우고 있었던 것이다!!

● 진양 지음 값 9,000원

『운명』 1, 2

내 속에 침잠하고 있던 긴 세월 동안

저는 꿈꾸고 있었습니다. 그대 당신을!

수연

가슴이 떨리고, 심장이 옥죄이는 기쁨과 슬픔.

모두 너에게서 나온다. 이것이 사랑이란다!

-찬욱

● 유다은 지음 값 각 9,000원

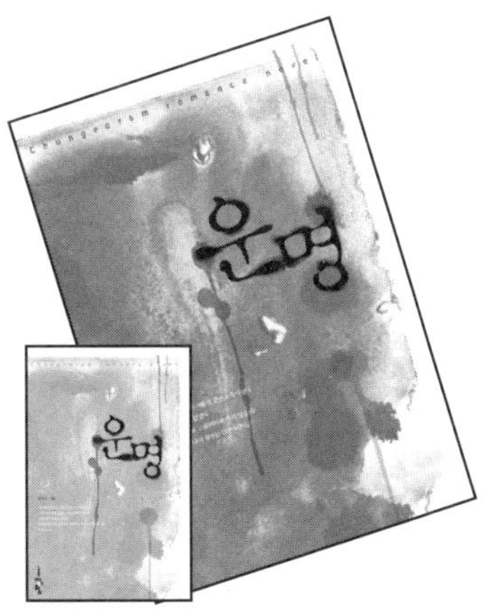

도서출판 **청어람**   chungeoram@chungeoram.com
☎ 032-656-4452 FAX 032-656-4453